EIN LANGER KURZER AUGENBLICK: EINE SAMMLUNG VON KURZGESCHICHTEN

SUSAN STOKER

Copyright © 2022 Susan Stoker
Englischer Originaltitel: »A Moment in Time: A collection of Short stories«
Deutsche Übersetzung: Stefan Preuss für Daniela Mansfield Translations 2022
Alle Rechte vorbehalten. Dies ist ein Werk der Fiktion. Namen, Darsteller, Orte und Handlung entspringen entweder der Fantasie der Autorin oder werden fiktiv eingesetzt. Jegliche Ähnlichkeit mit tatsächlichen Vorkommnissen, Schauplätzen oder Personen, lebend oder verstorben, ist rein zufällig.
Dieses Buch darf ohne die ausdrückliche schriftliche Genehmigung der Autorin weder in seiner Gesamtheit noch in Auszügen auf keinerlei Art mithilfe elektronischer oder mechanischer Mittel vervielfältigt oder weitergegeben werden.
Titelbild entworfen von: Chris Mackey, AURA Design Group
eBook: ISBN: 978-1-64499-269-2
Taschenbuch: ISBN: 978-1-64499-270-8

Besuchen Sie Susan im Netz!
www.stokeraces.com
facebook.com/authorsusanstoker
twitter.com/Susan_Stoker
bookbub.com/authors/susan-stoker
instagram.com/authorsusanstoker
Email: Susan@StokerAces.com

EBENFALLS VON SUSAN STOKER

Die SEALs von Hawaii:
Die Suche nach Elodie
Die Suche nach Lexie
Die Suche nach Kenna
Die Suche nach Monica
Die Suche nach Carly (11 Oct)
Die Suche nach Ashlyn
Die Suche nach Jodelle

Das Bergungsteam vom Eagle Point
Ein Retter für Lilly
Ein Retter für Elsie (29, Juni)
Ein Retter für Bristol (15 Nov)
Ein Retter für Caryn
Ein Retter für Finley
Ein Retter für Heather
Ein Retter für Khloe

Die Zuflucht in den Bergen
Zuflucht für Alaska (9 Aug)
Zuflucht für Henley (3 Jan 2023)
Zuflucht für Reese
Zuflucht für Cora
Zuflucht für Lara
Zuflucht für Maisy
Zuflucht für Ryleigh

Delta Team Zwei
Ein Held für Gillian
Ein Held für Kinley
Ein Held für Aspen
Ein Held für Jayme
Ein Held für Riley
Ein Held für Devyn (1 Sept)
Ein Held für Ember
Ein Held für Sierra

Mountain Mercenaries:
Die Befreiung von Allye
Die Befreiung von Chloe
Die Befreiung von Morgan
Die Befreiung von Harlow
Die Befreiung von Everly
Die Befreiung von Zara
Die Befreiung von Raven

Ace Security Reihe:

Anspruch auf Grace
Anspruch auf Alexis
Anspruch auf Bailey
Anspruch auf Felicity
Anspruch auf Sarah

Die Delta Force Heroes:
Die Rettung von Rayne
Die Rettung von Emily
Die Rettung von Harley
Die Hochzeit von Emily
Die Rettung von Kassie
Die Rettung von Bryn
Die Rettung von Casey
Die Rettung von Wendy
Die Rettung von Sadie
Die Rettung von Mary
Die Rettung von Macie
Die Rettung von Annie

SEALs of Protection:
Schutz für Caroline
Schutz für Alabama
Schutz für Fiona
Die Hochzeit von Caroline
Schutz für Summer
Schutz für Cheyenne
Schutz für Jessyka
Schutz für Julie

SUSAN STOKER

Schutz für Melody
Schutz für die Zukunft
Schutz für Kiera
Schutz für Alabamas Kinder
Schutz für Dakota

Eine Sammlung von Kurzgeschichten
Ein langer kurzer Augenblick

ÜBERRASCHUNG FÜR CAROLINE

Caroline dachte, dass ihr Ehemann Matthew »Wolf« Steel sie zu ihrem fünfundzwanzigsten Hochzeitstag zum Essen ausführt, aber er hatte eine größere Überraschung für sie auf Lager.

Caroline Steel seufzte verzweifelt und sah ihren Mann an. Sie war seit fünfundzwanzig Jahren mit Matthew »Wolf« Steel verheiratet. Heute war ihr Hochzeitstag. Sie hatten sich ein Zimmer in einem schicken Hotel am Strand in der Nähe ihres Hauses in Südkalifornien genommen und sie freute sich auf das Abendessen in einem der besten Steakhäuser in der Stadt.

Aber ihr lieber Ehemann hatte ihr gerade mitgeteilt, dass er vor dem Essen noch einen Strandspaziergang machen wollte.

»Dieses Kleid, das du mir gestern gekauft hast, ist nicht gerade für einen Strandspaziergang geeignet«, protestierte Caroline.

»Du siehst wunderschön aus«, entgegnete Matthew.

Caroline liebte es, wenn er ihr Komplimente machte, aber im Moment war sie zu genervt, um seinen Kommentar zu schätzen. »In diesen Schuhen kann ich unmöglich über den Strand gehen«, sagte sie und versuchte, eine andere Ausrede zu finden, die ihn von seiner verrückten Idee abbringen würde.

Ihr Mann liebte das Meer. Der Wind, der an der Küste wehte, der Geruch des Wassers, das Salz in der Luft, das man auf den Lippen schmecken konnte. Normalerweise mochte Caroline das auch, aber sie hatte gerade eine Stunde damit verbracht, ihre Haare zu machen und sich zu schminken. Sie wollte für das Abendessen perfekt aussehen. Am Tag zuvor waren sie einkaufen gewesen und Matthew hatte ihr dieses wunderschöne, knöchellange rosa Kleid gekauft. Es hatte kleine Flügelärmel und war an der Taille weit ausgestellt, sodass sie sich wie eine Prinzessin darin fühlte.

Mit ihren siebenundfünfzig Jahren wusste Caroline, dass sie zu alt war, um als hübsch angesehen zu werden. Tatsächlich war sie nie eine Schönheit gewesen. Ihr Aussehen war schlicht und langweilig. Aber Matthew hatte ihr immer wieder gesagt, dass er von der Sekunde an, in der er sie das erste Mal gesehen hatte, gewusst hatte, dass sie die Frau für ihn war. Sie hatten sich auf unkonventionelle Weise in einem Flugzeug kennengelernt, das von Terroristen entführt worden war. Aufgrund ihrer Arbeit als Chemikerin hatte Caroline helfen können, alle Insassen an Bord zu retten. Aber dann waren die Leute, die hinter der Entführung gesteckt hatten, hinter ihr her gewesen ...

Sie dachte nicht gern an diese Zeit in ihrem Leben zurück, aber dadurch hatte sie Matthew kennengelernt, also bereute sie keine Sekunde von dem, was passiert war.

Matthew war einundsechzig, aber anstatt wie ein runzliger alter Mann auszusehen, schien er mit zunehmendem Alter immer vornehmer zu werden. Sein Haar hatte einige graue Strähnen, aber er hielt es kurz geschnitten, so wie er es als Navy SEAL getan hatte. Einen Großteil der Muskeln, die er als junger Mann gehabt hatte, hatte er verloren. Aber Caroline fühlte sich heute noch genauso zu ihm hingezogen wie vor fünfundzwanzig Jahren, als sie geheiratet hatten.

Ihr Hochzeitstag war nicht wie geplant verlaufen. Aufgrund eines Autounfalls waren sie nicht rechtzeitig in die Kirche gekommen. Aber das hatte sie nicht aufgehalten und sie hatten ihr Gelübde in der Notaufnahme abgelegt, umgeben von all ihren Lieben. Caroline hatte es nicht bereut, keine traditionelle Hochzeit gehabt zu haben. Sie war zu dankbar dafür, Wolf als ihren Ehemann zu haben.

Aber es gab Zeiten, in denen ihr Mann sie verrückt machte, wie jetzt.

Er hatte keine Ahnung, was es mit ihrem Haar

anrichten würde, wenn sie die Promenade entlanggehen würden. Die ganze harte Arbeit wäre dahin. Wenn sie im Restaurant ankamen, würde sie erbärmlich aussehen, und Matthew würde wahrscheinlich genauso rausgeputzt und gut aussehen wie in diesem Moment.

Er trug eine Jeans und ein dunkelblaues Polohemd. Manche Leute würden es seltsam finden, dass er in einem schicken Restaurant eine Jeans trug, aber Caroline gefiel es, dass er anziehen konnte, was er wollte, und immer damit durchkam.

»Ernsthaft Matthew, ich möchte heute Abend gut für dich aussehen, aber nach einem Spaziergang am Meer wird das nicht mehr der Fall sein.«

Matthew ging auf sie zu und nahm ihr Gesicht zwischen seine Hände. Er neigte ihren Kopf nach oben, damit sie ihm in die Augen sah. Dann sagte er liebevoll: »Du siehst immer wunderschön aus, Ice. Es ist mir egal, ob du einen Schlafanzug oder dieses schöne Kleid trägst. Du bist die Liebe meines Lebens und ich bin immer stolz, wenn du an meiner Seite bist.«

Sie zitterte vor Freude, als er sie Ice nannte. Diesen Spitznamen hatte er ihr gegeben, als sie sich zum ersten Mal begegnet waren. Ihr wurden jedes Mal die Knie weich, wenn er sie so nannte. »Matthew«, beschwerte sich Caroline, »ich liebe dich, aber manchmal hast du keine Ahnung.«

»Nur ganz kurz«, schmeichelte Matthew. »Wir werden nicht lange bleiben, aber ich weiß aus sicherer Quelle, dass du heute Abend am Strand etwas sehen möchtest.«

Caroline seufzte, denn sie wusste, wenn sie geschlagen war. Wenn Matthew die Stimme senkte und sie mit diesem Hundeblick ansah, konnte sie ihm nichts absprechen. »In Ordnung, aber wenn wir für unsere Reservierungen zu spät dran sind, gebe ich dir die Schuld.«

Ihr Mann strahlte. »Abgemacht.« Dann beugte er sich hinunter und küsste sie. Der Kuss begann zärtlich und leicht, wurde aber schnell viel leidenschaftlicher. Sie waren zwar älter und hatten nicht mehr dieselbe Ausdauer wie früher, aber ihr Sexleben war immer noch intensiv.

Caroline zog sich zurück und legte eine Hand an die Wange ihres Mannes. »Ich liebe dich«, sagte sie zu ihm.

»Ich liebe dich auch. Und ich habe vor, dir später zu zeigen, wie sehr, wenn wir wieder auf unserem Zimmer sind.«

»Ich kann nicht glauben, dass du die Hochzeitssuite reserviert hast«, sagte Caroline kopfschüttelnd. »Ein normales Zimmer wäre vollkommen in Ordnung gewesen. Das ist viel zu teuer.«

»Nichts ist mir zu teuer für dich«, erwiderte Matthew. »Ich kann dir vielleicht keinen brandneuen Lamborghini kaufen, aber ich kann mir ab und zu ein schönes Hotelzimmer mit einigen Extras leisten, um dir zu zeigen, wie sehr ich dich liebe.«

»Wie der Strauß mit den zwölf Rosen?«, fragte Caroline und spähte hinüber zu dem wunderschönen Blumenstrauß auf dem Tisch neben dem Bett. Sie hatte ihn so nahe wie möglich bei sich haben wollen, um die ganze Nacht den herrlichen Duft zu genießen.

»Und die mit Schokolade überzogenen Erdbeeren und der Champagner«, ergänzte Matthew mit einem Lächeln. »Jetzt komm schon, wir müssen los«, sagte er, nahm ihre Hand und zog sie zur Tür.

»Ich schwöre dir, wenn dort am Strand leicht bekleidete Frauen Beachvolleyball spielen, dann werde ich dich schlagen müssen«, drohte Caroline.

»Vielleicht sind es eher ein paar Kerle in zu engen Badehosen«, neckte Matthew.

»Igitt, ekelhaft«, stieß Caroline lachend aus. Sie liebte es, dass ihr Mann sie nach all den Jahren immer noch zum Lachen bringen konnte. Auf dem Weg nach unten lehnte Caroline sich im Aufzug an Wolf. »Wenn ich später vergessen sollte, es dir zu sagen, danke für die besten fünfundzwanzig Jahre meines Lebens.«

Er küsste sie auf den Kopf. »Ich glaube, das ist mein Spruch.«

Die Aufzugtür öffnete sich und Matthew stieg vor Caroline aus. Es war eine seiner Angewohnheiten, um sie zu beschützen. Er hielt immer Ausschau nach Leuten, die sie vielleicht anrempeln könnten, oder Raufbolden, die dachten, sie wären aufgrund ihres Alters leicht zu überrumpeln. Matthew hatte sie mehr als einmal mit seiner Stärke und Entschlossenheit überrascht.

Sie gingen durch die Eingangshalle und Matthew nickte im Vorbeigehen dem Concierge zu. Dann verließen sie das Hotel und gingen auf die Strandpromenade zu. Es war keine richtige Promenade, eher eine Art alter Holzsteg entlang des Strandes. Er war nicht sehr lang, aber Caroline gefiel es, dass entlang des Weges Bänke aufgestellt und Leute von jung bis alt unterwegs waren, die die frische Meeresluft genossen.

Sie gingen Hand in Hand und Caroline musste zugeben, dass es eine großartige Idee von Matthew gewesen war. Ihr Mann hielt ihre Schuhe in der linken Hand und sie mit der rechten. »Ich kann mich nicht entscheiden, welcher Strand mir am besten gefällt«, sagte sie leichthin. »Ich meine, ich liebe Südkalifornien und wir haben die meiste Zeit hier verbracht, aber der Strand in Alaska hatte etwas so Magisches.«

»Magisch?«, fragte Matthew. »Es war verdammt kalt, wenn du mich fragst.«

Caroline lachte. »Nun, wenigstens musstest du dort nicht baden.«

»Das stimmt, jedenfalls nicht bei diesem Aufenthalt«, erwiderte er.

Caroline kannte nicht alle Details über die Missionen, die ihr Mann als SEAL unternommen hatte, aber sie wusste, dass er sich darauf bezog. Sie drückte seine Hand, um ihn wissen zu lassen, wie stolz sie auf ihn war, und fuhr dann mit ihrem Gedanken fort. »Die Promenade in New Jersey war schön. Es gab Fressbuden und Spiele. Der Strand dort gefiel mir auch.«

Matthew grunzte. Sie wusste, dass es nicht sein Lieblingsurlaub gewesen war, aber er war gegangen, weil sie dorthin wollte.

»Ich glaube, Hawaii ist mein zweiter Favorit«, fuhr sie fort. »Nicht Waikiki, da waren zu viele Leute, um den Strand wirklich zu genießen, aber die Nordküste war unglaublich. Ich kann nicht glauben, wie hoch diese Wellen waren. Die Surfer waren verrückt. Aber es gibt noch einen Strand, von dem ich immer wieder höre, den ich gern besuchen möchte.«

»Und wo ist der? Ich werde morgen Flugtickets kaufen«, sagte Matthew.

Caroline wusste, dass er keine Witze machte. Er würde sofort online Tickets kaufen, wohin sie auch wollte. Sie lehnte sich an ihn, legte ihren Arm um seine Taille und genoss das Gefühl seines Armes um ihre Schultern. Sie gingen langsam und gleichmäßig die Promenade entlang. Leute kamen an ihnen vorbei, gingen, liefen, fuhren Rad oder Rollschuh, aber sie schienen sie nicht zu bemerken.

»Australien. Ich war noch nie dort, aber alle, die mir von ihrem Urlaub dort berichten, sagen, dass die Leute dort sehr nett sind. Ich habe nach berühmten Stränden dort gesucht.«

»Willst du zum Great Barrier Reef?«, fragte Wolf.

Caroline schüttelte den Kopf. »Nein, ich meine, ja, das würde ich auch gern sehen, aber ich meine Bondi Beach. Das ist nur etwa dreißig Minuten von Sydney entfernt und es gibt eine Menge großartiger Restaurants in der Umgebung. Die Geschichte ist faszinierend. Bondi hieß ursprünglich Boondi, ein Wort aus der Sprache der Ureinwohner, das sich als ›Surfen‹ übersetzen lässt. Es soll sehr schön sein und ich möchte eines Tages dorthin.«

Matthew blieb abrupt mitten auf der Promenade stehen und Caroline sah zu ihm auf. »Was ist los?«

»Nichts ist los, aber wenn du nach Australien willst, dann bringe ich dich nach Australien. Ich werde dafür sorgen, dass du Kängurus, Koalas und Ameisenigel siehst. Wir gehen zu einer Vorstellung im berühmten Opernhaus und essen dann mit Blick auf die Sydney Harbour Bridge zu Abend. Und natürlich fahren wir dann auch zum Bondi Beach. Ich werde sogar meinen Stolz herunterschlucken und dir den Manly Beach zeigen.«

Caroline kicherte. »Heißt der Strand wirklich so?«

»Jawohl. Aber mach dir keine Hoffnungen. Der einzige Mann, den du dort anstarren darfst, bin ich.«

»Selbstverständlich«, sagte Caroline und kuschelte sich an ihren Mann. »Und danke, dass du mich so verwöhnst.«

»Ich würde alles für dich tun«, sagte Matthew. »Komm schon, was ich dir zeigen wollte, ist gleich da vorn.«

Caroline hatte bereits vergessen, dass Matthew ihr etwas zeigen wollte. Sie nahm an, dass es vielleicht ein Sandburgenwettbewerb oder so etwas war. Sie war schon immer fasziniert gewesen, was manche Leute aus Sand bauen konnten.

Sie gingen weiter den Strand hinunter, bis Caroline eine große Gruppe von Menschen sah, die sich vor ihnen im Sand versammelt hatte. Sie konnte nicht sehen, was dort vor sich ging, nahm aber an, dass Matthew sie dorthin bringen würde.

Caroline achtete nicht darauf, wohin sie gingen. Sie war zu sehr damit beschäftigt, davon zu träumen, in Australien einen süßen Koalabären in den Armen zu halten, als Matthew stehen blieb und sich zum Strand umdrehte.

Endlich konzentrierte sie sich wieder auf die unmittelbare Umgebung und schnappte überrascht nach Luft.

Sie kannte die Leute am Strand. Es waren ihre Freunde.

Alle SEAL-Teamkameraden von Matthew und ihre Frauen waren da. Abe und Alabama, Cookie und Fiona, Mozart und Summer, Dude und Cheyenne, Benny und Jessyka und auch sein alter Kommandant mit seiner Frau Julie. Sogar Tex und Melody waren gekommen.

Daneben waren noch viele andere SEALs und ihre Frauen, die sie im Laufe der Jahre kennengelernt hatten. Überall liefen Kinder herum und die älteren kümmerten sich um die jüngeren.

Und alle waren in Weiß gekleidet, weiße Hemden, Kleider, Hosen. Es war, als hätte sich eine weiße Wolke über den Strand gelegt ... und es war wunderschön.

Am Strand waren außerdem Stuhlreihen vor etwas aufgestellt, das wie ein Altar aussah.

»Was? Was ist hier los?«, fragte Caroline und sah zu Matthew auf.

»Ich würde auf ein Knie gehen, aber wir wissen beide,

dass ich mich beim Aufstehen wahrscheinlich lächerlich machen würde, da meine Knie im Arsch sind. Es tut mir leid, dass du vor fünfundzwanzig Jahren deine wunderschöne kirchliche Hochzeit nicht bekommen konntest, Ice. Daher dachte ich, du hättest vielleicht Lust, es noch einmal zu versuchen und unser Gelübde hier und heute zu erneuern.«

»Jetzt?«, fragte sie verwirrt.

Matthew grinste. »Ja, jetzt. Alle unsere Freunde sind hier. Es tut mir leid, aber wir haben keine Reservierung in dem Restaurant zum Abendessen. Ich verspreche dir, dass wir ein anderes Mal dorthin gehen. Das Hotel hier gibt nach der Zeremonie einen Empfang direkt am Strand.« Er deutete auf ein großes Hotel hinter ihnen.

Caroline wollte am liebsten weinen. Matthew war in traditioneller Hinsicht nicht der romantischste Mann. Die Rosen und Pralinen in ihrer Hochzeitssuite waren seit langer Zeit die traditionellsten Geschenke, die er gemacht hatte. Aber er zeigte ihr jeden Tag, wie sehr er sie liebte und sich um sie sorgte. Er tankte für sie ihren Wagen, kochte meistens das Abendessen für sie, brachte den Müll raus und hielt ihre Hand, wohin sie auch gingen. Und sie hatte Wolf immer genau so genommen, wie er war, auch ohne übertriebene romantische Gesten.

Aber das hier ... das war das Erstaunlichste, was ihr je passiert war. Sie wusste, wie viel Arbeit die Planung so einer Zeremonie bedeutete. Angefangen bei Gesprächen mit dem Hotel bis hin zur Koordinierung der Zeitpläne ihrer Freunde. »War es das, was du jedes Mal gemacht hast, wenn ich dich bei deiner Geheimniskrämerei erwischt habe?«

Er sah etwas verlegen aus. »Ja. Ich hatte schon Sorge, dass du glaubst, ich würde dich betrügen oder so. All die Telefonate und die viele Zeit, die ich am Computer verbracht habe. Ich wollte, dass dieser Abend perfekt für dich wird. Wenn ich könnte, würde ich dir den Mond vom Himmel holen.«

»Ich liebe dich so sehr, Matthew.«

»Und ich liebe dich auch. Also? Was denkst du? Willst du das tun?«

»Ja!«, rief Caroline aus.

Hand in Hand gingen sie auf ihre Freunde zu und Caroline bemerkte, dass Matthew sogar einen professionellen Fotografen engagiert hatte, der Fotos machte, als sie sich der Gruppe näherten.

Sobald sie näher kamen, wurden sie von ihren Freunden umringt. Jeder einzelne wollte ihnen gratulieren und sich selbst dafür beglückwünschen, dass sie diese Sache vor ihr geheim halten konnten.

Caroline lachte über ihre Scherze und wusste, dass sie wie eine Idiotin grinste. Sie hatte keine Ahnung, wo Matthew ihre Schuhe hatte, und war sich sehr wohl bewusst, dass ihre Frisur, an der sie so mühsam gearbeitet hatte, durch den Wind zerstört wurde. Aber es kümmerte sie kein bisschen.

Nachdem Matthew fünfzehn Minuten lang ihre Gäste begrüßt und sich bei ihnen fürs Kommen bedankt hatte, pfiff er scharf. »Okay allerseits, genug geplaudert. Es ist an der Zeit für mich, meine Frau noch einmal zu heiraten.«

Alle lachten. Es dauerte ein paar Minuten, die Kinder zu beruhigen, aber schon bald saßen alle auf ihren Stühlen und schauten erwartungsvoll zu Caroline und Matthew.

»Bereit?«, flüsterte Matthew.

»Für dich immer«, sagte Caroline zu ihm.

Dann schritten sie langsam den Gang zwischen den Stühlen entlang auf den Standesbeamten zu, den Matthew angeheuert hatte. Caroline konnte sich kaum zusammenreißen, als er die Gäste willkommen hieß. Er sprach von ewiger Liebe und Freundschaft. Seine Worte kamen von Herzen und fanden in Caroline Resonanz.

Sie und Matthew sahen sich in die Augen, während er seine Rede hielt. Sie hatte sich ihrem Mann nie näher gefühlt.

Bald war Matthew an der Reihe zu sprechen.

Caroline blinzelte überrascht und bemerkte, dass sie sich spontan etwas Romantisches und Witziges einfallen lassen musste. Sie war nicht bereit dafür! Sie hatte keine Ahnung, was sie sagen sollte.

Aber dann ... konnte sie an nichts anderes mehr denken als an Matthews Worte.

»Vor fünfundzwanzig Jahren habe ich dich zur Frau genommen. Ich dachte, es wäre der beste Tag meines Lebens, aber ich lag falsch. Jeder Tag seitdem war der beste Tag meines Lebens. Ich glaube an unsere Ehe und an uns, heute mehr denn je. Du hast mich stets unterstützt und niemals Angst gezeigt, wenn ich auf eine Mission für die Navy musste. Du hast nie etwas gesagt oder getan, das mich an deiner Unterstützung und Liebe zu mir zweifeln lassen könnte. Aber ich weiß, dass du Angst hattest. Angst, dass du mich nie wiedersehen könntest. Du hast getan, was du tun musstest, und das hat unser Wiedersehen umso süßer gemacht. Ich liebe dich, Caroline Steel. Du hast mich in jeder Hinsicht zu einem besseren Mann gemacht. Ich stehe heute hier vor dir, mit unseren Freunden als Zeugen, um mein Ehegelübde dir gegenüber zu erneuern. In guten wie in schlechten Tagen werde ich dich beschützen und dir beistehen. Du wirst für mich immer an erster Stelle stehen, weil du einen Großteil unserer Ehe damit verbracht hast, meine Wünsche und Bedürfnisse über deine eigenen zu stellen. Egal wohin uns das Leben in den nächsten fünfundzwanzig Jahren auch führen mag, du sollst wissen, dass ich immer für dich da sein werde.«

Caroline weinte Krokodilstränen. Ihre Augen waren rot und geschwollen, aber sie konnte nicht anders. Sie hätte nie gedacht, dass sie so glücklich sein könnte wie in dieser Sekunde. Und Matthew hatte sie auch während der letzten fünfundzwanzig Jahre verdammt glücklich gemacht. Als sie ihn zum ersten Mal getroffen hatte, war sie an einem seltsamen Punkt in ihrem Leben gewesen. Sie wollte jemanden finden, der sie so schätzte, wie sie war, hatte aber nicht daran geglaubt, dass es jemals passieren würde. Sie wurde von den meisten Leuten nicht wahrgenommen. Aber nach einem etwas holprigen

Start hatte Matthew sie wahrgenommen und angefangen, sie zu lieben.

»Du bist dran, Ice«, sagte Matthew mit einem kleinen Lächeln. Er streckte die Hand aus und wischte ihr sanft die Tränen von den Wangen. Dann strich er ihr eine Haarsträhne hinters Ohr.

»Ich bin mir nicht sicher, ob ich da mithalten kann«, sagte Caroline ehrlich. »Aber ich werde es versuchen. In den letzten fünfundzwanzig Jahren gab es Zeiten, in denen ich mir nicht sicher war, ob ich es schaffen würde, mit einem Navy SEAL verheiratet zu sein. Mit einem überlebensgroßen Mann wie dir. Ich hatte Angst, ich würde in den Hintergrund geraten und in deinem Schatten verloren gehen. Aber vom ersten Tag unserer Ehe an hast du das nicht zugelassen. Durch deine Stärke und Liebe bin ich aufgeblüht. Du hast mir die Freundschaft mit deinen Teamkameraden geschenkt und in ihren Frauen habe ich Schwestern gefunden. Nach allem, was wir gemeinsam durchgemacht haben, liebe ich dich heute mehr denn je. Ich verspreche, stets an deiner Seite zu sein, wenn du krank bist oder wenn du Trost brauchst. Ich verspreche, dir jeden Tag für den Rest unseres Lebens zu zeigen, wie sehr ich dich schätze, egal wie lange das auch sein mag. Ich habe keine Angst davor, hundertzehn Jahre alt zu werden, weil ich weiß, dass du an meiner Seite sein, mich lieben, mich beschützen und mir das bestmögliche Leben geben wirst. Ich liebe dich, Matthew. Ich kann es kaum erwarten zu erleben, was die nächsten fünfundzwanzig Jahre für uns bereithalten.«

»Ich liebe dich«, flüsterte Matthew, als er sich vorbeugte.

»Hey, du solltest warten, bis dir gesagt wird, dass du die Braut küssen darfst!«, rief Dude aus dem Publikum, aber Matthew ignorierte ihn.

Caroline grinste, bevor ihr Mann sie so leidenschaftlich küsste wie bei ihrer ersten Hochzeit. Einige der jüngeren Kinder am Strand verschreckte es vielleicht, aber sie konnte es kaum erwarten, mit Matthew zurück in ihre Hochzeitssuite zu gehen und ihm zu zeigen, wie viel er ihr bedeutete.

Als könnte er ihre Gedanken lesen, flüsterte Matthew an ihren Lippen: »Zuerst der Empfang, Ice, dann das Bett.« Er zog sich zurück, drehte sie zu den Gästen um und hielt ihre gefalteten Hände hoch. »Verheiratet ... erneut!«, rief er.

Caroline wusste, dass sie ein verrücktes Grinsen im Gesicht hatte, aber das war ihr egal. Wenn Matthew glücklich war, war sie glücklich.

Ihre Freunde umringten sie wieder. Alle gratulierten ihnen und sagten, wie schön die Zeremonie war.

Alle gingen zum Hotel und Caroline schnappte nach Luft, als sie die Dekoration sah. Sie war sowohl elegant als auch locker ... was perfekt zur Umgebung passte. Auf den Tischen standen wunderschöne Blumenarrangements mit Kerzen, die nach Sonnenuntergang eine romantische Stimmung verbreiten würden. Die Tische standen direkt im Sand und an der Seite war ein riesiges Buffet aufgebaut.

Matthew führte sie an der Schlange vorbei und lud ihren Teller mit Speisen voll.

»Matthew, das kann ich nicht alles essen«, protestierte Caroline lachend.

»Du kannst es versuchen«, erwiderte er.

»Warum versuchst du immer, mich zum Essen zu überreden?«, grummelte sie, als sie zu einem der Tische gingen.

»Weil du die Energie brauchst«, sagte er lächelnd. »Ich muss dir die richtigen Nährstoffe zuführen, wenn ich kann. Wenn ich es dir überlasse, würdest du nur Donuts und anderes Junkfood essen.«

Caroline lächelte, weil er wahrscheinlich recht hatte.

»Und bevor du dich beschwerst, grüne Bohnen sind gut für dich«, sagte Matthew zu ihr. »Und ... du weißt genau, dass ich sehr gern aufessen werde, was du nicht schaffst.«

Das wusste sie. Matthew aß schon ihre Reste, seitdem sie verheiratet waren. Es war irgendwie ihr Ding. Natürlich war er kein Navy SEAL mehr und musste aufpassen, wie viel er aß, aber sie beide liebten diese Tradition, die sie vor so langer Zeit eingeführt hatten.

Die Speisen waren köstlich und Caroline störte es nicht einmal, dass ihr der Wind das Haar auf den Teller wehte oder dass nur wenige Meter entfernt die Möwen Wache standen und darauf warteten, dass ein Kind seinen Teller unbeaufsichtigt ließ oder ein Stück Brot herunterfiel.

Als der Nachtisch serviert wurde, war Caroline nicht überrascht zu sehen, was Matthew ausgewählt hatte.

»Deutscher Schokoladenkuchen?«, fragte sie lachend.

»Jawohl. Unser Lieblingsdessert.«

»Dein Lieblingsdessert«, korrigierte sie.

»Jawohl«, stimmte er erneut zu, ohne im Geringsten verlegen auszusehen.

Caroline hatte nichts dagegen. Für diese Überraschung hatte er ein extragroßes Stück seines Lieblingskuchens verdient. Für sie war es perfekt gewesen. Und sie liebte Matthew umso mehr dafür, dass er alles organisiert hatte.

Sie aß so viel sie konnte von ihrem Kuchen und grinste, als Matthew die Reste zu sich hinüberzog.

Als er das letzte Stück weggeputzt hatte, legte Caroline ihren Kopf auf seine Schulter. Ein Kellner brachte eine Teetasse mit heißem Wasser und einen Beutel Earl Grey Tee. Sie lächelte ihren Mann an.

»Das ist nun aber wirklich dein Lieblingstee«, sagte er voller Zuversicht.

»Das ist es«, stimmte Caroline zu. »Du verwöhnst mich.«

»Ich würde alles für dich tun«, sagte er.

Nachdem sie ihren Tee ausgetrunken hatte, stand Wolf auf und streckte ihr die Hand entgegen. Caroline nahm sie und er führte sie auf die freie Fläche im Sand zwischen den Tischen. Er zog sein Handy heraus und tippte ein paarmal darauf, bis der Klang ihres Hochzeitsliedes die Luft um sie herum erfüllte.

»Darf ich um diesen Tanz bitten?«, fragte Matthew.

Caroline nickte, als er sie in die Arme nahm. Langsam tanzten sie im Rhythmus von »Come To Me« von den Goo Goo Dolls. Es war ein unkonventionelles Hochzeitslied, aber sie würde nie vergessen, wie er vor fünfundzwanzig Jahren den Text geändert hatte, damit er perfekt zu ihnen und ihrer Geschichte passte. Sie hatte ihn damals geliebt und sie liebte ihn jetzt, mehr als sie jemals in Worte fassen könnte.

Als sie ihren Tanz beendet hatten, bemerkte Caroline, dass die meisten ihrer Freunde aufgestanden waren und sich ihnen angeschlossen hatten. Es lag so viel Liebe in der Luft um sie herum, dass Caroline fast überwältigt war.

»Die Sonne geht gleich unter. Komm mit«, sagte Matthew und zog sie zum Meer. Caroline folgte ihm ohne viel Aufhebens.

Matthew blieb kurz vor dem Wasser stehen und drehte sich zu ihr um. Er führte seine Hände an ihre Taille und sie legte ihre Handflächen auf seine Brust.

»Es tut mir leid, dass ich dich etwas angeschwindelt habe«, sagte Matthew zu ihr. »Aber ich wollte wirklich, dass es eine Überraschung wird.«

»Wenn es um solche Überraschungen geht, darfst du mich so oft anschwindeln, wie du willst«, erwiderte sie grinsend. »Niemand außer dir hat mir jemals das Gefühl gegeben, so besonders zu sein und geliebt zu werden.«

»Du wirst von vielen geliebt«, sagte Matthew ernst. »Alle waren begeistert, heute zu kommen. Wir haben vielleicht keine Kinder, aber alle Kinder hier betrachten dich quasi als ihre zweite Mutter.«

»Ich weiß. Erinnerst du dich, als wir dreizehn dieser kleinen Stinker gleichzeitig bei uns zu Hause hatten, damit ihre Eltern etwas Zeit für sich haben konnten?«, fragte sie.

»Erinnere mich nicht daran«, sagte Matthew mit gespieltem Schaudern.

»Bereust du es, keine Kinder zu haben?« Sie konnte nicht anders, als zu fragen.

»Nein«, antwortete er sofort und bestimmt. »Ich liebe es, dich für mich zu haben. Ich weiß, das ist egoistisch, aber trotzdem. Außerdem haben wir praktisch mitgeholfen, die Kinder unserer Freunde großzuziehen. Ich habe nicht das Gefühl, dass wir etwas verpasst haben.«

»Aber wir haben niemanden, der sich um uns kümmert, wenn wir alt werden.«

»Einige Leute würden sagen, wir sind schon alt«, sagte Matthew ohne einen Hauch von Besorgnis in der Stimme. »Außerdem werde ich mich um dich kümmern und du dich um mich. Es wird uns gut gehen.«

In diesem Moment rannte Tex' Enkelin, die Erstgeborene seiner Tochter Akilah, gegen Wolfs Beine und warf ihn fast um. Sie war erst vier, aber schon ziemlich schlau. »Hab dich, Onkel Wolf, du bist dran mit fangen!«, rief das kleine Mädchen und rannte davon.

Matthew sah wieder zu Caroline und zog eine Augenbraue hoch. »Keine Kinder?«, fragte er trocken mit einem Grinsen.

Caroline warf den Kopf in den Nacken und lachte, bis ihr der Bauch wehtat. Er hatte recht. Sie hatte vielleicht keine eigenen Kinder zur Welt gebracht, aber sie hatte definitiv ihren Teil dazu beigetragen, die jungen Männer und Frauen großzuziehen, die an diesem besonderen Tag hier bei ihnen waren. Und jetzt hatten diese Kinder bereits eigene Kinder. Der Kreislauf des Lebens würde weitergehen und sie und Wolf hatten eine große Familie, die sich um sie kümmern würde, wenn sie es brauchten.

»Schau«, sagte Matthew leise und drehte sie um, damit sie sehen konnte, wie die Sonne hinter dem Horizont verschwand.

Caroline war immer wieder überrascht, wie schnell es ging. In einer Sekunde strahlte die Sonne noch orange am Himmel, und in der nächsten war sie einfach verschwunden.

So war das Leben. An einem Tag ist man glücklich und führt sein bestes Leben, und am nächsten Tag ist man einfach weg – aber niemals vergessen.

Jeder Mensch hinterlässt ein Vermächtnis und sie hoffte, dass ihres und Matthews ein gutes war.

Als sie zurück zum Empfang gingen, zeigte ihnen der Fotograf – der ihnen ohne ihr Wissen gefolgt war – ein Foto, das er gemacht hatte. Auf dem Bild standen sie beide am Meer, während hinter ihnen die Sonne unterging. Caroline lachte mit zurückgeworfenem Kopf und Matthew sah sie lächelnd an.

»Oh mein Gott«, keuchte Caroline, als sie das Bild auf

der Kamera des Mannes betrachtete. »Das werde ich auf jeden Fall einrahmen.«

Der Mann lächelte. »Ja, ich glaube, das ist mein Lieblingsbild des Abends, und das will etwas heißen, denn Sie haben eine wunderbare Familie.«

Ja, die hatten sie auf jeden Fall.

* * *

Später am Abend öffnete Wolf langsam den Reißverschluss des wunderschönen rosa Kleides und schob es über Carolines Schultern. Er konnte nicht glauben, wie schön seine Frau immer noch war. Sie hatte ein paar mehr Falten als früher und beklagte sich darüber, dass ihre Haut schlaff war, aber alles, was er sah, war Perfektion.

Sie ging ins Badezimmer, um sich bettfertig zu machen, während er im zweiten Badezimmer der Luxussuite dasselbe tat.

Sie trafen sich im Schlafzimmer, Caroline kletterte aufs Bett und empfing ihn mit geöffneten Armen. Wolf legte sich schnell zu ihr und zog sie in eine Umarmung. Er atmete tief ein und liebte den Geruch von Salz und frischer Meeresluft auf ihrer Haut.

Sie waren nicht mehr jung, aber das hatte ihrem Liebesleben keinen Abbruch getan. Wolf glitt an Carolines Körper hinab, erregt von dem Ausdruck in ihren halb geschlossenen Augen, als er ihre Beine spreizte und sich zwischen sie legte.

Nachdem er sie zum Höhepunkt gebracht hatte, glitt er an ihrem Körper wieder nach oben und in sie hinein. Er liebte seine Frau langsam und leicht, ohne seinen Blick von ihrem abzuwenden. Er hielt nicht mehr so lange durch, wie es früher der Fall gewesen war, aber das war beiden egal.

Wolf schloss die Augen und genoss das Gefühl von Caroline unter sich und um ihn herum, als er explodierte.

Er nahm seine Frau wieder in die Arme und deckte sie beide zu. Sie kuschelte sich an ihn, so wie sie es die letzten fünfundzwanzig Jahre getan hatte.

»Was ist deine schönste Erinnerung an unser bisheriges gemeinsames Leben?«, fragte Caroline schläfrig.

»Neben dir aufzuwachen und die Liebe in deinem Blick zu sehen, wenn du die Augen öffnest und mich siehst«, sagte Wolf, ohne zu zögern.

»Wirklich?«, fragte Caroline. »Von allem, was wir erlebt haben, ist das das Schönste?«

»Auf jeden Fall«, bestätigte Wolf. »Was ist mit dir?«

»Es ist unmöglich, mich auf eine Sache festzulegen«, sagte Caroline mit einem kleinen Kopfschütteln. »Die Art, wie du mir das Gefühl gibst, dass das, was ich sage, von Bedeutung für dich ist. Wie du mir zuhörst ... und mich wirklich verstehst. Es ist, als würden wir dasselbe denken, wenn wir uns ansehen, als würden wir ein Gehirn teilen.«

»Das liebe ich«, gab Wolf zu.

Sie schwieg für eine Weile und Wolf dachte, sie wäre

eingeschlafen. Aber dann überraschte sie ihn, indem sie leise sagte: »Ich glaube, der Grund, warum ich dich jeden Morgen mit diesem liebevollen Blick ansehe, ist, dass ich immer gut schlafe, weil du bei mir bist und auf mich aufpasst.«

Wolf spürte, wie ihm Tränen in die Augen stiegen. Er war kein Mann, der weinte. Das war er nie gewesen. Als Navy SEAL war das ziemlich selbstverständlich. Er hatte zu viel gesehen und erlebt. Aber ihre Worte berührten ihn.

»Ich werde immer auf dich aufpassen, Ice. Egal was in der Zukunft passiert. Du kannst auf mich zählen.«

Er hatte eine liebevolle Antwort erwartet, aber alles, was er hörte, war ein leises Schnarchen.

Lächelnd schloss Wolf die Augen und verstärkte den Griff um seine Frau. Er und Caroline waren ein eingespieltes Paar. Und obwohl er keine Ahnung hatte, was ihm und Ice in der Zukunft bevorstehen würde, wusste er ohne Zweifel, dass er alles tun würde, um die nächsten fünfzig Jahre genauso großartig zu machen, wie es die letzten fünfundzwanzig gewesen waren.

DIE STRANDPROMENADE

Eines Tages trifft ein Mann bei einem Strandspaziergang eine Frau, die auf einer Bank sitzt. Sie unterhalten sich und er lädt sie zum Mittagessen ein. Aber wie bei den meisten Dingen im Leben steckt mehr hinter der Geschichte, als der erste Anschein vermuten lässt.

ANMERKUNG DER AUTORIN

Als ich diese Geschichte geschrieben habe, dachte ich, es sei die ultimative Liebesgeschichte. Es würde mich so trösten zu wissen, dass ich beschützt und umsorgt werde, wenn ich es nicht mehr alleine tun kann.

Ich wünschte, wir könnten alle für immer jung bleiben, aber das können wir leider nicht.

Und wenn ich alt werde, möchte ich jemanden wie

den Helden dieser Geschichte bei jedem Schritt an meiner Seite haben.

Jetzt holen Sie die Taschentücher heraus und lesen Sie ... wenn Sie sich trauen.

~Susan

Der Mann schaute auf die schicke Uhr an seinem Handgelenk. Sie hatte viele Funktionen, die er noch nie benutzt hatte. Aber das war egal, denn der Grund, warum er dieses extravagante Elektronikaccessoire gekauft hatte, hatte die Kosten mehr als einmal gerechtfertigt.

Die kühle Brise, die vom Meer herüberwehte, zerzauste sein kurzes graues Haar, während er zielstrebig die Promenade entlangging. Sein Blick schweifte von der Uhr an seinem Handgelenk zu den Wellen, die träge an den Strand rollten, hinüber zu den vielen Menschen, die unterwegs waren und den Tag genossen.

Es war ein perfekter Nachmittag. Der Himmel war blau, die Sonne schien, aber es war nicht zu heiß. Überall, wo er hinsah, waren Leute, die das Wetter genossen. Es war ein besonderer Tag für ihn und er freute sich, dass das Wetter mitspielte.

Entlang der Promenade gab es viele Bänke, von denen die meisten mit jungen Müttern und ihren Kindern besetzt waren, die eine Pause einlegten, oder mit älteren Männern und Frauen, die in der Sonne badeten.

Er selbst wurde langsam müde und freute sich, entlang seiner Route eine Bank mit einem freien Platz zu entdecken. Auf der einen Seite der Bank saß eine ältere Frau, die ihr Gesicht zur Sonne geneigt und ein kleines Lächeln auf dem Gesicht hatte.

»Ist hier noch frei? Darf ich mich setzen?«, fragte der Mann und lächelte die Frau an. Ihr Haar war so grau wie seines und im Nacken zu einem Knoten gebunden. Einige Haarsträhnen hatten sich gelöst und wehten ihr ins Gesicht, aber sie schien es nicht einmal zu bemerken.

Ihre Hände waren faltig und ruhten in ihrem Schoß. Sie trug eine graue Hose und eine gelbe Bluse. Es waren einfache Kleidungsstücke, die eher bequem als besonders schick waren.

Sie sah zu ihm auf und lächelte breit. »Natürlich.«

Der Mann setzte sich und legte einen Arm auf die Lehne der Bank. Sie saßen einen langen Moment still da, bevor er höflich sagte: »Ein wunderschöner Tag heute.«

»Das ist wahr«, stimmte die Frau zu. »Er erinnert mich an einen der schönsten Tage meines Lebens.«

»Ach ja?«

Sie nickte und richtete den Blick auf den Strand vor sich, während sie weitersprach. »An meinen Hochzeitstag. Na ja ... nicht mein ursprünglicher Hochzeitstag, das war der beste Tag meines Lebens, aber dieser kommt an zweiter Stelle.«

Der Mann wartete darauf, dass sie fortfuhr. Als es so aussah, als hätte sie vergessen, dass er überhaupt da war, räusperte er sich und fragte: »War es eine Zeremonie zur Erneuerung des Gelübdes?«

Sie kicherte und drehte den Kopf zu ihm. »Ja, es war unser fünfundzwanzigster Hochzeitstag und mein Mann hatte alles geplant. Er hat mir nichts davon erzählt und es auf wundersame Weise geschafft, es geheim zu halten.« Ein liebevolles Lächeln schlich sich über ihr Gesicht bei der offensichtlich schönen Erinnerung.

»Alle unsere Freunde waren da, genau wie bei unserer ursprünglichen Hochzeit. Nicht nur das, auch viele ihrer Kinder und Enkelkinder waren dabei. Mein Mann hat mich ausgetrickst und mich gebeten, mit ihm am Strand spazieren zu gehen. Ich hatte keine Ahnung, dass alle unsere Freunde dort waren. Sie warteten bereits auf uns, als wir am Strand ankamen. Es hat mich verdammt noch mal fast zu Tode erschreckt, das sage ich Ihnen.«

Der Mann lachte über den kleinen Fluch in ihrer Aussage. »Ich wette, das war eine Überraschung. Ich kann mir die Szene gut vorstellen. Sie dachten, Sie machen einen romantischen Strandspaziergang, und dann haben Sie plötzlich wieder geheiratet.«

»Genau«, entgegnete sie und blickte gedankenverloren zurück zum Strand. »Aber es war wunderschön. Und für einen Mann hat mein Ehemann mit den kleinen Details wunderbare Arbeit geleistet. Alle Gäste trugen Weiß und waren perfekt aufeinander abgestimmt. Am Tag zuvor hatte er mir ein neues Kleid gekauft, es war rosa. Die Mitarbeiter des Hotels in der Nähe hatten am

Strand Tische aufgestellt und nach der Zeremonie konnten sich alle zum Essen hinsetzen.« Sie seufzte. »Das Foto von mir und meinem Mann, als wir am Meer standen und hinter uns die Sonne unterging, ist eines meiner wertvollsten Besitztümer.«

»Ich wette, Sie waren wunderschön.«

Die Frau drehte sich um und funkelte den Fremden neben ihr an. »Flirten Sie etwa mit mir?«

Kapitulierend streckte er beide Hände in die Höhe. »Nein, ich erkenne eine vergebene Frau, wenn ich sie sehe.«

Sie legte eine Hand an die Kette um ihren Hals. »Vielleicht trage ich keine Ringe mehr, die verdammten Dinger fallen immer wieder ab und ich verliere sie, also hat mein Mann mir stattdessen diese Halskette geschenkt.«

»Darf ich?«, fragte der Mann, streckte eine Hand aus und deutete auf das Amulett.

Sie nickte und hielt es ihm hin.

Er rutschte etwas näher zu ihr und schloss seine Finger um den ungewöhnlichen Stein. »Ich glaube, ich habe noch nie etwas Schöneres gesehen.«

»Ich habe meinem Mann gesagt, dass es zu viel ist. Vor allem, um es täglich zu tragen. Aber er meinte, dass nur der einzigartigste und schönste Anhänger meiner Schönheit gerecht werden könne.«

»Was ist das für ein Stein?«, fragte der Mann.

»Ammolit«, antwortete die Frau sofort. »Er besteht aus Aragonit, einem Mineral, das sich auf natürliche

Weise in Stalaktiten wie in den Carlsbad-Höhlen bildet.«

Sie klang, als würde sie einen auswendig gelernten Text rezitieren, aber der Mann unterbrach sie nicht.

»Es besteht aus versteinerten Muscheln. Mein Mann sagte, dass es eine der wenigen biogenen Substanzen auf der Welt sei ... hergestellt durch Lebensvorgänge ... oder so in der Art. Wie auch immer, er meinte, es sei perfekt für mich, weil es aus dem Meer kommt. Und da er das Meer liebte, wäre es so, als würde ich immer einen Teil von ihm um meinen Hals tragen.«

»Klingt wie ein verdammt guter Mann.«

»Oh, das war ... ist er.« Dann runzelte sie die Stirn, als würde der Gedanke an ihren Mann sie traurig machen.

Da er sie nicht mit schmerzhaften Erinnerungen quälen wollte, ließ der Mann den rosa Stein wieder in ihre Hand fallen und wechselte das Thema. »Ich kann gut verstehen, warum Sie dann so gern hier sitzen, zumal es so schöne Erinnerungen in Ihnen weckt. Ich habe das Meer schon immer geliebt. Es ist kraftvoll und tödlich, aber gleichzeitig beruhigend.«

»Ja, ich war noch nie eine gute Schwimmerin, aber ich war schon immer gern am Wasser. Mein Mann war wie ein Fisch. Er konnte besser schwimmen als jeder andere, den ich je kennengelernt habe. Er und seine Freunde verbrachten Stunden im Wasser, alberten herum und scherzten miteinander.«

Der Mann lächelte über die Zuneigung in der Stimme der Frau. Er lehnte sich gegen die Holzlatten der

Bank und verzog das Gesicht. Seine Arthritis war heute besonders schlimm und ihm taten die Knochen weh. Die warme Sonne fühlte sich gut an auf seinen schmerzenden Gelenken und er war noch nicht bereit, nach Hause zu gehen. Er war sechsundachtzig Jahre alt und kein junger Hüpfer mehr, aber er sollte verdammt sein, wenn er das Ende seines Lebens damit verbringen würde, in einem Bett herumzuliegen und auf den Tod zu warten. Außerdem hatte er eine wichtige Aufgabe zu erfüllen und keine Zeit für Altersschwäche.

Er war immer noch schlank und achtete auf seine Ernährung, da er seinen Körper nicht mit unnötigen Chemikalien und Zusatzstoffen vollpumpen wollte. Bis zu seiner Knieoperation vor etwa zehn Jahren hatte er jeden Tag seines Lebens trainiert. Die Genesung hatte lange gedauert und für eine Weile hatte er gedacht, er würde nie wieder gehen können. Aber wie bei all den anderen Verletzungen, die er in seinem Leben gehabt hatte, hatte er sich durchgekämpft und seine vorübergehende Behinderung überwunden.

Sein Gesicht war faltig, ebenso wie der Rest seines Körpers. Er war nicht mehr der schlanke und muskulöse Mann, der er einst gewesen war. Aber an den meisten Tagen war er zu beschäftigt, um es zu bemerken oder sich dafür zu interessieren. Er war selbst verheiratet und kümmerte sich von morgens bis abends um seine zweiundachtzigjährige Frau. Er sorgte dafür, dass sie gesunde Mahlzeiten zu sich nahm, und stellte sicher, dass sie tagsüber nicht belästigt oder schlecht behandelt wurde. Es war furchtbar, wie schrecklich manche Menschen »alte Leute« behandelten. Und er leistete ihr Gesellschaft, wenn sie fernsah, oder spielte mit ihr Karten.

Er hatte geschworen, an ihrer Seite zu bleiben, in guten wie in schlechten Tagen, in Krankheit und Gesundheit, durch dick und dünn, egal was passierte. Ihr Leben neigte sich langsam dem Ende zu, aber er konnte sich nichts Besseres vorstellen, als jede verbleibende Sekunde mit seiner wunderschönen Frau zu verbringen.

Die Frau, die er geheiratet hatte, war sein Leben, und er verstand vollkommen die Hingabe dieser Frau für ihren eigenen Ehemann. Um das Gespräch voranzutreiben, sagte er: »Früher konnte ich ziemlich gut schwimmen.«

Sie ließ den Blick zu ihm wandern und er unterdrückte ein Grinsen, als sie ihn von Kopf bis Fuß musterte.

»Sie sehen nicht gerade wie ein Schwimmer aus«, war ihre etwas bissige Antwort.

Der Mann brach in Gelächter aus. Als er sich endlich wieder unter Kontrolle hatte, sagte er: »Vielleicht nicht mehr, aber ich war früher mal jemand, den man ernst nehmen musste.«

»Ich nicht«, sagte die Frau, lächelte in sich hinein und blickte zum Strand zurück. Im Sand und in der Brandung spielten mehrere Familien mit Kindern. Sie beobachtete die Kinder und sagte: »Ich habe die meiste Zeit meines Lebens im Schatten anderer verbracht.«

»Hat Ihnen das gefallen?«

Sie schüttelte den Kopf und zuckte dann mit den Schultern. »Nicht wirklich, aber ich war daran gewöhnt.«

»Das kann ich mir nicht vorstellen.«

»Nun, nachdem ich meinen Mann getroffen hatte, hat er dafür gesorgt, dass ich nicht mehr übersehen werde.«

»Das ist gut«, sagte der Mann. »Ein guter Ehemann tut, was er kann, um seine Frau glücklich zu machen. Und Sie sehen aus wie eine Frau, die im Schatten nicht glücklich wäre.«

»Der Schein kann täuschen«, sagte sie leichthin.

»Haben Sie Kinder?«, fragte der Mann. Ihm war ihr zufriedener Gesichtsausdruck beim Anblick der spielenden Kinder nicht entgangen.

Sie schüttelte den Kopf. »Nein, ich wollte nie welche. Aber das heißt nicht, dass es keine Kinder in unserem Leben gab.«

»Jetzt bin ich verwirrt«, sagte der Mann zu ihr und rutschte auf der Bank herum, als seine Rückenschmerzen sich wieder meldeten.

»Mein Mann und ich hatten vielleicht selbst keine Kinder, aber die meisten unserer Freunde hatten welche. Fast jedes Wochenende haben Kinder bei uns übernachtet, damit ihre Eltern mal verschnaufen konnten. Ich erinnere mich an ein Wochenende, an dem wir tatsächlich dreizehn Kinder im Haus hatten.«

»Dreizehn?« Der Mann schüttelte sich. »Alle von demselben Paar?«

Sie kicherte. »Nein, von vieren.«

»Ich glaube, diese Geschichte möchte ich hören«,

sagte der Mann, beugte sich vor, um den Rücken zu dehnen, stützte die Ellbogen auf die Knie und drehte den Kopf, um das Gesicht der Frau im Blick zu behalten.

»Meine Freundinnen und ich saßen herum und tratschten über dies und das und beschwerten uns darüber, dass wir unsere Ehemänner nicht so oft sehen konnten, wie wir wollten. Es waren für sie ein paar harte Monate bei der Arbeit und sie waren mehr als üblich unterwegs gewesen. Ich dachte darüber nach, wie sehr ich die Zeit allein mit meinem Mann liebte, wenn er nach langer Abwesenheit nach Hause kam, und hatte ein schlechtes Gewissen, dass meine Freundinnen diese Zeit mit ihren Kindern teilen mussten. Also habe ich an einem Wochenende, nachdem unsere Ehemänner lange weg waren, angeboten, auf alle ihre Kinder aufzupassen.«

»Das war sehr großzügig von Ihnen«, stellte der Mann fest.

»Das war es«, sagte sie ohne Umschweife. »Aber ich habe meine andere kinderlose Freundin und ihren Mann dazu gebracht, mir zu helfen. Wir waren also vier Erwachsene, acht kleine Mädchen im Alter zwischen zwei und dreizehn und fünf Jungen von vier bis fünfzehn Jahren. Es war verrückt, aber lustig.«

»Was haben Sie unternommen? Wie haben Sie sie alle bei Laune gehalten?«

»Wasser.«

»Wasser?«

»Ja, Wasser. Spritzpistolen, ein aufblasbares Schwimmbecken, Wasserballons. Es war ein riesiges

Chaos, aber hat viel Spaß gemacht. Und als Bonus mussten wir sie nicht baden.«

»Das kann ich mir vorstellen«, sagte der Mann zu ihr und stellte sich kreischende Kinder vor, die durch den Garten rannten, während die Erwachsenen lachten und sich an dem Spaß beteiligten.

»Also mein Mann und ich haben vielleicht keine Kinder, aber alle Kinder meiner Freundinnen sind etwas Besonderes für mich, und wir lieben sie alle.«

Der Mann rutschte noch einmal auf der Bank herum. Er musste sich bewegen. Wenn seine Knochen jetzt schon so schmerzten, würden sie später noch mehr wehtun, wenn er nicht aufstand und sich bewegte. Und wenn die Schmerzen zu stark würden, könnte er sich nicht mehr um seine Frau kümmern. »Möchten Sie etwas spazieren gehen?«, fragte er die Frau.

Sie sah etwas unbehaglich aus und er ergänzte schnell: »Nicht weit. Und wir werden nicht schnell gehen. Aber meine Arthritis macht sich bemerkbar und wenn ich jetzt nicht aufstehe, werde ich heute Abend nicht mehr stehen können. Und ich würde gern mehr von Ihren Geschichten hören.«

Bei der Erwähnung ihrer Geschichten lächelte sie, stand langsam auf und streckte ihm ihre Hand entgegen. »Ich würde gern spazieren gehen. Danke.«

Er nahm ihre Hand und ließ sich von ihr aufhelfen. Sobald er aufrecht stand, ließ er ihre Hand los und streckte seinen Ellbogen aus. »Ma'am?«

Sie legte ihre Hand um seinen Arm und ließ ihn

etwas von ihrem Gewicht stützen, als sie begannen, die Promenade hinunterzugehen.

Um sie herum gingen, liefen und fuhren Männer, Frauen und Kinder auf ihren schicken Rollern vorbei. Der Mann führte sie an seiner rechten Seite, abseits der sich schneller bewegenden Menschen. Er wollte auf keinen Fall, dass die Frau sich wehtat, nur weil er spazieren gehen wollte.

»Gibt es noch andere Kindergeschichten?«, fragte er.

»Aber sicher. Diese Kinder sind eine Handvoll, aber urkomisch«, sagte die Frau zu ihm und lächelte breit. »Einmal steckte Taylors großer Zeh im Wasserhahn in der Badewanne fest. Ihr Dad ist ausgeflippt. Er wollte schon den Notarzt rufen, aber zum Glück hat seine Frau stattdessen mich angerufen. Ich bin zu ihrem Haus hinübergefahren und mit etwas Vaseline auf ihrem Zeh haben wir es geschafft, sie zu befreien.«

»Er war sicher daran gewöhnt, dass seine Tochter so komische Sachen macht. Ich meine, Kinder geraten ständig in Schwierigkeiten ...«

»Sie war sein einziges Kind und er war sehr beschützend. Er war ein sehr männlicher Typ, aber jedes Mal, wenn seine Frau oder Tochter sich wehtaten, verwandelte er sich in ein hilfloses Durcheinander.«

»Was sonst noch?«, fragte der Mann und genoss den fröhlichen Tonfall der Frau, als sie über ihre Freunde sprach.

»Eine andere Freundin und ich haben angeboten, auf die sechs Kinder eines anderen Paares aufzupassen. Sie sind an diesem Abend außer Kontrolle geraten. Ich bin mir nicht sicher warum. Aber nachdem wir alle ins Bett gebracht hatten und sie tatsächlich auch dortblieben, kehrten meine Freunde zurück und ich konnte zurück nach Hause zu meinem Mann fahren. Ich sagte ihm, wie froh ich war, dass wir keine Kinder hatten, und dann hatten wir den tollsten Sex.«

Die Frau hatte einen beruhigenden Rhythmus in ihrer Stimme. Er beruhigte die Seele des Mannes. Er war ein glücklich verheirateter Mann, aber dieser Frau könnte er den ganzen Tag zuhören.

»Was ist mit Ihnen?«, fragte sie plötzlich. »Haben Sie Kinder?«

Auf ihre Frage hin verschwand das Lächeln auf dem Gesicht des Mannes. Er sah plötzlich niedergeschlagen und traurig aus, aber er erholte sich schnell wieder und drehte sich zu der Frau neben ihm um. Er tätschelte ihre Hand, die auf ihrem Arm lag, als sie gingen, und sagte zu ihr: »Nein, keine Kinder. Genau wie Sie wollte ich nie wirklich welche und habe es stellvertretend durch die Kinder meiner Freunde ausgelebt. Und jetzt ihre Enkel«, ergänzte er.

»Enkelkinder«, sagte die Frau, legte den Kopf schief und blickte in die Ferne, während sie weitergingen.

»Ja, es sind zu viele, um sie zu zählen«, sagte der Mann zu ihr. »Beim letzten Treffen müssen mindestens zwanzig von ihnen herumgelaufen sein.«

»Ich habe einmal auf dreizehn Kinder gleichzeitig aufgepasst«, sagte die Frau.

Der Mann sah die Frau mit einem unlesbaren Gesichtsausdruck an und sagte dann zögernd: »Das haben Sie mir erzählt.«

»Habe ich das?« Sie sah einen Moment verwirrt aus, dann sagte sie: »Oh ja, wie dumm von mir. Manchmal bin ich ein bisschen vergesslich.«

Der Mann tätschelte beruhigend ihre Hand. »Machen Sie sich keine Sorgen.«

Sie kamen an eine Gabelung der Strandpromenade. Der Weg rechts führte hinunter zum Strand, nach links ging es um ein kleineres Gebäude herum, in dem sich Toiletten befanden. Dahinter schlängelte sich der Weg dann zu einem großen Gebäude, das unter den Einheimischen als »Die Einrichtung« bekannt war. Dort gab es Wohnungen, eine Cafeteria, eine kleine Kegelbahn und ein Kino ausschließlich für die Bewohner des Gebäudes. Es war spezialisiert auf ältere, klassische Filme.

»Sind Sie hungrig?«, fragte er.

»Was?«

»Hunger? Möchten Sie mit mir etwas essen gehen? Geht auf mich.« Er lächelte sie an.

Sie sah einen Moment lang verwirrt aus, als wüsste sie nicht, was sie sagen sollte.

»Ich bin verheiratet, erinnern Sie sich?«, fragte der Mann leise, hielt seine Hand hoch und zeigte ihr den Ring an seinem Finger. »Ich bin müde und denke, Sie sind es vielleicht auch. Wir könnten zu Mittag essen und dann getrennter Wege gehen.«

Sie nickte. »Gut, aber ich kann nicht zu lange bleiben. Ich ... ich muss irgendwo hin.«

»Natürlich«, stimmte er sofort zu und drehte sie nach links. »Das Essen hier ist ausgezeichnet. Ich denke, es wird Ihnen gefallen.«

Sie schaute zu dem großen Gebäude hoch, als sie sich näherten, und lehnte sich an ihn. »Ich bin mir sicher, das wird es«, bestätigte sie leise.

Der Mann führte sie zur Eingangstür und in den Empfangsbereich. Ein paar Leute begrüßten sie respektvoll, aber er blieb nicht stehen. Er führte sie ins Restaurant und die Angestellte am Empfang lächelte, als sie näher kamen.

»Guten Tag. Einen Tisch für zwei?«, fragte sie höflich.

»Ja bitte«, antwortete der Mann.

Ohne ein weiteres Wort führte die Frau sie zu einem Tisch mit Blick auf die Strandpromenade, auf der sie gerade spazieren gegangen waren, und aufs Meer auf der anderen Seite. Er bedankte sich bei der Angestellten, die ihnen sagte, dass ihre Kellnerin gleich bei ihnen sein würde.

»Es ist wunderschön hier«, hauchte die alte Frau, als sie die Aussicht bemerkte. »Woher wussten Sie, dass ich gern aufs Meer schaue?«

Mit einem kleinen Lächeln sagte der Mann: »Ich hatte so eine Ahnung.« Er half ihr beim Hinsetzen und nahm dann auf seinem Stuhl auf der anderen Seite des kleinen Tisches Platz.

Sobald sie sich niedergelassen hatten, kam eine Kellnerin zu ihrem Tisch. Sie stellte zwei Gläser Wasser vor sie hin und reichte ihnen eine einseitige laminierte Speisekarte.

»Hallo, mein Name ist Jessie. Ich werde heute Ihre Kellnerin sein. Die Spezialität des Tages ist Brathähnchen mit grünen Bohnen und Kartoffelgratin.«

»Und Nachtisch?«, fragte der Mann.

Die Kellnerin kicherte, als hätte sie diese eifrig gestellte Frage schon einmal gehört. »Deutscher Schokoladenkuchen.«

»Eine meine Lieblingsspeisen«, sagte der Mann und zwinkerte der jungen Dame zu.

Sie kicherte erneut. »Ich bin gleich wieder da, um Ihre Bestellung aufzunehmen. Nehmen Sie sich Zeit.« Sie klopfte dem Mann auf die Schulter und ging dann weg.

»Sie war nett«, bemerkte die Frau abwesend und ergänzte dann: »Eines der Mädchen, auf die ich früher aufgepasst habe, hieß Jessie.«

»Wirklich?«, entgegnete der Mann. »Was für ein Zufall.«

»Mhm.«

»Möchten Sie es sich leicht machen und die Spezialität des Tages nehmen?«, fragte er.

»Was? Oh, sicher. Ich mag Hähnchen.«

»Gut.«

Sobald sie die einfache Speisekarte hingelegt hatten, war Jessie wieder da.

»Wir nehmen beide das Tagesmenü, Jessie. Danke«, sagte der Mann zu ihr.

»Zweimal die Spezialität des Tages. Kommt sofort«, sagte sie effizient und ließ sie dann wieder allein.

»Erzählen Sie mir, was Ihre schönste Erinnerung an Ihren Mann ist«, bat er und dachte dabei an seine eigene Frau.

»Meine schönste Erinnerung«, sinnierte sie. »Das ist schwer. Es gibt so viele. Mal sehen ... ich glaube, als wir an unserem Hochzeitstag zu unserem Lied getanzt haben.«

Der Mann lächelte breit. »Das ist auch eine meiner liebsten Erinnerungen an meine Frau.«

Sie summte ein paar Takte eines Liedes, das der Mann kannte.

»Das ist ein unkonventionelles Hochzeitslied«, merkte er an.

Sie nickte. »Das ist es. Aber es hat so gut zu uns gepasst. Ein Lied auszusuchen war eine der schwierigsten Entscheidungen für mich. Es hat mich fast verrückt gemacht. Aber als ich das Lied zum ersten Mal hörte, wusste ich, dass es für uns bestimmt war.«

»Das ist wunderbar.«

Sie nickte zustimmend. »Was ist Ihre schönste Erinnerung an Ihre Frau?«, gab sie die Frage zurück.

»Ich kann mich nicht entscheiden«, sagte der Mann sofort. »Seit unserer zweiten Begegnung wusste ich, dass sie mir gehört.«

»Seit Ihrer zweiten Begegnung? Nicht der ersten?«, fragte sie mit hochgezogenen Augenbrauen.

»Sie reibt es mir immer wieder gern unter die Nase,

aber bei unserem ersten Aufeinandertreffen habe ich sie nicht wirklich bemerkt. Aber Gott sei Dank bekam ich eine zweite Chance.«

Die Frau lachte. »Klingt nach einer Frau, die vergeben kann.«

»Oh, das ist sie«, versicherte ihr der Mann. »Aber sie ist keineswegs schwach. Sie ist eine der stärksten Frauen, die ich je kennengelernt habe, und ich habe in meinem Leben eine Menge starker Frauen getroffen. Sie ist selbstlos und großzügig und freundlich. Sie haben mich nach meiner Lieblingserinnerung an sie gefragt und ich habe gelogen, als ich sagte, ich könne mich nicht entscheiden. Es ist der zufriedene Gesichtsausdruck, wenn sie neben mir in unserem Bett schlief, und dann der Ausdruck von Liebe in ihrem Blick, wenn sie die Augen öffnete und mich neben sich liegen sah. Das ist meine schönste Erinnerung.«

Die Frau runzelte die Stirn und richtete den Blick auf das Meer in der Ferne. Der Mann schaute ebenfalls hinaus und sah eine Gruppe von Männern in kurzen Hosen und grauen T-Shirts den Strand hinunterlaufen.

Die Augen der Frau leuchteten auf. »Oh sehen Sie, da kommen die Soldaten!«

Sie sahen schweigend zu, wie die Gruppe von Männern plötzlich anhielt und anfing, Liegestütze im Sand zu machen. Dann legten sie sich auf den Rücken und machten eine Reihe von Sit-ups. Anschließend sprangen sie wieder auf und liefen weiter. Sowohl der Mann als auch die Frau drehten den Kopf und sahen ihnen nach, als sie den Strand hinunterliefen. Hundert Meter weiter ließen sie sich wieder in den Sand fallen, um die Prozedur von Liegestützen und Sit-ups zu wiederholen.

»Das tun sie jeden Tag«, sagte die Frau wissend. »Ohne Ausnahme. Jeden Tag.«

»Sie müssen sehr diszipliniert sein«, bemerkte der Mann.

»Natürlich. Sie könnten nicht die besten Soldaten der Welt werden, wenn sie es nicht wären.«

»Was wissen Sie darüber?«, fragte der Mann, aufrichtig gespannt auf ihre Antwort.

Die Frau drehte sich zu ihm um und ihre Augen funkelten schelmisch. »Ich würde es Ihnen ja sagen, aber dann müsste ich Sie töten.«

Er warf den Kopf in den Nacken und lachte, als Jessie mit zwei Tellern zu ihrem Tisch zurückkam. »Zweimal das Tagesmenü. Und Sie haben Glück, der Koch hat die Brötchen gerade aus dem Ofen genommen, also sind sie noch warm. Aber seien Sie vorsichtig, verbrennen Sie sich nicht die Zunge.«

»Danke, Jessie«, sagte der Mann. »Es sieht alles sehr lecker aus.«

»Oh mein Gott, das ist ja so viel zu essen«, rief die Frau aus und blickte bestürzt auf ihren Teller.

»Keine Sorge, was auch immer Sie nicht schaffen, wird der gut aussehende Herr an Ihrer Seite sicher gern aufessen«, sagte die Kellnerin mit einem Lächeln. Dann ging sie, nachdem sie hinzugefügt hatte: »Lassen Sie mich wissen, ob ich noch etwas für Sie tun kann. Den Nachtisch bringe ich, sobald Sie fertig sind.«

»Sie ist sehr nett«, bemerkte die Frau.

»Das ist sie«, stimmte der Mann zu. »Sollen wir?«, fragte er und deutete mit dem Kinn auf die Speisen vor ihnen.

Eine Weile aßen sie schweigend. Der Mann schaute hinüber und sah, dass die Frau nur in den grünen Bohnen stocherte. »Die sollten Sie essen. Die sind gut für Sie.«

Sie rümpfte die Nase. »Ich mag Bohnen nicht wirklich.«

Er zuckte mit den Schultern. »In unserem Alter brauchen wir alle Vitamine, die wir bekommen können.«

Sie lächelte: »Das stimmt.«

»Ich bin mir sicher, dass Ihr Mann Sie noch lange bei sich haben möchte.«

»Stimmt«, nickte sie. »Er würde erwarten, dass ich alles aufesse.« Dann nahm sie ihre Gabel und spießte einige der grünen Bohnen damit auf. Sie nahm einen Bissen und kaute vorsichtig, geradezu zierlich.

»Ist Ihre Frau eine gute Köchin?«, fragte sie, als sie mit dem Kauen fertig war.

Er schüttelte liebevoll den Kopf. »Das war nie eine ihrer Lieblingsbeschäftigungen. Sie hat natürlich gekocht und ich habe immer gegessen, was sie für uns zubereitet hat, aber jetzt essen wir meistens auswärts. Warum Zeit mit etwas verbringen, das keinem von uns Spaß macht? Das Leben ist zu kurz.«

»Da stimme ich zu. Sie sehen aus, als könnten Sie viel essen. Mein Mann würde uns um Haus und Hof essen, wenn ich unsere Einkäufe nicht im Auge behalten würde.«

Der Mann lächelte. »Meine Frau hat mir das früher auch immer vorgeworfen.«

Sie grinsten einander an und aßen dann in kameradschaftlichem Schweigen weiter.

Gerade als sie ihr Mittagessen beendeten, tauchte Jessie mit zwei Stücken Schokoladenkuchen wieder auf. Ein kleineres Stück für die Frau und ein größeres für den Mann.

»Woher wussten Sie, dass es eines meiner Lieblingsdesserts ist?«, fragte er, ohne den Blick von der Süßspeise abzuwenden.

»Vielleicht weil ich gesehen habe, wie Ihnen das Wasser im Mund zusammenlief, als Sie gefragt haben, was wir heute zum Nachtisch servieren«, neckte Jessie ihn.

Der Mann blickte sie spöttisch an, während sowohl die Kellnerin als auch die Frau ihm gegenüber lachten.

»Ich mache Scherze. Aber Sie sehen aus wie ein Mann, der süße Dinge mag.« Sie ließ den Blick zu der Frau auf der anderen Seite des Tisches wandern, bevor sie ihn wieder auf ihn richtete.

»Meine Frau sagt dasselbe«, erwiderte er ruhig und reagierte nicht auf die offensichtlichen Vermittlungsversuche der Kellnerin.

Sie verstand den Hinweis, wünschte ihnen einen guten Appetit und ließ sie wieder allein.

Die Frau schaffte es, die Hälfte ihres Kuchenstücks zu essen, und der Mann fragte schnell, ob er den Rest haben könne. Als hätte sie es schon oft getan, schob die Frau ohne ein Wort den kleinen Teller über den Tisch.

Jessie kam mit zwei Tassen Tee wieder, stellte sie auf den Tisch und sagte: »Es gibt nichts Besseres als eine gute Tasse Tee, um eine Mahlzeit abzurunden.«

Die Frau nahm einen Schluck und sagte dann leise: »Earl Grey. Das ist einer meiner Lieblingstees.«

»Was für ein Zufall«, entgegnete der Mann und versteckte sein Lächeln hinter der Tasse, während er einen Schluck von seinem Tee trank.

Mehrere Augenblicke vergingen. Augenblicke, in denen der Blick der Frau wieder wie gezwungen auf das Meer gezogen wurde.

»Was sehen Sie, wenn Sie aufs Wasser schauen?«, fragte der Mann leise und aufrichtig neugierig.

»Es ist nichts, was ich sehe. Es ist ein Gefühl.«

»Was fühlen Sie?«

»Sicherheit.«

»Warum?«, hakte er nach.

»Ich weiß nicht«, antwortete sie sofort. »Ich kann es nicht erklären. Aber wenn mein Mann nicht zu Hause war, bin ich oft ans Meer gegangen und habe für seine sichere Heimkehr gebetet. Zu wissen, dass er irgendwo auf der Welt vielleicht in genau denselben Wellen schwamm, die ich sah, hat mich getröstet.« Sie zuckte mit den Schultern. »Es ist albern, aber wenn ich am Meer bin, fühle ich mich ihm immer näher.«

»Das ist überhaupt nicht albern«, erwiderte der Mann und Tränen glitzerten in seinen Augen. »Haben Sie das Ihrem Mann jemals erzählt?«

Sie schüttelte den Kopf. »Nein, er hat sich bereits genügend Sorgen um mich gemacht, wenn er nicht zu Hause war. Ich wollte nicht, dass er sich noch mehr sorgt. Es war besser, dass er dachte, ich wäre beschäftigt und würde mir keine Gedanken um ihn machen, während er weg war.«

»Ich bezweifle, dass er jemals geglaubt hat, dass Sie zu beschäftigt waren, um an ihn zu denken.«

»Wahrscheinlich nicht«, antwortete sie nachdenklich.

»Heute ist mein fünfzigster Hochzeitstag«, sagte der Mann aus heiterem Himmel zu ihr.

Sie sah ihm in die Augen. »Herzlichen Glückwünsch!«

»Danke. Seit fünfzig Jahren bin ich mit der Liebe meines Lebens gesegnet.«

»Haben Sie Pläne, das zu feiern?«, fragte sie und nahm einen weiteren Schluck von ihrem Tee.

Er schüttelte den Kopf. »Nicht wirklich. Ein paar Freunde kommen nachher zu Besuch, aber das war es auch schon.«

»Nicht einmal Kuchen?«, neckte sie.

»Vielleicht einen deutschen Schokoladenkuchen«, antwortete der Mann mit einem Lächeln.

Sie kicherte. »Nun, wenn er so gut ist wie der, den wir

heute hatten, wird sie sich freuen.« Sie runzelte plötzlich die Stirn und flüsterte dann: »Ich kann mich nicht erinnern, wie lange ich mit meinem Mann verheiratet bin.«

Er riskierte es, die Frau zu verschrecken, und legte seine Hand auf ihre auf dem Tisch. Er wollte sie trösten. »Nicht die Jahre zählen, sondern die gemeinsame Zeit.«

Sie nickte. »Sie haben recht. Außerdem bin ich sicher, dass mein Mann den Überblick behält. Er ist sehr schlau.«

»Er muss schlau sein, denn er hat sich Sie geschnappt, richtig?«, scherzte er.

»Verdammt richtig«, antwortete die alte Dame scharfzüngig.

Sie lachten beide.

Dann gähnte sie.

»Sie sehen müde aus«, merkte der Mann an. »Wissen Sie, es gibt hier ein schönes, ruhiges Zimmer. Ich bin mir sicher, niemand hätte etwas dagegen, wenn Sie ein Nickerchen machen, bevor Sie Ihren Tag fortsetzen.«

»Ich weiß nicht«, zögerte sie.

»Kommen Sie, ich zeige es Ihnen. Dann können Sie eine Entscheidung treffen«, schmeichelte der Mann.

»Okay, aber ich bleibe nicht, wenn ich nicht will.«

»Natürlich nicht. Niemand wird Sie dazu zwingen, etwas zu tun, was Sie nicht möchten. Das verspreche ich Ihnen.«

Der Mann stand auf und unterdrückte ein Stöhnen, als seine Gelenke sich bei der Bewegung beschwerten. Aber er streckte der Frau die Hand entgegen, ohne sich anmerken zu lassen, dass er Schmerzen hatte. Die Frau nahm seine Hand und erlaubte ihm, ihr auf die Beine zu helfen.

»Möchten Sie eine Tasse Tee mitnehmen?«, fragte der Mann.

»Ich glaube nicht, aber danke der Nachfrage.«

»Keine Ursache.«

Sie verließen das Restaurant und die Hostess wünschte ihnen einen schönen Nachmittag. Der Mann führte die Frau durch den altmodischen Empfangsbereich und einen langen Korridor mit Türen auf beiden Seiten hinunter bis zu einer Tür am Ende. Das Wort »Bibliothek« stand auf einem Schild an der Tür. Er öffnete sie und sie betraten den Raum.

Er führte die Frau an einem Tisch vorbei, an dem ein älteres Paar Karten spielte. Dann vorbei an einer Sitzecke mit einem kleinen Fernseher und vier Leuten, die auf Stühlen und einer Couch saßen und fernsahen. Weiter, entlang drei hoher Regale voller Bücher und einem kleinen Tisch mit einem großen, bequem aussehenden Bürostuhl, bis sie einen Sessel in einer Nische erreichten. Er stand neben einem großen Fenster mit Blick aufs Meer.

»Oh, wie schön«, rief die Frau aus.

Der Mann lächelte. »Ich dachte mir, dass es Ihnen gefallen würde.«

»Das tut es. Es ist wunderbar. Und dieser Stuhl sieht gemütlich aus, gut eingesessen und bequem.«

»Was für ein Zufall«, murmelte der Mann. Dann sagte er lauter: »Setzen Sie sich.«

Sie nickte und er half ihr, sich in den bequemen Ledersessel zu setzen. Ihr zarter Körper versank in dem Kissen und sie lehnte sich zurück, als hätte sie es schon tausendmal getan.

Der Mann beugte sich vor und schob einen Hocker näher an den Sessel heran. Dann hob er ihre Füße an, bis sie auf dem Lederkissen ruhten.

Sie stöhnte vor Verzückung, als sie sich in dem Stuhl zurücklehnte und die Augen schloss. »Das fühlt sich wunderbar an«, sagte sie leise.

»Jetzt machen Sie ein Nickerchen«, sagte der Mann zu ihr.

Sie öffnete die Augen. »Oh, aber ich muss nach Hause und dafür sorgen, dass das Abendessen für meinen Mann auf dem Tisch steht.«

»Ich bin mir sicher, Sie sind in ein oder zwei Stunden wieder auf den Beinen. Sie werden noch genügend Zeit haben, um zu Ihrem Mann nach Hause zu kommen.«

Sie nickte. »Ja, Sie haben recht. Ich werde mich viel besser fühlen, wenn ich aufwache, da bin ich mir sicher.«

»Schlafen Sie gut«, sagte der Mann leise zu ihr.

»Mhm«, war die Antwort der Frau. Sie hatte den Kopf zur Seite gedreht und blickte aus dem Fenster auf die Wellen, die wieder an den Strand rollten.

Der Mann wich zurück, ohne die Frau auf dem Stuhl aus den Augen zu lassen. Er ging um die Ecke und setzte sich an den kleinen Tisch, an dem sie zuvor vorbeigekommen waren. Der Stuhl hatte ein abgenutztes Polster und obwohl viele Leute hier waren, hatte keiner den offensichtlich bequemen und friedlichen Platz für sich beansprucht, auf dem der Mann jetzt saß.

Nachdem einige Minuten vergangen waren, erschien die Kellnerin des Restaurants neben dem Tisch.

»Darf ich mich setzen?«

Der Mann nickte und deutete mit dem Kopf auf den Stuhl neben ihm.

Jessie zog ihn heran und achtete darauf, keinen Lärm zu machen, um die schlafende Frau in der Nähe nicht zu wecken.

»Hat sie es sich gemütlich gemacht?«

Der Mann nickte.

»Grandpa und die anderen werden in etwa einer Stunde hier sein«, informierte Jessie den Mann. »Glaubst du, sie wird bis dahin schlafen?«

Matthew »Wolf« Steel sah die junge Frau an, die neben ihm saß. Sie war das Ebenbild ihrer Großmutter. »Sie wird den ganzen Nachmittag schlafen«, sagte er zu ihr. Jessie war eine gute Freundin. Sie war die Enkelin von Kason »Benny« Sawyer. Er und seine Frau hatten sechs Kinder, bevor Jessyka genug hatte. Alle ihre sechs Kinder waren genauso fruchtbar wie ihre Eltern und hatten Benny und Jessyka über fünfzehn Enkelkinder geschenkt.

Eines davon war Jessie, die im Seniorenheim als Kellnerin in der Cafeteria arbeitete. Das Heim war so eingerichtet, dass es eher wie ein Hotel aussah als ein

Altersheim. Die Forschung im Laufe der Jahre hatte gezeigt, dass ältere Bewohner sich besser fühlten und gesünder waren, wenn sie in einer weniger klinischen und deprimierenden Umgebung lebten.

Sie hatten die typische Cafeteria in ein Restaurant verwandelt, komplett mit Hostess und Kellnerinnen. Die Bewohner konnten von einer Speisekarte auswählen, was sie essen wollten, aber natürlich gab es nach der Mahlzeit keine Rechnung.

»Übrigens«, sagte Jessie leise, »alles Gute zum Hochzeitstag.«

»Danke, Kleine«, sagte Wolf zu ihr.

»Weiß sie es?«

»Dass es unser Hochzeitstag ist? Nein«, sagte Wolf traurig.

»Sie hat einen schlechten Tag«, sagte Jessie. Es war keine Frage.

»Nicht schlimmer als viele andere in letzter Zeit.«

»Das Ortungsgerät in ihrer Halskette funktioniert aber noch so, wie Grandpa Tex es vorgesehen hat, richtig? Hast du sie so heute gefunden?«

Wolf nickte. »Ich hatte gestern Abend eine Schmerztablette genommen und als ich heute Morgen aufwachte, war sie bereits weg.«

»Gut, dass du diese schicke Uhr hast, hm?«, neckte Jessie ihn.

»Sie ist verdammt hässlich, aber sie führt mich zuverlässig zu ihr«, stimmte Wolf zu.

»Du weißt, dass du hier nicht wohnen musst,

Grandpa Wolf«, stellte Jessie fest und sagte ihm etwas, das ihm bewusst war.

Wolf antwortete auf die gleiche Art, wie jedes Mal, wenn einer seiner Freunde oder ihre Kinder oder Enkelkinder versuchten, ihn davon zu überzeugen, aus dem Heim auszuziehen. »Sie ist meine Caroline. Ich habe viel zu viel Zeit unserer Ehe ohne sie verbracht. Ich werde jetzt keine Minute mehr verpassen.«

»Aber sie kennt dich nicht mehr«, sagte Jessie, die ihn offensichtlich nicht verstand.

»Aber ich kenne sie«, gab Wolf zurück. »Ich habe sie immer beschützt und ich werde jetzt nicht damit aufhören.«

Jessie beugte sich vor und strich mit ihren Lippen über seine faltige Wange. »Ich hoffe, ich finde eines Tages einen Mann, der mir genauso ergeben ist wie du deiner Frau.«

»Ich auch, Jessie. Das wünsche ich dir auch.«

Sie lächelten sich einen Moment lang an, bevor Wolf sagte: »Danke für den Kuchen.«

»Gern geschehen. Ich bin froh, dass du deinen Hochzeitstagskuchen mit deiner Frau teilen konntest.«

»Es hat ihr gefallen, nicht wahr?«, fragte Wolf mit einem zarten Lächeln, als er sich an den Ausdruck der Freude auf dem Gesicht seiner Frau erinnerte, als sie ihren Kuchen gegessen hatte.

»Das hat es. Aber deine Freunde werden sich wundern, warum von dem Kuchen zwei Stücke fehlen.«

Wolf schüttelte den Kopf. »Nein, das werden sie

nicht.« Und das würden sie nicht. Abe, Cookie, Mozart, Dude, Benny und Tex würden es absolut verstehen. Sie waren genauso am Boden zerstört gewesen wie Wolf, als bei Caroline Alzheimer diagnostiziert worden war.

Die Krankheit hatte langsam, aber sicher ihren Verstand übernommen und sie verloren in der Vergangenheit zurückgelassen. Sie wusste nicht mehr, wer ihr Ehemann war oder die Frauen, die seit vielen Jahren ihre Freundinnen waren. Aber sie kamen trotzdem zu Besuch. Sie gaben vor, Fremde zu sein, setzten sich zu Caroline und ließen sie von ihren Erinnerungen an ihren »Ehemann und ihre Freundinnen« erzählen, ohne zu verraten, dass sie gerade mit einer dieser guten Freundinnen sprach.

Bevor sie ihr Gedächtnis vollständig verloren hatte, hatte Caroline versucht, ihn davon zu überzeugen, sein Leben fortzuführen, wenn sie sich nicht mehr an ihn erinnerte. Er hatte schließlich nachgegeben und ihr versprochen, dass er es tun würde. Aber er hatte gelogen. Er könnte sein Leben ohne sie genauso wenig fortsetzen, wie er unter Wasser atmen könnte.

Hin und wieder sagte oder tat sie etwas, das so bittersüß war, dass es ihn fast in die Knie zwang ... wie heute, als sie ihm erzählt hatte, dass sie immer am Meer gestanden und für seine sichere Heimkehr gebetet hatte.

Als sie krank geworden war, hatte er mit Hilfe von Tex lange und gründlich recherchiert, und sie hatten sich für diese Einrichtung entschieden. Sie hatte einen großartigen Ruf und, was noch wichtiger war, lag direkt am

Meer, das sie so sehr liebte. Er hatte ihren Anhänger mit einem Ortungsgerät ausstatten lassen und sich zu ihrem Beschützer erklärt. Jeden Tag und jede Nacht wachte er über seine Frau. Er sorgte dafür, dass sie richtig aß, schlief und nicht davonlief und sich verirrte. Es war eine Bedingung dafür gewesen, dass sie in diesem Heim leben konnte, da es nicht auf Demenz oder Alzheimer spezialisiert war. Aber sie hatten Caroline zusammen mit ihm aufgenommen. Teilweise wegen seines Dienstes für ihr Vaterland, da der Besitzer auch ein Veteran war, aber hauptsächlich, weil er versprochen hatte, die Verantwortung für das Wohlergehen und die Sicherheit seiner Frau zu übernehmen, falls sie davonlaufen sollte.

In Carolines Zimmer gab es ein Bild von ihm. Es war von ihrem fünfundzwanzigsten Hochzeitstag, als sie ihre Gelübde erneuert hatten. Wolf freute sich sehr, dass sie sich ausgerechnet heute so deutlich an diesen Tag erinnerte. Es war ein wunderbares Geschenk gewesen, auch wenn sie nicht wusste, dass sie es ihm gegeben hatte. Auf dem Bild in einem Regal in ihrem Zimmer standen beide am Meer, genau so, wie sie es ihm zuvor beschrieben hatte. Sie trug ihr rosafarbenes Kleid, er Jeans und ein marineblaues Hemd. Hinter ihnen ging die Sonne unter und sie lagen sich in den Armen. Sie hatte den Kopf in den Nacken geworfen und lachte über etwas, das er gesagt hatte. Er konnte sich nicht mehr daran erinnern, was es war, aber der Fotograf hatte den Moment festgehalten.

Auf dem Bild sah Wolf seine Frau an und lächelte

breit. Die Liebe in seinen dunklen Augen war leicht zu erkennen. Es war sein absolutes Lieblingsbild von ihnen und er war froh, dass sie sich daran noch erinnerte, auch wenn die Erinnerung an die letzten sieben Jahren oder so verloren war.

Sie hatten ein langes, erfülltes Leben gehabt und er war dankbar dafür.

»Ich werde dafür sorgen, dass jemand auf sie aufpasst, damit du dich umziehen kannst. Wir treffen uns unten im Gemeinschaftsraum.«

Wolf nickte Jessie zu. Er und Caroline hatten vielleicht keine eigenen Kinder, aber die Kinder seiner Teamkameraden hatten sie inoffiziell als ihre Eltern adoptiert. Es fühlte sich gut an. Und die meisten von ihnen würden heute kommen, um ihren Hochzeitstag zu feiern und sie zu besuchen.

Darunter die Kinder von Abe und Alabama, Brinique, Davisa, Tommy und Kate. Die Kinder von Mozart und Summer, April und Sam Junior. Die Brut von Benny und Jessyka, John, Sara, Callie, James, Matthew und Jessie. Taylor, die Tochter von Dude und Cheyenne. Und natürlich Akilah und Hope, die Töchter von Tex und Melody.

Wolf war sich sicher, dass sie alle auch einige ihrer Kinder mitbringen würden. Es würde eine riesige Party werden, die die meisten anderen Bewohner des Heims wahrscheinlich stören würde. Aber Wolf war das egal. Er und Caroline hatten es fünfzig Jahre zusammen geschafft. Allen Widrigkeiten zum Trotz hatten sie es geschafft.

Wolf stand auf und küsste Jessie auf den Kopf. »Danke, dass du so gut mit meiner Frau umgehst.«

»Ich liebe sie«, war Jessies Antwort. »Ihr seid vielleicht nicht meine leiblichen Großeltern, aber ich liebe euch trotzdem.«

Die lästigen Tränen schossen Wolf wieder in die Augen, aber er blinzelte sie zurück. Verdammt, er hasste es, alt zu werden, besonders weil es so aussah, als könnte er seine Gefühle nicht mehr unter Kontrolle halten, wie er es früher konnte. Auch wenn er auf die Neunzig zuging, würde er immer das maskuline Alphatier bleiben, das er einmal war.

»Was auch immer. Geh jetzt. Ich möchte mich von meiner Frau verabschieden.«

»Okay, bis später«, sagte Jessie, küsste ihn erneut auf die Wange und verließ die Bibliothek, um sich zu vergewissern, dass alles für die große Party bereit war, die in einer Stunde beginnen würde.

Wolf humpelte um die Ecke zurück und sah seine Frau an.

Caroline schlief tief und fest. Ihr Mund war leicht geöffnet und sie atmete tief und gleichmäßig. Er blickte auf die eingerahmte Urkunde und Medaille über ihrem Kopf an der Wand. Diese Nische war Carolines Platz. Die anderen Bewohner wussten es und saßen nie dort. Wolf hatte ihren Lieblingssessel aus ihrem Haus hierherbringen lassen, sowie einige andere kleine Details aus einem Leben, an das sie sich nicht mehr erinnern konnte. Er wollte, dass sie sich in ihrem neuen Zuhause so wohl wie möglich fühlte.

Er blickte auf die Tapferkeitsmedaille des Verteidigungsministers, die ihr vor dreißig Jahren verliehen worden war. Es war die höchste zivile Auszeichnung für Tapferkeit und war nach den schrecklichen Anschlägen vom elften September vor langer Zeit eingeführt worden. Dudes Tochter Taylor hatte eines Tages vorgeschlagen, Caroline für diese Ehre zu nominieren, um sie für ihre Tapferkeit an dem Tag auszuzeichnen, an dem sie Wolf und seine Teamkameraden auf die Terroristen in ihrem Flugzeug aufmerksam gemacht hatte, die alle Passagiere mit dem Eis in ihren Getränken unter Drogen setzen wollten. Das hatte dazu geführt, dass seiner Frau eine ganze Menge anderer schrecklicher Dinge widerfahren war, aber letztendlich wurden die Terroristen dingfest gemacht.

Wolf hatte seinen Segen gegeben und mit der Hilfe von Wolfs ehemaligem Kommandanten Patrick Hurt und dank Taylors Entschlossenheit war Caroline zur Zeremonie nach Washington D.C. eingeladen worden. Die Medaille war für Privatpersonen, die unter Einsatz ihrer eigenen Sicherheit eine Heldentat vollbracht hatten.

Caroline war der ganze Rummel peinlich gewesen und sie hatte Cookies Frau Fiona überzeugt, mit ihnen nach Washington zu reisen, damit sie danach einkaufen gehen konnten.

Aber Wolf würde diesen Tag und das, was sie getan

hatte, niemals vergessen. Schließlich war es der Tag, an dem er die Frau kennengelernt hatte, die er mehr liebte als das Leben selbst. Er hatte die Medaille und die Urkunde einrahmen lassen und sie in ihrer besonderen Nische an die Wand gehängt. Caroline hatte niemals danach gefragt oder den Anschein erweckt, sie wüsste, was es war, aber Wolf wusste es. Und die Kinder und Enkel seiner Teamkameraden würden dafür sorgen, dass ihre Auszeichnung immer an dieser Wand hängenblieb, damit ihre Taten an diesem Tag niemals vergessen würden.

Caroline rutschte auf dem Stuhl hin und her und Wolf nahm ihre flauschige Lieblingsdecke, die über einem Regal in der Nähe hing, und legte sie über die Beine seiner Frau. Er wollte nicht, dass sie sich erkältete.

Sie war immer noch so schön. Ja, sie waren jetzt alt und faltig, aber Wolf konnte immer noch die unauffällige Schönheit seiner Frau strahlen sehen wie ein Licht in der Dunkelheit. Er beugte sich vor und küsste sie sanft auf die Stirn, wobei er seine Lippen für einen langen Moment auf ihrer Haut verweilen ließ.

Er vermisste sie, er vermisste seine Ice. Er durfte sie nur berühren, wenn er, wie heute, die Rolle eines Fremden spielte. Und selbst dann waren es nur flüchtige Berührungen. Aber sie lebte. Und jeden Tag würde er sich um sie kümmern und sie beschützen. Was sie hatten, war mehr als viele Paare jemals haben würden, und er würde nicht eine Minute ihrer gemeinsamen Zeit ändern wollen.

»Ich liebe dich, Ice«, sagte er leise. »Alles Liebe zum Hochzeitstag. Morgen werde ich dich wieder am Meer finden und wir werden uns an unseren fünfundzwanzigsten Hochzeitstag erinnern und gemeinsam die Melodie von ›Come with Me‹ summen. Du wirst über deine Freundinnen und ihre Kinder sprechen, die du so liebst wie deine eigenen. Und am nächsten Tag wiederholen wir dann alles, und am Tag darauf. Bis zu dem Tag, an dem ich sterbe, werde ich hier an deiner Seite sein.«

Caroline öffnete plötzlich die Augen und Wolf zog sich zurück, um sie nicht zu erschrecken. Aufzuwachen und einen Fremden direkt vor ihrem Gesicht zu sehen würde ihr Angst machen.

»Matthew?«, fragte sie leise.

Und die lästigen Tränen, die er zuvor noch zurückdrängen konnte, schossen ihm bei diesem geflüsterten Wort erneut in die Augen. Seine Frau hatte seinen Namen seit über zwei Jahren nicht mehr gesagt. *Seit zwei Jahren.*

»Ja, Ice, ich bin es.«

»Ich liebe dich.«

»Ich liebe dich auch.«

Ein kleines süßes Lächeln breitete sich auf ihren Lippen aus und sie schloss die Augen wieder.

»Schlaf gut, meine Liebe«, sagte Wolf zu ihr und die Tränen liefen jetzt über sein faltiges Gesicht. Er versuchte nicht mehr, sie zurückzuhalten.

»Ich schlafe immer gut, weil ich weiß, dass du auf mich aufpasst«, flüsterte sie. Augenblicke später bewegte sich ihre Brust wieder in der rhythmischen Bewegung ihres Schlafs auf und ab.

Die Tränen wollten nicht stoppen. Er war gerade Zeuge eines Wunders geworden. Die Ärzte hatten gesagt, sie würde ihn höchstwahrscheinlich nie mehr wiedererkennen. Sie war in ihren Erinnerungen verloren.

Er richtete sich auf, wischte sich mit den Händen übers Gesicht und lächelte schließlich. Seine Frau hatte ihm gerade das beste Geschenk gemacht, das sie ihm je hätte machen können, insbesondere zu ihrem Hochzeitstag.

Sanft strich er mit der Hand über ihr Haar, steckte eine lose Haarsträhne hinter ihr Ohr und sagte leise: »Ich werde immer auf dich aufpassen, Caroline. Bis morgen.«

Dann küsste der alte Mann zwei seiner Finger, berührte damit sanft die Lippen der Frau und verließ die Nische. Er bewegte sich plötzlich so mühelos, als hätte er keine Arthritis, als wäre er nicht sechsundachtzig, sondern ein junger Mann.

Als seine alten Navy-SEAL-Freunde sich später an diesen Abend erinnerten, sagten sie, dass ihr Freund so glücklich und sorglos ausgesehen habe wie seit vielen Jahren nicht mehr.

Jahre später, als die Nische umgestaltet und eine große Couch in den Bereich gestellt wurde, damit die Bewohner dort sitzen und den Ausblick aufs Meer genießen konnten, schauten die Leute auf die Medaille in dem Rahmen an der Wand und erinnerten sich an die Hingabe des alten Navy SEALs, der seine letzten

Lebensjahre damit verbracht hatte, über seine Frau zu wachen.

Die Bibliothek wurde in *Caroline Steel Ocean Room* umbenannt.

Und jedes Jahr kamen die Menschen dort zusammen, die die Hingabe von Matthew »Wolf« Steel für seine Frau miterlebt hatten, und feierten das Leben des Paares.

Es gibt Gerüchte, die besagen, dass die Anwohner der Einrichtung manchmal spät in der Nacht bei Vollmond zwei ältere Menschen auf einer Bank auf der Strandpromenade sehen, die Händchen halten und lachen, während sie aufs Meer hinaussehen. Aber sobald sie sich umdrehen, um eine Kamera zu holen oder es einem Freund zu erzählen, war das Paar wieder verschwunden.

DIE ANDERE SEITE DER GESCHICHTE

ANMERKUNG DER AUTORIN

Dieses Buch ist eine Art Vorgeschichte zu meinem Buch »*Die Rettung von Kassie*«. Es handelt davon, wie Kassie dazu gezwungen wurde, das zu tun, was sie getan hat. Wenn Sie das Buch von Kassie und Hollywood noch nicht gelesen haben, wird hier nichts verraten. Aber wenn Sie es gelesen haben, gibt es Ihnen vielleicht einen besseren Einblick, wie und warum sie sich kennengelernt haben. Viel Spaß beim Lesen!

Kassie zog den Vorhang zurück, sah hinaus und seufzte erleichtert, als sie keine Spur von ihrem Freund Richard Jacks sah. Er kam meistens zu spät, wenn er sie abholte, aber heute hoffte sie, dass er überhaupt nicht auftauchen würde.

Es war an der Zeit, mit ihm Schluss zu machen. Er hatte sich stark verändert, nachdem er von seinem letzten Einsatz zurückgekommen war. In unmittelbarer Nähe war ein Sprengsatz explodiert, und obwohl er keine sichtbaren Verletzungen davongetragen hatte, musste etwas mit seinem Gehirn passiert sein.

Vor seinem Einsatz war er aufmerksam und lustig gewesen. Jetzt war er ungeduldig, eifersüchtig und wurde leicht wütend. Darüber hinaus verhielten er und sein bester Freund Dean Jennings sich ... seltsam.

Sie lebte in Austin und wenn Richard nicht in der Stadt war, sorgte er dafür, dass Dean sie im Auge behielt, um sich zu vergewissern, dass sie ihn nicht betrog. Egal wie oft Kassie Richard sagte, dass sie sich mit niemandem außer ihm traf, er hatte kein Einsehen.

Es war frustrierend, beleidigend und geradezu gruselig.

Also würde sie Richard heute nach der Party sagen, dass es zwischen ihnen nicht mehr funktionierte. Sie hätte es schon früher getan, aber in den letzten Tagen hatten sie nicht viel Zeit miteinander verbracht. Und Kassie fand es nicht sehr höflich, mit jemandem am Telefon Schluss zu machen.

Richard hatte sich außerdem viel Mühe gegeben, die Party auf die Beine zu stellen. Sie wollte ihn nicht enttäuschen. Er hatte ihr gesagt, dass dieser Abend eine Art formelles Treffen der U.S. Armee war. Veranstaltungsort war seine Wohnung, also war es keineswegs offiziell, aber er hatte gesagt, dass die Männer in ihren schicken Uniformen kommen würden und er wollte, dass sie ein bodenlanges Kleid trägt.

Kassie wusste nicht viel über Militärtraditionen – okay, sie wusste gar nichts darüber –, aber sie war bereit, heute Abend mitzuspielen, weil es Richard sehr viel zu bedeuten schien.

Ein lautes Klopfen ertönte von der Tür und Kassie sprang vor Schreck in die Luft. Sie nahm ihr Halstuch und ihre Handtasche und holte tief Luft, bevor sie die Tür öffnete.

»Hallo Richard. Du siehst gut aus.«

»Bereit?«, fragte er, ohne das Kompliment zu erwidern oder ihr zu danken.

Kassie seufzte innerlich. Sie sollte den Abend nicht damit verbringen, Richards Fehler zu zählen ... aber es war enttäuschend, dass er nichts darüber sagte, wie sie aussah. Sie hatte eine ganze Weile damit verbracht, sich fertig zu machen. Sie wollte vielleicht mit Richard Schluss machen, aber sie wollte ihn nicht vor seinen Freunden und den anderen Frauen, die heute Abend da sein würden, in Verlegenheit bringen, indem sie nicht gut aussah.

»Ja, ich bin bereit«, sagte sie zu ihm, trat aus ihrer Wohnung und schloss die Tür. Sie schloss ab und als sie sich umdrehte, war Richard schon auf halbem Weg zu seinem Wagen. Kassie zögerte für den Bruchteil einer Sekunde und dachte ernsthaft darüber nach, ihre Tür wieder aufzuschließen und hineinzugehen. Richard schien bereits schlechte Laune zu haben, was sicherlich nichts Gutes für sie verheißen würde.

Sie straffte die Schultern und holte tief Luft, um das schlechte Gefühl abzuschütteln, das sich wie ein Stück ungekautes Brot in ihrem Magen festsetzte. Aber mit jedem Atemzug schien der Brocken Millimeter für Millimeter anzuwachsen.

Kassie schüttelte den Kopf über diese dumme Vorstellung und folgte Richard. Es war eine Party. Wie schlimm könnte es werden?

* * *

Kassie hielt den Plastikbecher mit Wasser mit beiden Händen fest, als hinge ihr Leben davon ab. Es war eine Katastrophe und sie hätte auf ihr Gefühl hören sollen, als sie noch vor ihrer Haustür gestanden hatte. Kaum angekommen, hatte Kassie sofort gewusst, dass der Abend die Hölle auf Erden werden würde.

Zunächst einmal war sie die einzige Frau.

Keiner der anderen Männer war mit Begleitung gekommen. Und als wäre das nicht schon schlimm genug, sahen sie alle seltsam aus den Augenwinkeln an. Richard hatte fünf andere Männer eingeladen, ihn und Dean nicht eingeschlossen. Sie war ihnen sieben zu eins unterlegen. Sie wünschte sich, ein anderes Kleid gewählt zu haben ... vielleicht sogar besser einen Hosenanzug mit hohem Kragen und langen Ärmeln.

Das marineblaue ärmellose Kleid mit V-Ausschnitt war für eine schicke Party perfekt, besonders in Kombination mit dem Tuch, das sie mitgebracht hatte. Aber hier in Richards Wohnzimmer zu stehen, während seine Freunde ihr Dekolleté anstarrten, als wären sie hungrige Löwen, die seit Monaten nicht gefressen hatten, war mehr als nur ein wenig beunruhigend.

»Können wir mit der ersten Militärtradition beginnen?«, dröhnte Richards Stimme durch den Raum und erschreckte Kassie fast zu Tode. Etwas Wasser schwappte aus dem Becher in ihren Händen und sie lächelte nervös, als die anderen laut und ausgelassen zustimmten.

»Zuerst kommt die Grog-Schale!«, verkündete Richard und die anderen Männer jubelten. Kassie sah zu, wie sich alle um eine leere Punschschüssel versammelten. Sie zuckte zusammen, als sie anfingen, die Zutaten in die große Schüssel auf dem Tisch zu gießen.

Tomatensaft, Orangensaft, Wodka, Rum, Jack Daniel's, Zitronensaft, Tabascosoße ... Kassie blinzelte, nahm einen Schluck Wasser und schaute sehnsüchtig auf die Tür. Vielleicht konnte sie sich rausschleichen, während die anderen beschäftigt waren.

»... wird meine Freundin sein.«

Kassie zuckte zusammen, als sie mit einem rabiaten Griff am Oberarm gepackt und zu dem Tisch mit der Schüssel gezogen wurde. Der Wasserbecher fiel ihr aus der Hand, als sie versuchte, sich aus dem Griff des Mannes zu befreien. Die anderen stellten sich im Kreis um sie herum auf. Richard stand mit einem Plastikbecher in der Hand und einem fiesen Grinsen im Gesicht neben dem Tisch.

»Die Tradition der Grog-Schale reicht Jahrhunderte zurück«, sagte er feierlich. »Wenn jemand eine Frage falsch beantwortet, muss er trinken, richtig, Männer?«

Die Männer um ihn herum stimmten zu. Kassie machte den Fehler, Dean in die Augen zu sehen. Sein Blick klebte quasi auf ihr. Sein langes, dunkelbraunes, fettiges Haar war in seinem Nacken zu einem Pferdeschwanz zurückgebunden und seine dünnen Lippen waren zu einem Lächeln nach oben gezogen. Aber es waren seine Augen, die ihre Aufmerksamkeit erregten. Er hatte sie weit aufgerissen und sah aufgeregt aus. Als wüsste er, was passieren würde ... und es kaum erwarten könnte.

»Also Kassie, wir fangen mit dir an. In welchem Jahr wurde die Armee gegründet?«

Sie löste den Blick von Dean und wandte sich ihrem Freund zu. »Ich weiß nicht, ich ...«

»Sie weiß es nicht!«, unterbrach Richard sie sofort. »Ich schätze, das bedeutet, du musst trinken.«

Kassie schüttelte den Kopf. »Nein, schon okay, ich ...«

Ihre Worte wurden erneut unterbrochen, als einer von Richards Freunden auf ihre andere Seite trat und nach ihrem Arm griff. Die Männer hielten sie fest. Ihr Blick haftete an Richard, als sie sich im Griff seiner Freunde wandte.

Er trat mit dem Becher mit dem abscheulichen Getränk auf sie zu und hielt ihn ihr hin. »Trink, Kassie.«

Sie schüttelte verzweifelt den Kopf. »Richard, ich denke, ich muss gehen.«

»Nein, du musst das trinken. Es ist Tradition.« Er stand vor ihr und hielt den verdammten Becher hoch, als wäre es ein Glas Champagner, über das sie begeistert sein sollte, weil er es für sie besorgt hatte.

Kassie presste die Lippen zusammen. Auf keinen Fall würde sie das ekelhafte Zeug, das sie Grog nannten, trinken.

Richard beugte sich zu ihr vor, bis ihre Nasen sich fast berührten. Sie konnte den schrecklichen Geruch des Getränks in seiner Hand riechen. »Trink es freiwillig oder wir werden dich dazu zwingen. Es ist Tradition. Du kannst nicht Nein sagen.«

Tränen stiegen ihr in die Augen. Das war definitiv nicht mehr der Mann, den sie vor ein paar Jahren kennengelernt hatte. Sie schüttelte stur den Kopf.

Richard richtete sich zu seiner vollen Größe auf und nickte jemandem zu, der hinter ihr stand. Der Kerl legte einen Arm um ihre Brust und sie konnte den Schrei, der ihr vor Schreck entwich, nicht unterdrücken, als sie nach hinten gekippt wurde.

Die anderen Männer hielten weiter ihre Arme fest, als sie zu Richards Couch gezerrt wurde. Sie wurde gezwungen, sich zwischen die beiden Männer zu setzen, die sie festhielten. Richard, der immer noch den verdammten Becher in der Hand hatte, setzte sich breitbeinig auf ihre Knie und hielt sie unter sich gefangen.

»Du hast die Frage nicht richtig beantwortet, du

musst trinken«, sagte Richard zu ihr. »Du hast noch eine letzte Chance, es freiwillig zu tun.«

Eine Träne löste sich und Kassie spürte, wie sie über ihre Wange lief. »Richard«, flüsterte sie ... aber es berührte ihn nicht im Geringsten. Er nickte jemandem hinter der Couch zu. Eine große Hand packte sie unterm Kinn und riss ihren Kopf nach hinten, bis er auf der Rückenlehne lag. Dean stand hinter ihr und sah auf sie hinunter. Der böse Blick in seinen Augen war jetzt noch intensiver.

»Trink«, murmelte Dean, bevor er mit seinen Fingern auf ihr Kinn drückte. Es schmerzte fürchterlich und Kassie schnappte nach Luft.

Offensichtlich hatte Richard diese Reaktion erwartet. Er führte den Becher an ihre Lippen und kippte die Brühe in ihren Mund.

Bei dem widerlichen Geschmack musste Kassie sofort würgen und versuchte, den Kopf zu heben. Dean drückte fester auf ihren Kiefer und sie spürte eine andere Hand, die auf ihre Stirn gepresst wurde.

Sie versuchte, sich zu wehren, als Richard weiter die ekelhafte Flüssigkeit in ihren Mund laufen ließ. Sie trat mit den Beinen und spürte, wie sofort jemand ihre Knöchel packte und festhielt. Sie versuchte, den Kopf zur Seite zu drehen, die Hände auf ihrem Körper machten sie aber bewegungsunfähig.

Sie steckte fest und ihr Freund war der Täter.

Kassie verschloss ihre Kehle und weigerte sich zu schlucken. Die Tabascosoße, zusammen mit dem, was sie sonst noch in die Bowle gegossen hatten, als sie nicht hingesehen hatte, brannte in ihrem Mund.

Sie funkelte Richard an und Hass erfüllte ihre Seele über seine Taten.

»Schluck, Kassie. Du hast die Frage nicht richtig beantwortet.«

Sie brachte ein vages Kopfschütteln zustande und Richard lächelte.

Es war das Lächeln eines Mannes, dem es scheißegal war, dass seine Freundin unter ihm weinte. Den es nicht kümmerte, dass sie Schmerzen hatte. Das Lächeln eines Mannes, der jeglichen Anstand verloren hatte.

Er hielt den Becher an ihre Lippen, griff mit der freien Hand nach oben und hielt ihr die Nase zu.

»Du wirst jeden Tropfen von diesem Grog trinken, Kassie. Entweder auf die leichte oder auf die harte Tour. Wenn du ohnmächtig wirst, warten wir, bis du wieder zu dir kommst, und fangen mit einem vollen Becher von vorn an.«

Kassie kämpfte jetzt, als hinge ihr Leben davon ab. Sie konnte nicht atmen. Sie öffnete ihre Kehle, um dringend benötigten Sauerstoff zu bekommen, und der Grog glitt nach unten. Sie würgte und Richard lachte, als er mehr von dem Gebräu in ihre Kehle goss. »So ist es gut, Schätzchen. Sei ein braves Mädchen und trink.«

Kassie begann zu würgen. Ihr Magen rebellierte gegen die schreckliche Brühe und bereitete sich darauf vor, sie gewaltsam aus ihrem Körper zu entfernen.

»Wenn du kotzt, werde ich dich trotzdem dazu bringen weiterzutrinken«, drohte Richard.

Kassie schloss die Augen und ihr Körper wurde schlaff. Richard kümmerte sich nicht um sie. Was auch immer in seinem Gehirn passiert war, als die Sprengladung hochgegangen war, hatte den Richard Jacks ausgelöscht, den sie einst gekannt hatte. An seine Stelle war ein gefühlloser Mistkerl getreten, dessen wertvolle Militärtraditionen ihm mehr bedeuteten als alles andere.

Da sie wusste, dass sie nicht aufstehen könnte, bevor sie den verdammten Becher ausgetrunken hatte, schluckte Kassie. Dann tat sie es noch einmal. Und wieder. Das schreckliche Gebräu lief über ihr Gesicht und tropfte in ihre Ohren, weil sie nicht schnell genug trinken konnte. Sie betete, dass Richard sie nur diesen einen Becher trinken lassen würde.

Kassie schaltete ihren Verstand ab, bis Richard schließlich ihre Nase losließ. Sie saugte den Sauerstoff ein, als wäre er ihr stundenlang entzogen worden anstatt nur dreißig Sekunden.

»Das war doch gar nicht so schlimm, oder?«, säuselte Richard, beugte sich hinunter und küsste sie liebevoll auf die Lippen. Sie wurde immer noch von seinen Freunden festgehalten. Keiner der Kerle hatte seinen Griff gelockert und Kassie wusste, dass sie die Spuren davon noch eine Weile tragen würde.

Richard stand von ihrem Schoß auf und wer auch immer ihren Kopf und ihre Beine festgehalten hatte, ließ sie ebenfalls los. Kassie sah zu Dean auf. Er grinste für einen Moment auf sie herab und fuhr mit einem Finger über ihre Unterlippe. »Du hast etwas gekleckert«, spottete er, bevor er aufstand.

Kassie konnte den Alkohol, der ihr aus dem Mund gelaufen war, auf ihrem Gesicht spüren. Sie spürte die Flüssigkeit auch auf ihrer Brust und hatte keinen Zweifel daran, dass sie auch in ihren BH gelaufen war.

Richard streckte eine Hand aus. »Komm schon, Kleines, es gibt noch weitere Traditionen. Sind diese Armeepartys nicht toll?«

Sie streckte ihre Hand aus und erlaubte Richard, ihr beim Aufstehen zu helfen.

»Warum säuberst du dich nicht? Ich möchte, dass du für die nächste Tradition besonders gut aussiehst.«

Das Grinsen auf Richards und Deans Gesichtern erschreckte Kassie halb zu Tode.

»Das Empfangskomitee ist meine Lieblingstradition«, sagte er, als sie sich umdrehte, um auf tauben Beinen ins Badezimmer zu gehen. Sie wollte nach Hause fahren, aber Richard hatte sie abgeholt. Sie könnte sich ein Taxi nehmen, aber sie hatte das Gefühl, Richard würde sie nicht gehen lassen, bis er seinen Spaß gehabt hatte.

Kassie schloss die Badezimmertür und beugte sich über das Waschbecken. Sie starrte sich im Spiegel an und sah eine Frau, die sie nicht kannte. Sie hatte schwarze Streifen auf den Wangen von der Wimperntusche, die ihr übers Gesicht gelaufen war, als sie geweint hatte. Reste des Grogs waren auf ihren Lippen, ihrem Kinn, ihrem Hals, in ihrem Haar und im Ausschnitt ihres Kleides und auf ihrer Brust.

Sie drehte den Kopf zur Seite und konnte die ersten Anzeichen eines Blutergusses auf ihrem Kiefer sehen. Dort, wo Dean sie mit seinem grausamen Griff festgehalten hatte.

Sie sah schrecklich aus. Und es war Richard, der ihr das angetan hatte.

Sie wollte stark genug sein, um aus dem Badezimmer direkt zur Haustür zu marschieren, aber wenn sie ehrlich war, hatte sie Angst.

Richard machte ihr Angst.

Todesangst.

Sie hatte keine Ahnung, was er tun würde, wenn sie versuchen würde zu gehen.

Plötzlich rebellierte ihr Magen. Kassie lief zur Toilette und schaffte es gerade noch rechtzeitig. Als wäre es nicht schon schlimm genug gewesen, die ekelhafte Brühe herunterzubekommen, es war jetzt noch schlimmer, als sie wieder hochkam.

Ihre Nase brannte vom Alkohol und der scharfen Soße, ihre Kehle schmerzte und ihre Geschmacksknospen befanden sich im Dauerstreik. Selbst nachdem sie die gesamte Flüssigkeit herausgewürgt hatte, ließ der Brechreiz nicht nach. Als wollte ihr Magen sogar die Erinnerung an das, was ihm aufgezwungen worden war, loswerden.

Als sie endlich aufhören konnte, sich zu übergeben, blieb Kassie neben der Toilettenschüssel knien, atmete schwer und versuchte, nicht zusammenzubrechen.

Es klopfte an der Tür.

»Beeil dich, Schätzchen. Das Empfangskomitee wartet bereits auf dich. Ich bin mir sicher, dass du diese Tradition lieben wirst.«

Allein der Klang von Richards Stimme ließ ihren Magen noch einmal rebellieren. Kassie atmete tief durch und bekam sich endlich unter Kontrolle. Sie drückte die Toilettenspülung, stand auf und starrte sich im Spiegel an. Selbst abgesehen von ihrem versauten Make-up, den Blutergüssen in ihrem Gesicht und den vom Grog rot gefärbten Lippen war Kassie angewidert von dem, was sie sah.

Was war mit ihr passiert? Wie war sie an diesen Punkt gekommen? Sie hatte ihrer kleinen Schwester immer gesagt, verdammt noch mal zu verschwinden, wenn jemand sie respektlos behandelte oder ihr wehtat. Und hier war sie. Sie war nicht verschwunden.

Aber es war anders, wenn es einem selbst passierte.

Es war anders, wenn man wusste, dass sein eigenes Leben in Gefahr war, und man für sich selbst einstehen musste.

Es war anders, wenn ein falsches Wort seinen ehemaligen Freund in ein Monster verwandeln konnte.

Kassie öffnete einen Schrank, holte einen Waschlappen heraus und machte ihn im Waschbecken nass. Sie rieb sich das Gesicht ab und ruinierte damit die Stunde sorgfältiger Arbeit, die es gebraucht hatte, sich zu schminken, bevor Richard gekommen war. Sie hatte keine Ahnung, was er für den Rest des Abends geplant hatte, aber sie hatte das ungute Gefühl, dass ihre Höllennacht gerade erst begonnen hatte.

»Mach einfach, was er will«, sagte Kassie zu sich selbst und starrte in den Spiegel auf die Frau, die sie nicht wiedererkannte. »Halte heute Abend durch, dann kannst du mit ihm Schluss machen und er wird für immer aus deinem Leben verschwinden. Nur weil er ein Idiot ist, heißt das nicht, dass alle Männer so sind.«

Sie holte tief Luft und öffnete die Badezimmertür. Richard wartete schon auf sie ... Dean stand am Ende des Flurs und sah sie an.

»Bereit?«, fragte Richard und streckte seine Hand aus.

Kassie nickte.

Kassie lag im Bett und ignorierte das Klingeln ihres Handys, wohl wissend, dass es ihre jüngere Schwester Karina sein würde, die wissen wollte, wie die Sache mit Richard gelaufen war. Sie war im dritten Jahr in der Highschool und Kassie brachte es nicht über sich, jetzt mit ihr zu reden – oder mit irgendjemandem zu reden.

Wie sie befürchtet hatte, war dieser Becher Zwangsgrog nicht das Ende ihrer Höllennacht gewesen. Das Empfangskomitee war ...

Kassie kniff die Augen zusammen und versuchte, die Tränen zurückzuhalten. Sie wollte nicht mehr daran denken. Es war aus und vorbei.

Sie rollte sich zu einer Kugel zusammen und zog ihre Bettdecke über sich.

Zwei Stunden später wachte Kassie wieder auf und stand widerwillig auf. Sie konnte nicht für immer im Bett bleiben, egal wie verlockend es war.

Sie duschte und zog sich eine Jogginghose und ein T-Shirt an. Zum Glück hatte sie an diesem Tag frei. Sich jetzt in ein schönes Outfit zu zwängen und bei JCPenney Kleidung zu verkaufen, war das Letzte, was sie tun wollte.

Ihr Handy klingelte erneut, und Kassie sah, dass es Richard war.

Und sofort war sie sauer – und wütend. Wie hatte er es wagen können, ihr das anzutun? Wie hatten seine Freunde es wagen können mitzumachen?

Kassie knirschte mit den Zähnen und beschloss, die Sache zwischen ihnen hier und jetzt zu beenden. Sie tippte auf das Telefon, um das Gespräch anzunehmen.

»Hier ist Kassie.«

»Hey Baby, das war ein toller Abend gestern. Ich bin so stolz auf dich.«

»Es hat mir keinen Spaß gemacht, Richard«, sagte Kassie geradeheraus.

»Das liegt nur daran, dass du dir nicht sicher warst, was dich erwarten würde. Jetzt, da du die Traditionen kennst, wird es beim nächsten Mal einfacher sein. Und wenn ich du wäre, würde ich ein wenig Zeit investieren, etwas über das Militär zu lernen ... dann musst du nicht so viel Grog trinken.« Richard lachte über seine Worte. Es war ein fürchterliches Lachen, bei dem sich Kassie die Nackenhaare aufstellten.

»Es wird kein nächstes Mal geben«, sagte sie entschlossen. »Es läuft nicht rund zwischen uns. Ich denke, wir sollten das beenden.«

»Was?«, fragte Richard in einem tiefen, gleichmäßigen Ton, der Kassie zu Tode erschreckte. Wenn er geschrien hätte, wäre es etwas anderes gewesen, aber diese tonlose Stimme war eine andere Sache.

»Du magst mich nicht einmal, Richard. Ich kann diese Dinge, die du mir angetan hast, nicht länger ertragen. Du hast mich geschlagen, mich verfolgen lassen und deine Freunde haben mich festgehalten, als du mich gezwungen hast, dieses widerliche Zeug zu trinken.«

Ihre Worte trafen auf Stille und Kassie wurde noch nervöser. Es sollte offensichtlich sein, warum sie mit ihm Schluss machte, aber sie entschied sich für eine andere Taktik, um es so erscheinen zu lassen, dass sie ihm nicht allein die Schuld gab ... obwohl es so war. »Ich meine, du bist die meiste Zeit in Fort Hood und steigst in deinen Armeekreisen auf. Ich halte dich nur zurück.« Sie versuchte, so zu klingen, als meinte sie es ernst.

»Du wirst nicht mit mir Schluss machen.«

»Richard, ich weiß, es ist ...«

»Du hast keine Ahnung, wovon du redest«, sagte er schroff. »Und du wirst nicht mit mir Schluss machen.«

Kassie begann zu zittern. Sie zog einen ihrer Küchenstühle hervor und ließ sich darauf fallen. Ihre Beine waren weich wie gekochte Spaghetti.

»Du brauchst eine Frau, auf die du stolz sein kannst.« Sie versuchte, an seine arrogante Seite zu appellieren.

»Du gehörst mir, Kassie. Du wirst immer mir gehören.«

»Und deshalb hast du mich gestern Abend von allen deinen Freunden unter dem Deckmantel der Empfangskomitee-Militärtradition küssen lassen?« Sie hatte nicht vorgehabt, es anzusprechen, aber sie konnte nicht anders. »Das ist nicht das, was ein Freund tut.« Zumindest kein Freund, den sie wollte.

»Das ist es, was dich stört, Baby?«, schnurrte Richard. »Ich habe dich mit ihnen geteilt, weil ich stolz auf dich bin. Ich möchte allen zeigen, was ich habe und wie wunderbar du bist.« Während er redete, änderte sich seine Stimme allmählich von süß und schmeichelnd zurück zu hart und gemein. »Außerdem gehörst du mir. Wenn ich sehen möchte, wie Dean oder sonst jemand dich küsst oder noch mehr mit dir macht, dann werde ich das tun. Und du wirst es tun. Weil ich der Mann bin und ich das Sagen habe.«

»Richard, Dean macht mir Angst.«

»Gut, dann tu, was man dir sagt.«

Kassie presste die Lippen zusammen. »Ich meine es ernst, Richard. Ich kann das nicht mehr. Ich will dich nicht wiedersehen.«

»Das ist sehr schade. Weil ich gleich vorbeikommen werde und wir das besprechen werden. Ich muss morgen zurück nach Fort Hood. Wir haben eine Trainingseinheit und treten gegen diese Typen an, die sich für die Größten halten. Wir werden ihnen zeigen, wo der Hammer hängt. Aber bevor ich gehe, möchte ich mich davon überzeugen, dass zwischen uns alles klar ist.«

»Zwischen uns ist nichts klar«, protestierte Kassie. »Wir sind getrennte Leute.«

»Nein, sind wir nicht«, beharrte Richard. »Bis gleich.«

»Richard, vage es nicht hierherzukommen. Richard? Bist du noch dran?« Das Telefon piepste an ihrem Ohr und Kassie seufzte schwer. Er hatte aufgelegt.

Scheiße, er war auf dem Weg hierher. Sie musste verschwinden. Sie wollte nicht hier sein, wenn er kam. Sie würde ihm einfach aus dem Weg gehen. Sie könnten kein Paar mehr sein, wenn sie sich niemals sahen, oder?

Da sie nicht wusste, wie weit Richard entfernt war, lief Kassie in ihr Schlafzimmer und zog sich Socken und Turnschuhe an. Sie schnappte sich eine Mütze und zog sie sich tief ins Gesicht. Die Blutergüsse auf ihren Armen und Beinen wurden von ihrer Kleidung verdeckt, aber die in ihrem Gesicht und auf dem Hals würden für eine Weile schwer zu verbergen sein.

Sie lief aus ihrer Wohnung und schloss die Tür hinter sich ab. Schnell ging sie zu ihrem Wagen und blieb abrupt stehen, als sie sah, dass Dean an der Fahrerseite lehnte.

»Willst du irgendwo hin, Kassie?«

»Geh mir aus dem Weg, Dean«, sagte sie in einem Tonfall, von dem sie hoffte, dass er zuversichtlicher war, als er in ihren eigenen Ohren klang.

»Das glaube ich nicht. Richard will mit dir reden, und was er will, bekommt er.«

»Das ist verrückt«, murmelte Kassie.

»Ist es nicht. Du gehörst zu ihm und wirst tun, was er dir sagt«, informierte Dean sie und griff so fest nach ihrem Arm, dass es schmerzte ... hauptsächlich, weil er sie an der gleichen Stelle packte, an der sie bereits vom Abend zuvor blaue Flecke hatte.

Er brachte sie zurück in ihre Wohnung und hielt sie fest, während sie ihre Tür aufschloss. Er schob sie hinein und sagte: »Mach es dir bequem. Dein Mann wird bald hier sein.«

Kassie hasste es, wie sie demütig tun musste, was Dean wollte, tröstete sich aber mit dem Gedanken, dass sie Richard sicherlich zur Vernunft bringen könnte, sobald er eintraf. Wer wollte schon mit jemandem zusammen sein, der nicht mit ihm zusammen sein wollte?

Eine Woche später wurde es immer schwieriger, Karina weiter abzuwimmeln. Ihre kleine Schwester wollte sie sehen, aber mit dem Bluterguss im Gesicht von Richards Schlag letzte Woche weigerte Kassie sich. Sie wollte nicht, dass Karina sah, wie schlimm es um ihre große Schwester und ihren vermeintlichen Freund stand.

Das Telefon klingelte und sie nahm widerwillig ab, als sie sah, dass es Richard war. Sie hatte definitiv ihre

Lektion gelernt und würde es nicht riskieren, ihn noch einmal zu verärgern.

»Was gibt es?«

»Ich habe eine Aufgabe für dich.«

Kassie war für einen Moment verblüfft. Sie hatte gedacht, Richard würde sich dafür entschuldigen, dass er sie geschlagen hatte, oder darüber sprechen, wie großartig das Training gelaufen war, auf das er sich so gefreut hatte. Oder vielleicht sogar versuchen, sie zu beruhigen und so zu tun, als wären die Dinge zwischen ihnen in Ordnung. »Eine Aufgabe?«

»Ja, es gibt da eine Dating-Webseite, auf der du dich anmelden musst. Dann musst du die Profile einiger Männer finden und ihnen eine Nachricht schicken. Flirte mit ihnen, wecke ihr Interesse. Dein ultimatives Ziel ist es, mindestens einen von ihnen dazu zu bringen, sich mit dir zu treffen, um so viele Informationen wie möglich über sie herauszufinden.«

»Was? Wer? Was ist los, Richard?« Kassie war verwirrt.

»Und bevor du es noch einmal sagst, wir sind nicht getrennt«, bellte er. »Du bist meine verdammte Freundin und du wirst das verdammt noch mal tun, egal was passiert.«

»Warum?«

»Warum? Du willst wissen warum?«

»Ja«, flüsterte Kassie, der Richards Ton nicht gefiel. Er klang genauso wie in der Woche zuvor in ihrer Wohnung, als er die Fassung verloren und sie geschlagen hatte.

»Weil diese Arschlöcher geschummelt haben. Sie haben mich und meine Männer betrogen und in Verlegenheit gebracht. Sie halten sich für die Größten. Aber damit werden sie nicht durchkommen. Ich habe Pläne für sie. Oh ja, große Pläne.«

»Wer? Wobei betrogen?«, fragte Kassie, immer noch völlig verloren.

»Bei der verdammten Übung!«, rief Richard. »Sie haben uns ausgeschaltet, bevor wir überhaupt bereit waren anzufangen. Sie haben betrogen!«

Kassie hatte keine Ahnung, wovon er sprach, aber sie versuchte trotzdem, ihn zu besänftigen. »Okay Richard, das kann ich machen.« Sie hatte nicht die Absicht, irgendeinen Typen dazu zu bringen, auf einer Webseite mit ihr zu chatten, und ihn dann zu benutzen, um für Richard Informationen zu beschaffen. Das würde sie nicht tun. Er könnte sie nicht dazu zwingen wie mit dem Grog und den anderen Sachen, die er neulich Abend in seiner Wohnung gemacht hatte.

»Gut. Einer hat gerade angefangen, mit einem Mädchen mit einem Kind auszugehen. Das kann ich gut gebrauchen.«

Richard sprach jetzt mehr mit sich selbst als mit ihr, aber Kassie unterbrach ihn nicht. Sie hatte keine Ahnung, wovon er redete, aber sie hatte Todesangst vor den Implikationen.

»Ja, wir brauchen eine Revanche. Ich kann Dean und meine anderen Freunde dazu bringen zu helfen. Aber wir werden Geld brauchen ... oh ja, ich weiß genau, wo wir das herbekommen.« Er lachte. Es war ein böses Lachen, kalt und gefühllos.

»Kommst du dieses Wochenende nach Austin?«, fragte Kassie leise. Sie wollte wissen, ob sie sich vor ihm verstecken müsste.

»Nein, aber das bedeutet nicht, dass du herumficken darfst. Dean ist da und wird dich im Auge behalten. Ich muss jetzt gehen. Ich schicke dir die Details per E-Mail.« Ohne ein weiteres Wort legte er auf.

Kassie legte ihr Telefon zur Seite, erleichtert, dass Richard nicht nach Austin kommen würde, um sie zu besuchen. Aber sie war nervös wegen der Frau und des Kindes, über die er gemurmelt hatte. Das konnte nichts Gutes bedeuten. Sie fühlte sich schuldig, weil sie froh war, dass Richard diesmal nicht sie ins Visier genommen hatte.

Seufzend ging Kassie in ihr Badezimmer, um sich zu schminken. Sie könnte einen Schal tragen, um einige der blauen Flecke vor ihren Kolleginnen und den Kunden zu verbergen. Aber es sah so aus, als müsste sie für eine Weile eine dickere Schicht Make-up tragen als üblich.

Kassie ließ sich auf ihre Couch fallen und seufzte erleichtert, endlich wieder zu Hause zu sein. Die Arbeit war Mist gewesen und es war scheiße, dass Dean ihr immer noch folgte. Aber zumindest hatte sie Richard eine Weile nicht gesehen.

Sie schaltete den Fernseher ein und schloss die Augen, während sie versuchte, die Energie aufzubringen, aufzustehen und etwas zum Abendessen zu machen. Im Hintergrund liefen die Nachrichten – und als Richards Name genannt wurde, richtete sie sich auf und öffnete überrascht die Augen.

Aus Fort Hood erreichen uns an diesem Abend beunruhigende Schlagzeilen. Sergeant Richard Jacks wurde wegen Entführung und einer ganzen Reihe anderer Vergehen angeklagt, die auf einen Vorfall in der vergangenen Nacht zurückzuführen sind. Ihm wird vorgeworfen, eine Frau und ihr Kind entführt und sie dann als Köder für eine Soldatenkolonne benutzt zu haben. Es wird behauptet, dass er über eine Trainingseinheit verärgert war, die vor ein paar Monaten stattgefunden hatte. Er wollte sich revanchieren, indem er die Freundin und das Kind eines der Soldaten entführte, die er für seine Verlegenheit verantwortlich macht.

Sergeant Jacks wurde bei der Auseinandersetzung verwundet. Er befindet sich derzeit im Krankenhaus und wird nach seiner Genesung vor Gericht gestellt. Bei einer Verurteilung droht ihm eine Haftstrafe, die er höchstwahrscheinlich in Fort Leavenworth in Kansas absitzen muss. Schalten Sie morgen früh wieder ein, um die neuesten Entwicklungen zu erfahren.

Kassie versuchte, Luft zu holen, konnte es aber nicht. Richard hatte die Frau und das Kind entführt, von denen er vor ein paar Monaten gesprochen hatte? Er war verwundet? Er saß im Gefängnis?

Zum ersten Mal seit langer Zeit, seit fast einem Jahr, hatte Kassie das Gefühl, wieder atmen zu können.

Sie war frei.

Frei von Richard und seinen Drohungen.

Frei von Dean, der jede ihrer Bewegungen überwachte.

Sie könnte ihr Konto bei dieser blöden Dating-Webseite löschen.

Frei!

Ihr Handy klingelte und Kassie sprang vor Schreck hoch. Sie lachte über sich selbst und wischte mit dem Daumen über den Bildschirm, ohne nach unten zu schauen.

»Hier ist Kassie.«

»Glaub nicht, dass du aus dem Schneider bist.«

»Was?«

»Glaub nicht, dass du aus dem Schneider bist«, wiederholte Dean. »Dein Freund sitzt vielleicht hinter Gittern, aber das ändert nichts.«

Kassie schüttelte ungläubig den Kopf. »Er ist nicht mein Freund, Dean. Das ist verrückt.«

»Du bist immer noch seine Frau. Bis er mir etwas anderes sagt, behalte ich dich wie üblich im Auge. Sei ein braves Mädchen und ich muss Richard nichts von deinem Widerstand melden. Intensiviere deine Bemühungen auf dieser Webseite. Diese Scheißkerle glauben, sie hätten uns geschlagen, aber das haben sie nicht. Wir müssen uns nur neu aufstellen. Und wir brauchen Informationen.«

Das Gefühl der Angst, das vor einem Moment verschwunden war, war wieder da und hatte sich verzehnfacht.

»Warum tust du das?«

»Weil du Richard gehörst. Ganz und gar, mit allem Drum und Dran. Ich rufe später wieder mit weiteren Anweisungen an.«

Kassie starrte auf ihr Handy und ließ sich zurück auf die Couch fallen. Sie hatte versucht, sich gegen Dean und Richard zu behaupten. Aber nachdem viermal ihre Reifen aufgeschlitzt worden waren, auf der Arbeit Drohbriefe für sie abgegeben wurden und Dean selbst immer wieder bei ihr aufgetaucht war, nur um dazustehen und sie anzustarren, hatte sie nachgegeben. Es war einfacher, so zu tun, als würde sie tun, was sie von ihr verlangten, als sich ihnen zu widersetzen.

Die Angst vor Richard schwebte immer über ihr. Er tauchte gern unangekündigt vor ihrer Tür auf und überraschte sie ... und schlug sie, wenn er schon da war. Hinter Gittern konnte er sie zumindest nicht mehr schlagen, aber Kassie war sich nicht sicher, ob Dean weniger gefährlich war. Er war ... gruselig. Er würde sie nicht schlagen, aber er würde ihr das Leben zur Hölle machen, wo immer er konnte – aber er würde nicht Hand an sie legen.

Sie holte tief Luft und drückte sich von der Couch hoch. Sie ging zum Tisch im anderen Zimmer und schaltete den Computer ein. Sie könnte die Sache mit der Dating-Webseite genauso gut für diesen Abend aus dem Weg räumen. Mit Tränen in den Augen klickte sie auf den Link und begann zu suchen.

* * *

Kassie wollte nicht anrufen, aber sie musste. Sie gab Deans Nummer auf ihrem Handy ein und hielt es an ihr Ohr.

»Was?«

»Einer von ihnen hat mir geantwortet.«

»Wer?«

»Hollywood.«

»Gut, jetzt vermassele es nicht. Wir brauchen Informationen. Richard ist bereit, es voranzutreiben. Er sitzt vielleicht hinter Gittern, aber er schaut zu, vergiss das nie.«

Kassie spürte, wie Groll in ihr aufstieg. »Wie könnte ich? Du sagst es mir jedes Mal, wenn wir reden. Ich mache das nicht gern, Dean. Ich weiß nicht, warum ihr es nicht einfach ruhen lassen könnt. Richard sitzt hinter Gittern. Es ist aus. Wir sind nicht mehr zusammen. Ich habe ihn seit Monaten nicht gesehen. Das ist alles verrückt. Was wird er tun, wenn ich sage, ich spiele nicht mehr mit?«

»Es ist nicht Richard, um den du dir Sorgen machen musst«, sagte Dean in einem leisen, bösen Tonfall. »Das hier ist *unser* Kampf für Gerechtigkeit, nicht nur

Richards. Du willst wissen, was passiert, wenn du nicht mehr mitspielst? Wenn du uns nicht die Informationen von einem dieser Arschlöcher beschaffst? Wir waren sehr geduldig. Wir waren sehr nett zu dir. Du hast kalte Füße bekommen und versucht, mit Richard Schluss zu machen, aber er hat es durchgehen lassen. Aber du gehörst immer noch ihm, Kassie, und du wirst tun, was er will, wann er will und mit wem er will. Aber wenn du eine Motivation brauchst ... kann dir deine Schwester diesen Anreiz vielleicht geben.«

»Was? Karina? Worüber redest du? Lass sie in Ruhe! Bitte!«, flehte Kassie.

»Dann tu, was von dir verlangt wird, und es wird ihr gut gehen. Tust du es nicht, wird es ihr nicht gut gehen. Es ist deine Entscheidung.«

»Wie bin ich nur hier reingeraten?«, flüsterte Kassie mehr zu sich selbst als zu Dean.

»Du bist genau dort, wo du sein sollst«, gab Dean zurück. »Jetzt benimm dich und niemand wird verletzt. Lass mich wissen, wie die Dinge mit Hollywood vorankommen. Ich werde die Informationen an Richard weitergeben. Solange du tust, was er verlangt, wird nichts Schlimmes passieren.«

Kassie legte ohne ein weiteres Wort auf. Unter Tränen zog sie die Tastatur heran und klickte auf die Antwort, die Hollywood ihr gestern Abend endlich geschickt hatte. Sie hatte ihm ein paar Nachrichten gesendet, nicht sicher, ob er jemals antworten würde. Sie hatte gehofft, dass er es nicht tun würde, aber anscheinend hatte sie irgendwie sein Interesse geweckt. Sie schloss die Augen und zögerte mit den Fingern auf den Tasten.

»Es tut mir leid«, sagte sie leise zu dem Mann, dem sie eine Nachricht schrieb, obwohl er sie nicht hören konnte. »Es tut mir so leid, dass ich dich da hineinziehe … aber ich habe keine Wahl.« Dann holte sie tief Luft, sagte: »Mein Leben ist scheiße«, und begann zu tippen. Sie antwortete auf Hollywoods E-Mail und versuchte, so zu tun, als wäre sie ein normales Mädchen, das mit einem Mann ausgehen wollte.

DAS GESCHENK

ANMERKUNG DER AUTORIN

Diese Kurzgeschichte beschreibt das erste Treffen von Annie (aus »*Die Rettung von Emily*«) und Frankie (aus »*Schutz für Kiera*«). Es ist eine niedliche kleine Geschichte, die als Inspiration für Annies und Frankies Buch »*Die Rettung von Annie* « gedient hat.

Annie zappelte zwischen ihren Eltern hin und her und starrte angestrengt auf die Tür. Sie drückte die Hand ihrer Mutter und sah sie an. »Wie lange noch?«

»Ich weiß nicht, Baby«, sagte Emily zu ihrer Tochter. »Ihr Flugzeug ist vor zehn Minuten gelandet, aber es dauert manchmal eine Weile, bis alle ausgestiegen sind.

Vielleicht mussten sie die Toilette benutzen. Sie werden bald hier sein. Hab etwas Geduld.«

»Ich kann es kaum erwarten, Frankie kennenzulernen«, sagte das kleine Mädchen zum millionsten Mal zu ihren Eltern.

Ihr Dad, Cormac »Fletch« Fletcher, hockte sich vor sie und legte die Hände auf ihre Schultern. »Sei nicht beleidigt, wenn er etwas schüchtern ist, Kleine«, sagte er. »Da er taub ist, fällt es ihm wahrscheinlich nicht leicht, Freunde zu finden.«

Annie nickte begeistert. »Ich weiß, aber ich möchte ihm meine Soldatensammlung und mein Zimmer zeigen und wo ich hinter der Garage mit Autos spiele. Glaubst du, er wird bei mir übernachten wollen? Es gibt in der Gästewohnung nur ein Bett und die Erwachsenen werden wahrscheinlich dort schlafen wollen. Und obwohl die Couch sehr bequem ist, könnte er vielleicht auch bei mir schlafen?«

»Wir werden sehen«, sagte Fletch zu ihr und stand wieder auf. Er trat neben seine Frau, beugte sich vor und flüsterte ihr ins Ohr: »Ich bin mir nicht sicher, ob es mir gefällt, dass meine Tochter mit sieben Jahren davon spricht, die Nacht mit einem Jungen zu verbringen.«

Emily unterdrückte ein Lachen und flüsterte: »Wir werden sehen, wie sie sich fühlt, wenn sie bemerkt, dass sie nicht mit ihm kommunizieren kann.«

Fletch schüttelte nur den Kopf und grinste. »Unterschätze unsere Tochter nicht. Ich glaube, sie könnte sich sogar mit einem Terroristen anfreunden, wenn sie es wirklich wollte.«

»Ist er das, ist er das, ist er das?«, schrie Annie und sprang vor Aufregung auf und ab.

Emily blickte auf und sah ein Paar auf sie zukommen. Der Mann hielt die Hand eines Jungen, der ungefähr so alt zu sein schien wie Annie. Als er Fletch zunickte, war sie sich sicher, dass sie es waren. »Ja, das sind sie.«

Bevor das letzte Wort ihren Mund verlassen hatte, war Annie bereits losgelaufen, um die drei zu begrüßen. Als wäre er ihr lange verschollener Bruder, ging sie direkt auf den kleinen Jungen zu und umarmte ihn.

Als Emily und Fletch die Gruppe erreicht hatten, hatte Annie sich zurückgezogen und lächelte den Jungen breit an.

»Coop«, sagte Fletch und streckte die Hand aus. »Wie war der Flug?«

»Keine Probleme. Danke, dass ihr uns abholt.«

»Selbstverständlich. Als unser Kommandant sagte, dass ihr kommt und ein paar Kurse über den Einsatz von Gebärdensprache auf unseren Missionen gebt, habe ich mich erinnert, dass Tex über dich gesprochen hat. Ich konnte der Versuchung nicht widerstehen, dich auf dem Weg zum Stützpunkt etwas auszuhorchen.«

Cooper »Coop« Nelson lachte. »Ich bin immer wieder überrascht, wenn ich Leuten begegne, die Tex kennen, obwohl ich es mittlerweile besser wissen sollte. Das ist übrigens meine Freundin Kiera Hamilton.«

Fletch schüttelte der Frau die Hand und Emily tat es ihm gleich.

»Schön, dich kennenzulernen«, sagte Emily. »Fletch hat mir erzählt, dass du Lehrerin bist.«

»Das bin ich«, erwiderte Kiera. Gleichzeitig gebärdete sie die Worte. »Ich arbeite an einer Schule für gehörlose Kinder. Frankie ist einer meiner Schüler. Ich habe Cooper kennengelernt, als er dort ehrenamtlich gearbeitet hat.«

»Und sein Dad hat erlaubt, dass er mit euch quer durchs Land fliegt?«, fragte Emily mit hochgezogenen Augenbrauen.

»Ja, wir haben ... einiges zusammen durchgemacht.« Kiera sah zu Cooper hinüber und zuckte mit den Schultern, dann fuhr sie fort: »Er hat uns irgendwie zu Frankies Paten erklärt und wir stehen uns sehr nahe.«

Fletch wollte mehr darüber erfahren, was sie durchgemacht hatten, dachte aber, es wäre besser, Cooper später danach zu fragen. Er spürte ein Ziehen an seinem Hemd und blickte auf Annie hinunter. Er und Emily hatten ihr beigebracht, dass es unhöflich war, sie zu unterbrechen, aber manchmal überwältigte sie ihr Enthusiasmus. »Ich möchte Frankie mit meinen Fingern meinen Namen sagen. Aber ich weiß nicht wie.«

Kiera hockte sich neben die Kinder und zeigte Annie geduldig, wie man ihren Namen für Frankie mit den Fingern buchstabierte. Sie lernte schnell und drehte sich zu dem kleinen Jungen um, der stocksteif an Coopers Seite stehen geblieben war. Sie winkte ihm mit ihrer kleinen Hand zu, deutete auf sich selbst und buchstabierte dann mühsam A-N-N-I-E.

Zum ersten Mal erschien ein Lächeln auf dem Gesicht des Jungen. Er winkte zurück, zeigte auf sich und buchstabierte dann seinen eigenen Namen.

Ohne Worte versuchte Annie, ihn nachzuahmen. Als sie einen der Buchstaben vergaß, streckte Frankie die Hand aus und half ihr, mit ihren Fingern und ihrer Hand den Buchstaben zu schreiben.

Kiera stand auf und lächelte Cooper an. »Sieht so aus, als würden sie gut miteinander auskommen.«

Gemeinsam gingen sie zur Rolltreppe und fuhren hinunter zur Gepäckausgabe. Cooper und Fletch unterhielten sich über die Arbeit, Emily und Kiera unterhielten sich über die Gästewohnung über der Garage, in der sie wohnen würden, und darüber, was Kiera unternehmen wollte, während Cooper auf dem Stützpunkt war. Annie und Frankie gestikulierten hin und her, kicherten und festigten ihre kürzlich geschlossene Freundschaft.

Nach dem Abendessen saßen Emily und Kiera auf der Terrasse. Die Männer waren zum Fachsimpeln nach drinnen gegangen. Die beiden Frauen sahen zu, wie Annie und Frankie zusammen auf dem Rasen spielten. Annie hatte ihre wertvollen Spielzeugsoldaten hervorgeholt, die sie von Fletch bekommen hatte, als er sie kennengelernt hatte. Sie waren immer noch eingepackt, obwohl die Pappe an den Rändern bereits etwas mitgenommen aussah. Rund um die Figuren in Barbie-Größe waren kleine grüne Armeemänner aus Plastik, Spielzeugautos und kleine Metallpanzer aufgestellt, die sie im letzten Jahr zu Weihnachten bekommen hatte.

Die beiden Kinder spielten fröhlich und kommunizierten durch Gesten miteinander.

»Was ist Frankies Geschichte?«, fragte Emily.

»Als Baby war er krank und hat sein Gehör verloren. Sein Vater ist in unsere Gegend gezogen und hat ihn an meiner Schule angemeldet. Wegen des Umzugs und der Veränderung in seinem Leben war er sehr zurückgezogen und mürrisch. Es half nicht gerade, dass seine Mutter deutlich gemacht hatte, dass sie ihren Sohn und die Tatsache, dass er nicht hören konnte, nicht mochte.«

Emily schnappte entsetzt nach Luft. »Oh mein Gott. Armer Frankie.«

»Ja, ich vereinfache das hier sehr, aber sein Vater hat sich von der Frau scheiden lassen, teilweise weil sie eine Schlampe war, aber hauptsächlich, weil sie drogenabhängig ist. Dann hat Frankie Cooper kennengelernt, das Bild eines Mannes, und fing sofort an, ihn als seinen Helden zu verehren ... nicht dass ich es ihm verübeln könnte.«

»Nun, Gott sei Dank«, sagte Emily und lehnte sich erleichtert in ihrem Stuhl zurück.

»Oh, aber dann kam seine Mutter in die Schule und hat versucht, ihn zu entführen.«

Emily riss die Augen auf, die aussahen, als würden sie ihr gleich aus dem Kopf fallen.

Kiera lachte. »Mach dir keine Sorgen. Ich bin zu ihr in den Wagen gesprungen und Cooper und einer seiner Freunde kamen zu unserer Rettung. An diesem Tag hat Frankie aus erster Hand erfahren, wie cool es ist, in Geheimcodes sprechen zu können.« Kiera hielt ihre Hände hoch und machte Anführungszeichen in der Luft, als sie die letzten Worte sagte.

Emily lächelte sie an. »Und du? Wie hast du Gebärdensprache gelernt?«

»Meine Mutter ist taub.«

»Ah, das macht Sinn. Frankies Vater war also damit einverstanden, dass ihr ihn mit nach Texas nehmt?«

»Ja, nach der versuchten Entführung und nachdem Cooper seinen Sohn gerettet und ich mich für ihn in Gefahr gebracht hatte, hat er uns offiziell zu Frankies Paten gemacht. Sein Vater musste zu einem Termin außerhalb der Stadt und wir haben vorgeschlagen, Frankie mitzunehmen.«

»Das ist erstaunlich. Ich weiß, dass ich jedem von Fletchs Freunden Annies Leben anvertrauen würde«, sagte Emily.

Das kleine Mädchen lachte gerade und die beiden Erwachsenen drehten sich um, um zu sehen, was so lustig war.

Annie kicherte so sehr, dass sie im Gras auf den Rücken gefallen war und sich vor Freude herumwälzte.

»Was ist so lustig?«, rief Emily.

Annie drehte sich auf die Seite und stützte mit einer Hand ihren Kopf ab, während sie zu ihrer Mutter hinübersah. »Frankie. Er ist urkomisch.«

Emily sah verwirrt aus. »Aber ihr könnt doch gar nicht miteinander reden«, merkte sie an.

Annie setzte sich auf, rutschte zu Frankie hinüber und legte ihren Arm um seine Schultern, bevor sie sagte: »Das können wir. Er hat mir gerade einen Witz erzählt.«

»Hat er das?«, fragte Emily und neigte verwirrt den Kopf.

»Ja«, bestätigte Annie. »Er hat gesagt: ›Warum hat der Soldat die Straße überquert?‹«

Als das kleine Mädchen nicht fortfuhr, fragte Emily: »Warum?«

»Er hat das Huhn beschützt«, sagte Annie und brach dann wieder in schallendes Gelächter aus.

Die Erwachsenen sahen sich lange an, bevor sie grinsten. Es war nicht sehr lustig, aber sie hatten beide schon vor langer Zeit gelernt, dass das, was für eine Siebenjährige lustig war, bei Erwachsenen nicht unbedingt für einen Lachanfall sorgte.

Annie und Frankie wandten sich wieder ihrem Spiel zu und gelegentliche Lachanfälle von Annie hallten durch den Garten. Eine Stunde später kamen Cooper und Fletch wieder nach draußen und Kiera gab Frankie ein Zeichen, dass es Zeit fürs Bett sei.

»Bitte, kann Frankie bei mir schlafen?«, fragte Annie, bevor sie gingen.

»Nicht heute Nacht«, sagte Emily zu ihr. »Er ist

höchstwahrscheinlich müde von der Reise und kann es nicht gebrauchen, von einem aufgeregten kleinen Mädchen wach gehalten zu werden.«

»Aber Mooommmm«, schmollte Annie.

»Deine Mom hat Nein gesagt«, sagte Fletch streng. »Wenn du anständig bist und er es auch möchte, können wir es morgen Abend mit Cooper und Kiera besprechen.«

Als hätte ihr Vater bereits zugestimmt, hellte sich Annies Gesicht auf und sie winkte Frankie zu.

Er gebärdete etwas und bevor irgendjemand es übersetzen konnte, hatte Annie die Handzeichen bereits imitiert.

Frankie lächelte und wiederholte es. Dann winkte er ihr.

Nachdem die drei sich auf den Weg zu der Gästewohnung über der Garage gemacht hatten, fragte Emily ihre Tochter: »Woher wusstest du, was Frankie zu dir gesagt hat?«

Annie zuckte mit den Schultern. »Ich habe es herausgefunden.«

»Aber wie?«

»Ich weiß nicht, Mom, es ergab einfach Sinn. Ich habe ihm zugewinkt und erinnere mich, dass er Miss Kiera sagte, dass das Abendessen gut sei. Sie hat übersetzt, was er beim Abendessen gesagt hat, erinnerst du dich? Wie auch immer, ich glaube, zuerst hat er ›gut‹ gesagt und dann ›Nacht‹.«

Emily starrte ihre Tochter an. Sie hatte recht. Sie erinnerte sich nicht an das Gespräch beim Abendessen, aber Annie entging nie etwas.

»Ich liebe dich«, sagte Emily.

»Ich liebe dich auch«, erwiderte Annie, wirbelte herum und lief zum Esstisch, wo sie ihre wertvollen Soldaten hingelegt hatte, nachdem sie hineingegangen war. Sie nahm sie in ihre Arme und lief an ihren Eltern vorbei in ihr Zimmer.

»Noch fünfzehn Minuten, Kleines«, rief Fletch ihr nach.

»Okay, Daddy!«, rief Annie zurück, ohne stehen zu bleiben.

Emily schüttelte den Kopf und wandte sich an ihren Ehemann. »Sind wir uns sicher, dass wir noch eine Annie wollen?«

Fletch legte seine Hände auf den Hintern seiner Frau und zog sie an sich. »Absolut. Ich kann mir nichts Schöneres vorstellen, als noch mehr kleine Ebenbilder von dir herumlaufen zu sehen.«

Emily grinste und spürte die Erektion ihres Mannes an ihrem Bauch. »Vielleicht werde ich ein Bad nehmen, während du unsere Tochter ins Bett bringst.«

Fletch stöhnte. »Die Vorstellung von dir nackt in unserer Wanne wird diese Erektion nicht so schnell zum Erliegen bringen.«

»Nachdem du Annie ins Bett gebracht hast, erledige ich das für dich«, sagte Emily mit einem Lächeln. »Du weißt, dass es meine fruchtbare Zeit diesen Monat ist.«

»Du bist gemein«, sagte Fletch und blinzelte sie an.

»Du weißt, dass es doppelt so lange dauert, wenn sie aufgeregt ist.«

»Dann muss ich eben ohne dich anfangen«, sagte Emily.

Fletch zog sie an sich und küsste sie mit all der aufgestauten Leidenschaft, die ihre Anspielungen erzeugt hatte. Einige Minuten später zog er sich zurück, drehte Emily um und schob sie in Richtung Flur. »Geh jetzt. Ich brauche ein paar Minuten, um mich zu beherrschen, bevor ich zu Annie gehe.«

Emily trat zurück und wiegte ihre Hüften übertrieben hin und her, als sie ging. Sie blickte über ihre Schulter und lächelte Fletch an. »Wir sehen uns im Bett, Liebling.«

Annie ins Bett zu bringen war eines der schönsten Dinge für Fletch. Er war abends nicht immer zu Hause, um Zeit mit ihr zu verbringen, aber wenn er es war, schätzte er die Gespräche mit ihr. Meistens sprachen sie über nichts Wichtiges. Manchmal teilte Annie ihre Ängste mit ihm, aber heute Abend war sie, wenig überraschend, daran interessiert, über Frankie zu sprechen.

»Wie hat er sein Gehör verloren?«

»Er hatte als Baby eine Infektion in den Ohren.«

»Wie hat er die Gebärdensprache gelernt?«

»Ich nehme an, auf die gleiche Weise, wie du sprechen gelernt hast.«

»Kann ich es auch lernen?«

»Ja, Kleines, ich bin mir sicher, dass du das kannst. Du hast heute schon ein paar Handzeichen mit ihm ausgetauscht.«

»Ich möchte mehr mit ihm reden können. Ich mag ihn.«

»Ich glaube, er mag dich auch. Ich bin mir sicher, er würde sich gern mit dir unterhalten können.«

»Aber wie kann ich mit ihm reden, wenn er mich am Telefon nicht hört?«

»Du kannst mit ihm telefonieren, Annie. Es gibt ein besonderes Telefon, das alles, was du sagst, automatisch in Text verwandelt.«

»Aber wie kann er mir antworten, wenn er nicht sprechen kann?«

Fletch hielt inne. »Ich bin mir nicht sicher.« Er versuchte, immer ehrlich zu Annie zu sein.

Seine Tochter sah verzweifelt aus, dann zitterte ihre Unterlippe. »Aber er wird in ein paar Tagen wieder nach Hause fliegen und ich werde nicht mehr mit ihm sprechen können.«

Sie fing an zu weinen.

»Schhhh, Schätzchen. Wir werden mit Cooper und Kiera sprechen und sehen, ob sie uns helfen können. Ich bin sicher, sie wissen mehr darüber als ich.«

Annie schniefte und Tränen liefen über ihre kleinen Wangen.

»Komm her, Baby«, sagte Fletch und zog sie unter ihre Decke. Er legte sich neben sie und seinen Kopf auf das

Kissen. Sie lag auf dem Rücken und er auf seiner Seite.

»Ich war heute sehr stolz auf dich.«

»W-w-warum?«

»Weil ich mir sicher bin, dass manche Kinder nicht nett zu Frankie sind, weil er sie nicht hören kann.«

»Das ist dumm. Er ist lustig.«

Fletch lächelte. »Das ist er. Aber manche Leute nehmen sich nicht die Zeit, Menschen kennenzulernen, die anders sind als sie.«

»Er mag meine Soldaten«, sagte Annie zu ihm.

Fletch lächelte sie an. Annies wertvolle Spielzeugsoldaten zu mögen war ihre Art zu entscheiden, ob jemand der Mühe wert war. Und anscheinend hatte Frankie den Test bestanden. »Das habe ich gesehen.«

»Wenn ich könnte, würde ich meine Soldaten verkaufen, wenn wir dadurch miteinander reden könnten, wenn er eine Million Kilometer entfernt ist.«

Fletch blinzelte. Er konnte sich nur an ein einziges Mal erinnern, als Annie angeboten hatte, ihr kostbares Spielzeug zu verkaufen. Das war, als ihre Mutter dringend Geld brauchte und nichts zu essen gehabt hatte. Sie nahm ihre Plastikfiguren überall mit hin. Sie weigerte sich, die Schachteln zu öffnen, weil es sie »alt« machen würde. Die Tatsache, dass sie anbot, sie für einen kleinen Jungen zu verkaufen, den sie erst seit ein paar Stunden kannte, damit sie in Kontakt bleiben konnten, war überraschend, aber es war typisch Annie.

»Ich glaube nicht, dass das nötig sein wird, Kleines.

Ich werde mit Miss Kiera und Cooper reden und sehen, was sie von der Sache halten, okay?«

»Morgen?«

»Ja, morgen.«

»In Ordnung. Können wir online bei Mazon ein Buch bestellen, das mir hilft zu lernen, mit den Händen zu sprechen?«

»Amazon?«

»Ja, das habe ich doch gesagt.«

Fletch nickte. »Ja, ich denke, das können wir machen.«

Annie drehte sich auf die Seite und spiegelte die Position ihres Vaters mit einer Hand unter ihrem Kopf. Ihre kleinen Wangen waren immer noch gerötet und sie schniefte einmal, bevor sie sagte: »Ich werde ihn heiraten, Daddy.«

»Wirst du das, hm?«

»Ja, und ich muss so schnell wie möglich lernen, mit ihm zu reden. Es wäre nicht gut, wenn ich mit meinem Mann nicht sprechen oder ihn nicht verstehen könnte, oder?«

Fletch wollte protestieren, aber er hatte von Emily und Annie gelernt, dass sie es nur noch mehr wollen würde, wenn er versuchte, dagegen zu argumentieren. Sie würde herauswachsen, sie war erst sieben. »Nein, da hast du recht. Es wäre besser, wenn du mit deinem Mann sprechen kannst.«

Annie nickte. »In Ordnung. Vergiss nicht, mit Miss Kiera darüber zu reden.«

»Nein, ich werde es nicht vergessen.«

»Gut, jetzt geh, Daddy.«

»Gehen? Soll ich dir heute Abend nichts vorlesen?«

Annie schüttelte den Kopf. »Nö. Ich bin müde und möchte, dass mein Gehirn sich ausruht, damit ich morgen so viel wie möglich darüber lernen kann, wie man mit den Händen spricht. Ich möchte morgen das Alphabet lernen.«

»Okay, Kleines. Schlaf gut.« Er stand auf, beugte er sich vor und küsste Annie auf die Stirn.

Annie sah zu ihm auf und winkte »Gute Nacht«, wie sie es zuvor von Frankie gelernt hatte.

Fletch lächelte und erwiderte das Zeichen.

Glücklich lächelnd schloss Annie die Augen und kuschelte sich auf ihr Kissen.

Später in der Nacht, viel später, nachdem Fletch ausführlich und mit viel Elan mit seiner Frau geschlafen hatte, informierte er sie über die bevorstehende Hochzeit ihrer Tochter.

»Du hast ihr nicht widersprochen oder ihr gesagt, dass sie ihre Meinung später ändern würde, oder?«, fragte Emily schläfrig, nicht im Geringsten besorgt über die Äußerung ihrer Tochter.

»Auf keinen Fall. Ich habe meine Lektion gelernt.«

»Bis zum Ende des Wochenendes wird sie ihn wahrscheinlich satthaben«, sagte Emily voraus. »Du weißt, wie sie ist.«

Fletch wusste sehr genau, wie seine Tochter war. Er hatte das Gefühl, dass ein Wochenende mit dem kleinen

Jungen Annies Enthusiasmus kein bisschen dämpfen würde. Aber er äußerte seine Bedenken nicht.

»Sicher, Liebling. Schlaf jetzt«, sagte er zu Emily.

»Du bist so herrisch«, murmelte sie, aber zog seine Hand, die er um ihre Brust geschlungen hatte, an ihre Lippen und küsste die Handfläche. »Ich mag es, mit dir zu versuchen, schwanger zu werden«, stellte sie fest.

Er lächelte. »Ich auch. Aber selbst, wenn es niemals passieren oder fünf Jahre dauern sollte, werde ich nie aufhören, dich zu lieben. Tatsächlich liebe ich dich mit jedem Tag mehr.«

»Das Gefühl beruht definitiv auf Gegenseitigkeit. Aber ich habe die Vermutung, dass es nicht Jahre dauern wird. Wenn dein Sperma halb so herrisch ist wie du, ist es nur eine Frage der Zeit.«

Fletch lächelte. Seinem Sperma anthropomorphe Qualitäten zuzusprechen, war so eine Sache von Emily.

»Gute Nacht.«

»Nacht«, antwortete Emily.

* * *

»Hattest du heute Spaß mit Annie?«, gebärdete Kiera zu Frankie.

»Ja«, gestikulierte der kleine Junge zurück. »Sie ist nett.«

»Du scheinst genauso gut oder sogar besser mit ihr auszukommen wie mit Jenny und den anderen Mädchen in unserer Klasse«, sagte sie zu ihm.

Frankie zuckte mit den Schultern. »Sie ist anders.«

»Wie anders? Weil sie keine Gebärdensprache kann?«, fragte Kiera.

»Nein, weil ich sie liebe.«

Kiera sah Frankie überrascht an. Cooper hatte dem kleinen Jungen bereits Gute Nacht gesagt und war im Schlafzimmer, um sich bettfertig zu machen. Sie hatte sich vergewissern wollen, dass es Frankie gut ging. Er reiste nicht viel, und es könnte anstrengend und verwirrend für ihn sein, mit Menschen zusammen zu sein, die hören konnten. Damit, dass er ihr offenbaren würde, das kleine Mädchen im Haus nebenan zu lieben, hatte sie nicht gerechnet.

»Tust du das?«

Frankie nickte. »Sie findet mich lustig und hat ihr besonderes Spielzeug mit mir geteilt. Es ist ihr egal, dass es komisch klingt, wenn ich lache oder versuche zu sprechen, und sie hat sich heute wirklich Mühe gegeben, ein paar Handzeichen zu lernen. Ich liebe sie.«

Kiera lächelte und tat ihr Bestes, nicht skeptisch auszusehen oder zu lachen. Der Verstand eines Kindes war wunderbar und zugleich seltsam. »Nun, morgen kannst du sie besser kennenlernen. Hört sich das gut an? Willst du den Tag mit ihr und ihrer Mutter verbringen, während Cooper und ihr Vater auf dem Stützpunkt arbeiten?«

Frankie nickte begeistert mit dem Kopf. »Ich möchte ihr ein Geschenk besorgen«, sagte er zu Kiera.

»Ein Geschenk?«

»Ja, etwas, das sie an mich erinnert, damit sie sich nicht in jemand anderen verliebt und mich vergisst, bevor ich erwachsen bin und zurückkommen kann.«

Kiera fühlte, wie ihr Herz dahinschmolz. »Was für ein Geschenk?« Sie wusste, dass er kein Geld bei sich hatte, aber das war egal, sie würde für jeden Schmuck bezahlen, den er für seinen Schwarm kaufen wollte.

»Ich weiß es noch nicht. Aber ich bin mir sicher, dass ich es herausfinden werde, wenn ich sie morgen besser kennenlerne. Wie viele Tage bleiben wir noch hier?«

»Zwei volle Tage, am dritten fliegen wir nach Hause.«

Seine Unterlippe ragte zu einem Schmollmund hervor, als er gebärdete: »Das ist nicht lang genug.«

»Ich bin mir sicher, dass ihr in Kontakt bleiben könnt, wenn du nach Hause kommst«, versuchte Kiera, ihn zu beruhigen.

Er zuckte mit den Schultern. »Ich werde mir etwas einfallen lassen, damit sie mich nicht vergessen kann. Etwas, das sie jedes Mal an mich erinnert, wenn sie es ansieht.«

»Da bin ich mir sicher. Jetzt ist Schlafenszeit. Schließ die Augen und morgen werden wir eine Menge Spaß haben.«

»Danke, dass du meinen Dad überredet hast, mich mitkommen zu lassen, Miss Kiera. Das ist das Beste, was ich je in meinem Leben gemacht habe.«

Sie beugte sich vor und küsste ihn auf den Kopf, bevor sie gebärdete: »Gern geschehen. Gute Nacht.«

»Gute Nacht. Hast du gesehen, wie schnell Annie

verstanden hat, wie man Gute Nacht sagt? Ich habe es nur einmal gezeigt und sie wusste sofort, was es bedeutet.«

»Ja, ich habe es gesehen. Jetzt schlaf«, befahl Kiera.

Frankie nickte und drehte sich auf der Couch auf die Seite.

Sie schaltete das Licht aus und ging in das kleine Schlafzimmer, wo Cooper auf sie wartete. Sie kletterte ins Bett und kuschelte sich an den großen Mann. Bei ihm fühlte sie sich zu Hause, egal wo sie waren.

»Hat er dir erzählt, dass er in Annie verliebt ist?«, fragte Cooper.

Kiera hob den Kopf und starrte ihren Freund an. »Woher weißt du das?«

»Es war das Erste, worüber er mit mir reden wollte, nachdem du den Raum verlassen hattest. Er wollte wissen, wann ich wusste, dass du die Frau für mich bist.«

»Und was hast du ihm gesagt?«, fragte Kiera.

»In der Sekunde, in der ich dich das erste Mal sah, wusste ich, dass du mein Leben verändern würdest.«

»Und?«, hakte sie nach.

»Und Frankie hat genickt und gesagt, dass es ihm genauso geht. In dem Moment, in dem Annie ihn am Flughafen umarmt hat, wusste er, dass er sie liebt.«

Kiera starrte Cooper lange an, bevor sie fragte: »Das glaubst du nicht wirklich, oder?«

»Seltsame Dinge passieren«, antwortete er.

Kiera lehnte sich wieder an seine Seite und sagte: »Er ist erst sieben und lebt weit weg von ihr. Er wird sie vergessen, sobald er zurückkehrt und die kleine Jenny ihm wieder zuzwinkert.«

»Hmmmm.«

Von den wenigen Monaten, die sie zusammen waren, wusste Kiera, dass dieser Klang bedeutete, dass er ihr weder zustimmte noch widersprach. Sie beschloss, es dabei zu belassen. Es war nicht wirklich wichtig. In drei Tagen würden sie mit Frankie wieder abreisen. Annie würde aus seinem Leben verschwinden, und das wäre das Ende der Geschichte.

Am nächsten Abend zog Frankie Kiera nach dem Abendessen beiseite.

»Geht es dir gut, Frankie?«, gebärdete sie und sah zu den Fletchers hinüber. Emily und Fletch saßen auf der Couch und Annie lag auf dem Boden. Sie hatte ihre kleinen Soldaten um die Beine des Couchtisches aufgestellt und spielte mit Frankie ein kompliziertes Spiel, aus dem Kiera sich keinen Reim machen konnte. Aber es war egal, denn die beiden Kinder schienen glücklich zu sein.

Der Tag hatte mit einem Frühstück im großen Haus begonnen. Danach waren Cooper und Fletch für die Schulung über die Bedeutung universeller Handzeichen für Soldaten zum Stützpunkt gefahren.

Emily und Kiera waren mit den Kindern unterdessen ins Mayborn Museum gegangen. Dort gab es über ein Dutzend Räume für Kinder und Annie und Frankie hatten mehrere Stunden damit verbracht, sich unterhalten zu lassen. Es gab ein paar unangenehme Momente, in denen andere Kinder hinter seinem Rücken auf Frankie gezeigt und über ihn getuschelt hatten, aber Annie hatte sich für ihn eingesetzt und den Kindern entschlossen gesagt, dass sie unhöflich waren. Wenn sie dachten, dass etwas mit Frankie nicht stimmte, nur weil er nicht hören konnte, dann waren sie dumm.

Emily hatte ihre Tochter für ihre harten Worte gescholten, aber es schien funktioniert zu haben. Danach war das Eis gebrochen und sie hatten alle gemeinsam gespielt.

Anschließend waren sie in ein Einkaufszentrum in Temple gefahren, um etwas Zeit totzuschlagen. Bei JCPenney hatten sie mit einer der Verkäuferinnen namens Kassie gesprochen. Sie war die Freundin von einem von Fletchs Teamkameraden. Dann hatten sie etwas gegessen und waren herumgelaufen.

Irgendwann hatte Kiera auf die Kinder herabgesehen und Emily angestoßen. Frankie und Annie hielten Händchen. Frankie gebärdete mit seiner freien rechten Hand und Annie versuchte, mit ihrer linken Worte zu buchstabieren, während sie gingen.

Es war das Süßeste, was sie je gesehen hatte. Währenddessen stieß ein Mann mit Annie zusammen. Sie stolperte und wäre gestürzt, wenn Frankie sie nicht festgehalten hätte. Er ließ sofort Annies Hand los und trat einen Schritt vor sie. Kiera schnappte nach Luft, als sie Frankies blitzschnelle Handbewegungen beobachtete, als er den Mann mit seinen Worten zerriss, weil er nicht aufgepasst hatte, wohin er ging, und Annie fast wehgetan hätte.

Der Mann hatte Kiera angesehen und mit den Schultern gezuckt.

»Er sagt, dass Sie Annie hätten verletzen können«, sagte Kiera zu dem Mann und nahm sich die Freiheit, es nicht wörtlich zu übersetzen, um im Einkaufszentrum keine Auseinandersetzung zu provozieren. Frankie war sauer. Das war klar zu sehen.

»Tut mir leid, kleiner Mann«, murmelte der Mann, drehte sich um und ging davon, obwohl Frankie immer noch mit ihm »sprach«.

Kiera brauchte einen Moment, um Frankie so weit zu beruhigen, dass sie ihren Spaziergang durch das Einkaufszentrum fortsetzen konnten. Erst als Annie wieder Frankies Hand nahm und ihn anlächelte, um ihn wissen zu lassen, dass es ihr gut ging, beruhigte er sich endlich.

Jetzt waren sie zu Hause, satt und entspannt ... zumindest dachte Kiera, dass sie alle entspannt waren.

»Ich weiß, was ich Annie schenken will«, gebärdete der kleine Junge.

»Was?«

»Puppenkästen für ihre Soldaten«, sagte Frankie zu ihr. »Die Schachteln, in denen sie sie aufbewahrt, fallen bald auseinander, und sie hat mir gesagt, dass sie sich Sorgen macht, dass ihre Soldaten ruiniert werden, wenn sie kaputtgehen«, erklärte er. »Ich habe einige gesehen, als wir heute im Einkaufszentrum waren.«

Kiera runzelte kurz die Stirn und gebärdete dann: »Sie sind wahrscheinlich sehr teuer.« Soweit sie das beurteilen konnte, kosteten Annies Figuren höchstens zehn Dollar. Fünfzig Dollar oder mehr pro Behälter auszugeben, um billiges Spielzeug darin aufzubewahren, kam ihr albern vor.

»Und?«, fragte Frankie ungeduldig.

»Was, wenn du ihr stattdessen neue Figuren besorgst?«, schlug Kiera vor.

Frankie schüttelte sofort den Kopf. »Nein, sie liebt die, die sie hat. Fletch hat sie ihr geschenkt. Ich möchte sie für sie beschützen.«

»Ich bin mir nicht sicher, ob dein Vater es gutheißen wird, so viel Geld für jemanden auszugeben, den du gerade erst kennengelernt hast«, sagte Kiera langsam zu Frankie. »Vielleicht fällt dir etwas Günstigeres ein.«

»Ich werde es bezahlen«, sagte der kleine Junge zu ihr, seine kleinen Lippen konzentriert zusammengezogen.

»Hast du so viel Geld?«, fragte Kiera.

»Nicht jetzt, aber ich kann es verdienen. Ich werde Aufgaben im Haus übernehmen. Ich kann Dad fragen, was ich tun kann, um Geld zu verdienen. Selbst wenn ich auf mein Taschengeld verzichten muss, bis ich wirklich alt bin – dreizehn oder so –, ich werde es tun.«

Kiera versuchte, nicht darüber zu lachen – wirklich alt mit dreizehn. Wenn sie mit Kindern zusammen war, fühlte sie sich manchmal uralt. »Was ist, wenn dein Vater nicht so viel Geld hat, um es dir zu leihen?«

Frankies Schultern sackten herunter. Es war offensichtlich, dass er darüber nicht nachgedacht hatte. Er ließ den Blick durch den Raum wandern, während er versuchte, in seinem Kopf eine Lösung zu finden. Kiera sah, wie er Annie lange anstarrte, bevor er sich umdrehte und sagte: »Sag meinem Daddy, ich verkaufe das iPad, das ich zu Weihnachten bekommen habe, um es zu bezahlen.«

Kiera starrte Frankie überrascht an. Er liebte dieses iPad. Im Gesprächskreis im Klassenzimmer hatte er ununterbrochen davon erzählt. Er hatte ihnen gesagt, dass er eine App hat, mit der er tatsächlich mit hörenden Menschen »sprechen« konnte. Das gebe ihm ein Gefühl der Freiheit und mehr Selbstvertrauen, allein in die hörende Welt hinauszugehen. Ihr zu sagen, dass er es verkaufen würde, um ein Geschenk für Annie zu kaufen, war schockierend.

»Ich glaube nicht, dass er das wollen ...«

Frankie unterbrach sie und schüttelte den Kopf, sein hellbraunes Haar wehte ihm um den Kopf. »Doch, es wird ausreichen, um die Schachteln zu kaufen, oder? Die guten, nicht die billigen.«

Kiera nickte langsam. »Ich bin mir sicher, dass es reichen würde.«

»Rufst du ihn heute Abend an und sagst es ihm?«

»Du könntest ihn selbst anrufen und es ihm per Videochat mitteilen«, schlug Kiera vor.

Frankie schüttelte wieder den Kopf. »Nein, ich werde mit Annie beschäftigt sein. Sie hat gesagt, ich könne bei ihr übernachten und wir würden in ihrem Zimmer eine Zeltstadt und einen Hindernisparcours bauen. Ich werde keine Zeit haben.«

»Okay Franky, wenn du dir sicher bist, dass es das ist, was du willst.«

»Ich bin mir sicher«, gebärdete er. Als er noch einmal zu Annie hinüberschaute, begegnete er Kieras Blick. »Sie ist es wert. Auch wenn ich sie dann mit meiner speziellen App nicht sehen und ihr nur E-Mails schreiben kann, bis ich genügend Geld verdient habe, um mir ein neues iPad leisten zu können. Sie ist es wert.«

Und damit ging der Junge wieder zurück zu Annie und sie spielten weiter, als wäre er gar nicht weg gewesen.

Kiera setzte sich neben Cooper und er fragte: »Alles in Ordnung?«

»Alles gut. Wir reden später darüber.«

Cooper sah besorgt aus, erkannte aber, dass es sich nicht um einen Notfall handelte. Er nickte und sie wandten sich wieder dem Film zu.

* * *

Eine Stunde später half Emily Annie, sich bettfertig zu machen, während Fletch sich um Frankie kümmerte.

»Ich weiß, dass ihr noch spielen wollt, aber nur noch eine Stunde. Ich meine es ernst, Annie. Ich werde später nach euch sehen. Du musst etwas schlafen für einen weiteren lustigen Tag morgen.«

»In Ordnung. Mommy?«

»Ja, Baby?«

»Wirst du mit Daddy reden, damit er morgen in den Laden geht und das Geschenk für Frankie kauft, über das wir gesprochen haben?«

Emily seufzte. Sie hatte gehofft, ihre Tochter hätte das vor lauter Aufregung und Frankies Übernachtung vergessen. »Wir werden sehen.«

Annie verzog das Gesicht zu etwas, das Emily als Vorbote eines monstermäßigen Streits erkannte. »Ich habe heute mit Kiera gesprochen. Sie hat mir erzählt, dass es eine neue Kamera auf dem Markt gibt, die an einen Computer oder ein iPad angeschlossen wird. Sie überträgt nicht nur das Bild und den Ton der Person vor der Kamera, sondern übersetzt die gesprochenen Worte automatisch in Gebärdensprache, die von einer kleinen computergesteuerten Person in einem Kästchen in der Ecke gezeigt wird. Es ist wie Facetime mit eingebauter Übersetzung.«

Emily starrte Annie überrascht an. Sie wusste, dass Annie mit Frankie in Kontakt bleiben wollte, nachdem er abgereist war. Sie hatte aber angenommen, dass sie so etwas wie eine Webkamera wollte. Das war billig ... und einfach. »Wenn es etwas Besonderes ist, bin ich mir nicht sicher, ob wir einfach in ein Geschäft gehen und es kaufen können, Schätzchen.«

»Stimmt«, sagte Annie, klang aber nicht weniger

entschlossen oder abgeschreckt.«Kiera sagte, sie hätten sie in Kalifornien in speziellen Läden gesehen. Wir könnten sie bestellen und Frankie kann sie abholen, wenn er nach Hause kommt.«

»Warum fangt ihr nicht damit an, euch Briefe zu schreiben? Und wenn ihr Spaß daran habt, dann können wir nach der Webkamera schauen.«

»Nein, ich werde Gebärdensprache lernen und Frankie wird mir dabei helfen. Das kann er aber nicht, wenn wir uns nicht sehen und miteinander reden können.«

Emily seufzte und setzte sich auf die Seite von Annies Bett. »Das klingt teuer, Liebling.«

»Ich weiß«, sagte Annie und rümpfte die Nase. »Ich habe Miss Kiera gefragt, wie viel es kostet, aber sie war sich nicht sicher. Aber Mom, ich habe etwas, das viel Geld wert ist.«

»Und was ist das?«

»Meine Soldaten.«

Emily holte tief Luft. Annie hatte bereits am Abend zuvor erwähnt, dass sie ihre wertvollen Figuren verkaufen würde, aber sie hatte gedacht, ihre Tochter hätte es nur so daher gesagt. Da sie nicht von dieser Idee abrückte, wurde Emily klar, dass Annie alles, was sie für Frankie empfand, ernst meinte.

»Ich weiß, dass sie viel Geld wert sind. Sie sind noch im Karton und wie neu. Erinnerst du dich noch, als ich dir gesagt habe, du sollst sie verkaufen, als wir kein Geld hatten und Daddy Fletch noch nicht in unserem Leben war? In dem Laden haben sie gesagt, dass sie viel wert sind und ich sie behalten solle, bis ich etwas gefunden habe, das ich wirklich haben will. Nun, das hier will ich wirklich.«

Annie kletterte auf Emilys Schoß und schaute sie mit großen Augen an. Sie schlang ihre Arme um den Hals ihrer Mom und sah ihr direkt in die Augen. »Ich möchte nicht, dass Frankie nach Kalifornien zurückkehrt und mich vergisst. Ich möchte ihn fragen können, wie sein Tag gelaufen ist. Ich möchte ihm zum Geburtstag gratulieren können und wenn ein anderes Mädchen glaubt, dass sie ihn haben kann, möchte ich ihm sagen können, dass das nicht der Fall ist. Bitte, Mommy! Ich weiß, dass wir eine Menge Geld für die Soldaten bekommen, wenn Daddy sie ins Pfandhaus bringt. Dann kann ich es mir leisten, Frankie dieses spezielle Kamerading zu kaufen.«

Emily seufzte. Annie war kein Kind, das viel verlangte. Das war sie noch nie gewesen. Sie konnte ihr das auf keinen Fall abschlagen. Vor allem, wenn Annie es nicht einmal für sich selbst wollte. Wenn sie bereit wäre, ihren wertvollsten Besitz zu verkaufen, wie könnte sie ihr da im Weg stehen? Emily wusste, dass das Spielzeug nicht mehr als zehn Dollar wert war, aber sie und Fletch konnten es sich leisten, für den Restbetrag aufzukommen und diese spezielle Kamera zu kaufen.

»Okay Baby. Ich werde deinen Dad bitten, die Spielsachen morgen ins Pfandhaus zu bringen und Frankies Dad anzurufen, um Vorkehrungen für die Kamera zu treffen. Bist du dir sicher? Sobald deine geliebten kleinen

Soldaten weg sind, können wir sie nicht mehr zurückholen.«

»Ich bin mir sicher«, antwortete Annie sofort und lächelte bis über beide Ohren. »Ich werde sie vermissen, aber im Gegenzug werde ich jeden Tag mit Frankie sprechen können. Es wird sich lohnen. Kannst du seinen Dad bitten, ein Bild der Spezialkamera per E-Mail zu schicken? Ich möchte es ausdrucken und Frankie morgen vor seiner Abreise schenken.«

»Ja, ich denke, das können wir arrangieren.«

»Er wird so überrascht sein. Ich kann es kaum erwarten, sein Gesicht zu sehen«, sagte Annie.

In diesem Moment klopfte Fletch an die Tür. »Erlaubnis, eintreten zu dürfen?«, sagte er. Frankie war an seiner Seite und lächelte Annie an.

Blitzschnell sprang Annie vom Schoß ihrer Mutter und stellte sich vor Frankie. Sie bedeutete ihm, ihr zu folgen. Nicht dass er eine Wahl gehabt hätte, denn Annie hatte seine Hand genommen und zog ihn zu einem Stapel Decken und Handtüchern, die sie zuvor in ihr Zimmer gebracht hatte, um ihre »Zeltstadt« zu errichten.

»Ich schätze, wir werden hier nicht mehr gebraucht«, sagte Fletch und legte seinen Arm um Emilys Taille. »Hattet ihr ein gutes Gespräch?«

»Warte nur, bis ich dir erzähle, was du morgen zu tun hast«, sagte Emily mit einem reuevollen Kopfschütteln zu Fletch.

»So schlimm?«, fragte Fletch und führte sie aus dem Kinderzimmer.

»Nicht schlimm, aber sicherlich unerwartet«, sagte sie.

Am nächsten Abend, dem letzten Abend, den Annie und Frankie für lange Zeit zusammen sein würden, saßen die Erwachsenen am Tisch im Esszimmer, während die Kinder ins Familienzimmer gingen. Annie hatte um etwas Privatsphäre gebeten, während sie mit Frankie »sprach«.

»Bist du sicher, dass ich nicht übersetzen soll?«, hatte Kiera das kleine Mädchen gefragt.

Annie hatte den Kopf geschüttelt und gesagt: »Ich kann ihn gut verstehen.«

Die Erwachsenen hatten mit den Schultern gezuckt. Sie wussten nicht, ob Annie hundertprozentig ehrlich war, aber sie mochten ihre positive Einstellung.

Als die Kinder im Nebenzimmer verschwunden waren, beugte Kiera sich über den Tisch und fragte Emily: »Was hat Annie für Frankie besorgt? Ich finde es so süß, dass sie sich gegenseitig etwas schenken wollen.«

»Das ist es«, sagte Emily mit einem Lächeln. »Nach eurer Unterhaltung hat sie beschlossen, diese spezielle Kamera zu kaufen. Die mit der kleinen menschlichen Figur in der Ecke, die das gesprochene Wort in Gebärdensprache übersetzt. Frankies Dad holt sie heute ab und bringt sie morgen mit zum Flughafen, wenn ihr nach Hause kommt.«

»Was?«, fragte Kiera, sichtlich überrascht.

»Ich weiß, ich weiß, es ist teuer, aber Annie hat darauf bestanden. Sie hat Fletch sogar losgeschickt, um ihre Spielzeugsoldaten zu verkaufen, um dafür bezahlen zu können.« Emily kicherte. »Als würde das ausreichen. Aber es war ehrlich gesagt nicht so teuer, wie ich gedacht hatte. Frankie kann die kleine Kamera an sein iPad anschließen und die App herunterladen. Annie kann ihre normale Kamera verwenden. Dann können sie so viel miteinander reden, wie sie wollen. Und es wird Annie helfen, Gebärdensprache zu lernen.«

»Sie hat ihre Figuren verkauft?«, fragte Kiera.

»Jawohl.«

»Heiliger Mist. Frag mich, was Frankie für Annie besorgt hat«, forderte Kiera Emily auf.

»Ich habe fast Angst zu fragen«, erwiderte diese.

»Ein paar teure Puppenschachteln für ihre kleinen Soldaten«, sagte Kiera sachlich.

Emily riss die Augen auf. »Das hat er nicht.«

»Und jetzt frag mich, woher er das Geld dafür hat.«

»Nein ... bitte sag mir nicht, dass er sein iPad verkauft hat«, hauchte Emily.

»Doch. Sein kostbares iPad, das er normalerweise nicht aus der Hand gibt. Er wollte die teuersten und stabilsten Plastikschachteln haben, damit Annie sich keine Sorgen mehr machen müsste, dass ihre Figuren schmutzig werden oder kaputtgehen.«

»Heiliger Strohsack. Das kommt mir gerade vor wie die Geschichte *Das Geschenk der Weisen*«, hauchte Emily.

Für einen Moment sagte niemand etwas, bis Kiera flüsterte: »Ich muss unbedingt sehen, wie das ausgeht.«

Die anderen stimmten anscheinend zu und folgten Kiera, als sie auf Zehenspitzen zur Tür des Familienzimmers ging. Gemeinsam sahen sie zu, wie die beiden Kinder Geschenke austauschten.

* * *

Annie war so aufgeregt, Frankie sein Geschenk zu geben. Neben den beiden großen Kartons, die er für sie eingewickelt hatte, sah es wirklich klein aus, aber das war egal. Es würde ihm gefallen.

Sie lächelte ihn an und reichte ihm den Umschlag mit dem Bild der schicken Kamera, die ihre Worte für ihn in Gebärdensprache übersetzen würde. Er hatte ihr an dem Tag, an dem sie sich kennengelernt hatten, erzählt, wie sehr er sein iPad liebte und wie oft er es benutzte. Das war perfekt.

Sie grinste ihn an, als er es auspackte. Er zog das Bild aus dem Umschlag und starrte es lange an.

Zu aufgeregt, um zu warten, nahm sie es ihm aus der Hand und deutete darauf. Dann zeigte sie auf sich und auf ihn. Dann hob sie eine Hand an ihr Ohr und imitierte ein Telefongespräch. Anschließend machte sie ein paar Handzeichen und zeigte auf ihn, dann hinunter zu dem Bild, das sie in der Hand hielt, dann wieder auf sich.

Annie grinste breit und gab ihm das Bild zurück. Sie war äußerst zufrieden mit sich.

Frankie lächelte nicht. Tatsächlich bewegte er sich kaum. Er starrte einfach weiter auf das Bild der schicken Kamera für Gehörlose.

Schließlich schenkte er ihr ein kleines Lächeln und legte das Bild zur Seite. Dann schob er die beiden großen Kartons zu Annie hinüber.

Etwas verwirrt und ein wenig besorgt, dass Frankie sich nicht so freute, mit ihr reden zu können, wenn er wieder zu Hause war, riss Annie das Papier vom ersten Karton. Sie sah das Bild auf der Schachtel – und ihr Lächeln verblasste. Sie wandte sich dem nächsten Geschenk zu und öffnete es genauso schnell. Es war derselbe Inhalt wie in dem ersten Geschenk. Sie sah zu Frankie auf.

Er lächelte sie an. Er machte das Zeichen für Mann und dann für Soldat – das hatte er ihr beigebracht, als sie ihm zum ersten Mal ihre Soldaten gezeigt hatte – und zeigte dann auf die Behälter. Er nickte und hob die Augenbrauen, als wollte er sagen: *Cool, oder?*

Er zeigte auf sie und machte dann eine Geste, als wollte er fragen: *Wo sind sie?*

Annie starrte auf die wunderschönen kleinen Behälter für ihre Figuren. Frankie hatte sich alle Mühe gegeben, ihr etwas zu besorgen, das ihr gefallen würde. Sie verspürte einen Anflug von Trauer über ihre Spielzeugsoldaten, die für immer weg waren, aber sie lächelte tapfer.

Frankie musste sie wirklich mögen. Er hätte ihr nicht so etwas Kostbares besorgt, wenn er das nicht tun würde.

Er müsste nie erfahren, dass sie ihr Spielzeug verkauft hatte, um ihnen die Möglichkeit zu verschaffen, miteinander zu sprechen.

Sie deutete auf das iPad ihres Vaters, das auf dem Tisch lag. Sie zeigte darauf und dann auf Frankie. Sie deutete auf die Tür und hoffte, er würde verstehen, dass sie wollte, dass er sein iPad holte, damit sie die App herunterladen und sich damit vertraut machen konnten, um sich unterhalten zu können, wenn er nach Hause kam.

Als er sich nicht bewegte, wackelte Kiera nervös hin und her. Sie starrten einander an, als warteten sie darauf, dass der andere sich bewegte.

»Darf ich unterbrechen?«, fragte Kiera von der Tür.

Annie zuckte überrascht zusammen, berührte Frankie dann am Arm, um seine Aufmerksamkeit zu erregen, und zeigte auf Kiera.

Annie nickte.

Kiera und Emily betraten den Raum, während Fletch und Cooper in der Nähe der Tür stehen blieben.

»Gefällt dir dein Geschenk?«, gebärdete Kiera zu Annie.

Sie nickte und machte das Zeichen für »Ja«. Dann drehte sie sich zu Frankie um und sagte: »Ich liebe es, Frankie. Es ist perfekt.«

Dann bewegte Frankie seine Hände so schnell, als

wäre er sehr begeistert über etwas. Kiera übersetzte, während er sprach. »Ich wusste, dass es dir gefallen würde. Es ist perfekt für deine Soldaten. Sie werden für immer wie neu bleiben. Du musst dir keine Sorgen mehr machen, dass die Schachteln kaputtgehen könnten. Hol sie. Ich möchte sichergehen, dass sie hineinpassen.«

»Und was ist mit dir, Frankie?«, fragte Kiera. »Gefällt dir dein Geschenk von Annie?«

»Ja, es ist großartig«, gebärdete er etwas weniger enthusiastisch.

»Damit wir uns unterhalten können, wenn du nach Hause kommst«, sagte Annie leise. »Ich mag dich wirklich und würde gern Gebärdensprache lernen, damit wir normale Kameras zum Reden verwenden können. Aber bis dahin wird diese Kamera übersetzen, was ich sage und was du sagst. Eine kleine Person in der Ecke macht die Zeichen, während wir uns unterhalten. Du schließt die Kamera an dein iPad an und ich brauche nur diese App auf meinem. Ich bin mir sicher, dass Daddy Fletch oder Cooper uns beim Einrichten helfen werden, wenn du dein iPad holst.«

Die Kinder starrten sich lange an, bevor Emily eine Hand auf die Schulter ihrer Tochter legte und sagte: »Schätzchen, Frankie hat sein iPad verkauft, um für die Behälter für deine Soldaten zu bezahlen.«

Annie starrte Frankie mit großen Augen an. »Ehrlich?«

»Ja.«

»Aber ich habe meine Soldaten verkauft, um für

dieses besondere Kamerading zu bezahlen«, sagte sie, ohne den Blick von Frankies Gesicht abzuwenden.

Als Kiera mit der Übersetzung fertig war, richtete Frankie den Blick wieder auf Annie. Er legte den Kopf schief und buchstabierte langsam: »Wirklich?«

Annie nickte.

Die Erwachsenen hielten den Atem an und warteten auf die Reaktion der Kinder. Sie würden erschüttert sein, so viel war sicher. Sie hatten beide ihre wichtigsten Besitztümer verkauft, um etwas für den anderen zu besorgen, und jetzt waren beide Geschenke im Wesentlichen nutzlos.

Es war Annie, die sich zuerst rührte.

Ein Kichern entwich ihrer Kehle. Sie hielt eine Hand vor ihren Mund, um zu versuchen, es zu ersticken, aber es nützte nichts. Ein weiteres Kichern entwich ihr, dann noch eines. Kurz darauf fing das kleine Mädchen an, hysterisch zu lachen.

Und erstaunlicherweise stimmte Frankie mit ein. Sie waren nach hinten übergekippt und wälzten sich lachend auf dem Boden, als könnten sie nie mehr aufhören.

»Hm«, machte sich Cooper über den Lärm hinweg bemerkbar. »Mit dieser Reaktion habe ich nicht gerechnet.« Dann wandte er sich an Fletch. »Meinst du, jetzt wäre ein guter Zeitpunkt, unsere Geschenke herauszuholen?«

Fletch nickte und die beiden Männer betraten den Raum, jeder mit einem Geschenk im Arm. Cooper reichte Frankie eine kleine Schachtel und Fletch reichte seiner Tochter eine größere.

Cooper gebärdete zu Frankie, während Fletch sprach.

»Ich weiß, ihr seid wahrscheinlich etwas enttäuscht von euren Geschenken, aber ...«

»Daddy«, unterbrach Annie, »ich liebe mein Geschenk. Ja, ich bin ein bisschen traurig, dass ich meine Soldaten nicht mehr habe, um sie hineinzustecken, aber Frankie hat es für mich besorgt. Und er hat es gemacht, weil er mich mag und wollte, dass ich glücklich bin. Darüber kann ich nicht traurig sein.«

»Mir geht es ebenso«, gebärdete Frankie. »Ich bin froh, dass Annie mit mir reden will, wenn ich wieder zu Hause bin. Ich möchte nämlich auch mit ihr reden. Ich werde zusätzliche Aufgaben übernehmen und genügend Geld für ein neues iPad verdienen. Dann können wir uns unterhalten.«

»Nun«, sagte Fletch, »ich bin froh, dass ihr nicht sauer aufeinander seid. Legt los und öffnet jetzt eure Geschenke von uns.«

Beide Kinder rissen das Geschenkpapier herunter – und ein ungläubiges Keuchen hallte durch den Raum.

Annie hielt ihre Spielzeugsoldaten in den Händen, während Frankie sein geliebtes iPad hervorholte. Zwei Augenpaare richteten sich auf die Männer.

»Wie?«, fragte Annie.

Gleichzeitig gebärdete Frankie: »Wie hast du das gemacht?«

Fletch lächelte. »Emily hat mir erzählt, was Annie für

dich kaufen wollte. Und Kiera hat Cooper erzählt, was du für Annie besorgen wolltest. Cooper und ich haben darüber geredet und ich kann euch gar nicht sagen, wie stolz wir auf euch beide sind. Die Tatsache, dass ihr euch so sehr mögt, dass ihr euch gegenseitig Geschenke machen wollt, ist großartig. Aber noch erstaunlicher ist, dass ihr beide bereit wart, euren liebsten Besitz zu verkaufen, um dem anderen etwas geben zu können, das ihm gefallen würde. Ihr zwei seid unglaublich. Wir konnten es nicht über uns bringen, eure Sachen zu verkaufen. Jetzt könnt ihr euch beide an den Geschenken erfreuen, die ihr euch gegenseitig gemacht habt.«

Annie sprang vom Boden auf und umarmte ihren Dad. Dann umarmte sie Cooper. Damit die Frauen sich nicht ausgeschlossen fühlten, umarmte sie auch ihre Mom und Kiera. Dann drehte sie sich zu Frankie um und schlang ihre Arme um ihn.

Die beiden Kinder standen in der Mitte des Zimmers, umarmten sich und Emily sah zu ihrem Mann auf.

»Präge dir diesen Moment gut ein«, sagte sie leise. »Ich habe das Gefühl, dass wir irgendwann in unserem Leben sehen werden, wie sie sich bei ihrer Hochzeit genauso umarmen.«

Fletch schlenderte durch den Raum und setzte sich neben seine Frau auf die Couch. Als Annie und Frankie ihre Aufmerksamkeit den Spielzeugsoldaten zuwandten, um herauszufinden, wie man die Schutzhüllen öffnete, um die Figuren in die neuen Schachteln zu legen, sagte er: »Wenn der erwachsene Frankie die erwachsene Annie genauso glücklich machen kann, wie sie es in diesem Moment ist, dann habe ich kein Problem damit.«

* * *

Am nächsten Tag saß Frankie mit einer großen Plastikschachtel auf dem Schoß auf seinem Platz im Flugzeug. Annie hatte ihm eine ihrer wertvollen Figuren mitgegeben und gesagt, er könne sie für sie aufbewahren. Sie könnten wieder damit spielen, wenn sie sich das nächste Mal sahen.

»Bist du glücklich, Frankie?«, fragte Kiera, nachdem sie sich gesetzt hatten.

Er nickte. Dann drehte er sich zu Cooper um und fragte: »Wie alt muss ich sein, um heiraten zu können?«

»Achtzehn, Kumpel.«

»Das ist aber noch lange hin«, überlegte Frankie.

»Ja und nein«, sagte Cooper zu dem kleinen Jungen. »Es spielt keine Rolle, ob sie achtzehn oder achtundvierzig ist. Du wartest, bis die Zeit reif ist. Vielleicht möchte sie aufs College gehen oder zum Mond fliegen, und du wirst sie tun lassen, was sie möchte. Lass sie einfach wissen, dass du an ihrer Seite bist und sie unterstützt, egal ob du tatsächlich direkt neben ihr stehst oder Tausende von Kilometern entfernt bist. Wenn der richtige Zeitpunkt für dich gekommen ist, deine Frau für dich zu beanspruchen, wirst du es wissen.«

Frankie blickte zu dem Mann auf, den er mehr als

alle anderen Männer bewunderte ... außer natürlich seinen Dad. »Was ist, wenn sie mich nicht will?«

Cooper tippte auf die Schachtel in Frankies Armen. »Sie will dich, Kumpel. Sei ein Mann, auf den sie sich verlassen kann. Jemand, den sie anrufen kann, wenn sie traurig oder glücklich ist. Unterstütze und liebe sie. Dann wird sie schließlich zu dir kommen.«

»Versprochen?«

»Versprochen.«

»Das kannst du nicht versprechen«, sagte Kiera hinter Frankie. »Es wird ihm das Herz brechen, wenn es nicht so ist.«

Als Frankie nickte und auf das Bild der Spezialkamera hinabblickte, die Annie für ihn besorgt hatte, blickte Cooper auf die Liebe seines Lebens.

»Wenn ich dich als Kind getroffen hätte, hätte ich alles dafür getan, dich zu meiner Frau zu machen. Ich musste warten, bis ich Ende zwanzig war. Ich habe volles Vertrauen, dass Frankie weiß, was er zu tun hat.«

Kiera biss sich auf die Lippe und lächelte dann. »Ich glaube, du hast recht. Wenn Frankie bereit war, sein wertvolles iPad für ein Mädchen aufzugeben, das er gerade erst kennengelernt hat, muss es mehr als nur ein Schuljungenschwarm sein.«

»Ganz genau.«

»Ich kann es kaum erwarten zu sehen, wie sich das entwickeln wird«, kommentierte Kiera.

»Ich auch. Und hoffentlich haben wir für die nächsten zehn Jahre einen Platz in der ersten Reihe.«

»Oder länger«, fügte Kiera hinzu. »Du hast ihm gesagt, dass sie vielleicht aufs College gehen oder etwas anderes machen möchte, wenn sie achtzehn ist.«

»Das habe ich.« Cooper beugte sich über Frankie und zog Kiera mit einer Hand hinter ihrem Nacken zu sich. Er küsste sie schnell und lehnte sich dann zurück.

»Was werden wir seinem Dad sagen?«, fragte Kiera.

Cooper grinste. »Gar nichts. Wir lassen es ihn selbst herausfinden.«

»Was herausfinden?«

»Dass sein siebenjähriger Sohn gerade das Mädchen kennengelernt hat, das er heiraten will.«

Kiera lächelte und schüttelte den Kopf. »Er würde uns sowieso nicht glauben.«

»Ganz genau.«

Stunden später, nachdem das Flugzeug gelandet war und Frankies Dad sie begrüßt und seinem Sohn die Kamera gegeben hatte, die Annie für ihn gekauft hatte, gebärdete Frankies Dad seinem Sohn auf dem Heimweg: »Hattest du eine schöne Reise?«

Frankie antwortete: »Ja, Dad. Sie hat mein Leben verändert.« Dann zog er den Plastikbehälter mit der Soldatenfigur an seine Brust und lächelte.

DER ERSTE KUSS

Annie Fletcher ist mehr Wildfang als süßes Mädchen und Frankie Sanders hat eine Behinderung, die die meisten Jungen nur schwer ertragen würden. Aber in den Augen des jeweils anderen sind sie perfekt – und die verliebten Teenager haben fast ein Jahrzehnt auf ihren ersten Kuss gewartet.

Wenn sie während seines Besuchs über die Feiertage mehr als ein paar Minuten allein füreinander haben, wird es für Frankie und Annie das magischste Weihnachten aller Zeiten werden.

* * *

ANMERKUNG DER AUTORIN

Annie (aus »*Die Rettung von Annie* «) und Frankie (aus »*Schutz für Kiera*«) werden langsam älter. Und sie sind immer noch entschlossen zu heiraten, wenn sie erwachsen sind. Hin und wieder können sie sich besuchen, und dies ist die Geschichte ihres ersten Kusses. Viel Spaß beim Lesen!

KAPITEL EINS

»Dad!«, schrie Annie in der Sekunde, in der sie die Haustür hinter sich zuschlug. »Bist du bereit?« Es war der längste Tag aller Zeiten gewesen, nicht nur, weil es der letzte Schultag vor den Ferien war.

Frankie kam heute zu Besuch.

Annie wusste, dass ihre Freundinnen sie für verrückt hielten, weil sie es so ernst mit einem Jungen meinte, der weit weg in Kalifornien lebte, und es nie in Erwägung gezogen hatte, mit jemand anderem auszugehen. Weil sie behauptete, ihn zu lieben, obwohl sie nie länger als etwa eine Woche am Stück mit ihm verbracht hatte.

Annie liebte Frankie. Punkt. Mit sieben oder acht Jahren hatte sie beschlossen, ihn zu heiraten, und in den fast zehn Jahren seither hatte sie ihre Meinung nicht geändert. Sie telefonierte so oft mit ihm, wie ihre Eltern es erlaubten, und sie schickten sich unentwegt E-Mails und SMS.

Ihre Eltern hatten mit seinem Dad gesprochen und er hatte zugestimmt, dass Frankie sie vor Weihnachten für eine Woche besuchen konnte. Sein Flugzeug sollte in anderthalb Stunden landen und es würde fast genauso lange dauern, zum Flughafen in Austin zu fahren. Annie wollte auf keinen Fall zu spät kommen.

Ihr Magen machte Luftsprünge vor Vorfreude, ihn wiederzusehen. Sie sah ihn regelmäßig über Facetime, aber es war nicht dasselbe, wie Frankie persönlich zu sehen.

»Dad!«, schrie sie erneut und ließ ihren Rucksack auf den Boden fallen. Normalerweise war sie darauf bedacht, ihn anzuhängen oder in ihr Zimmer zu bringen, aber im Moment wollte sie nur ins Auto steigen und zum Flughafen fahren.

»Du brauchst nicht zu schreien«, sagte ihre Mom ruhig, als Annie das große Wohnzimmer betrat, das an die Küche grenzte. Emily Fletcher stand neben der Spüle, spülte Geschirr ab und stellte es in die Spülmaschine.

»Mom!«, sagte Annie verzweifelt. »Wir kommen zu spät. Bitte sag mir, dass Dad schon von der Arbeit zu Hause ist«, flehte sie.

»Er ist zu Hause.«

Annie seufzte erleichtert.

Aber dann fuhr ihre Mutter fort: »Er ist vor ungefähr fünf Minuten nach Hause gekommen. Er steht unter der Dusche und wird in etwa zehn Minuten unten sein.«

Annie stöhnte.

Emilys Lippen zuckten. »So dramatisch«, sagte sie zu

ihrer Tochter. »Rayne und Harley waren schon hier und haben deine Brüder abgeholt. Wir müssen also nicht auf sie warten.«

Annie verdrehte die Augen und ging zur Treppe. Aber sie war sehr dankbar, dass ihre kleinen Brüder nicht da waren, um sie noch länger aufzuhalten. John war zwei, Doug sechs und Ethan zehn. Ethan und Doug freuten sich auch sehr, Frankie wiederzusehen. John war noch zu jung, um ihn wirklich zu kennen. Aber obwohl sie ihre Brüder liebte, war sie erleichtert, dass die Freundinnen ihrer Mutter sie bereits abgeholt hatten.

Da ihr Dad noch nicht fertig war, würde sie sich die Zeit nehmen, sich umzuziehen und frisch zu machen. Normalerweise kümmerte sie sich nicht allzu sehr um ihre Kleidung und ihre Haare, aber sie wollte für Frankie besonders gut aussehen.

Nachdem sich die Tür hinter ihr geschlossen hatte, riss Annie ihr Hemd herunter, stand eine Minute lang vor ihrem Schrank und überlegte, was sie anziehen sollte. Sie seufzte. Sie mochte keine ausgefallenen Rüschenkleidchen. Das hatte sie noch nie. Die meisten ihrer Kleider waren schwarz, armeegrün oder kakifarben. Es gab keine Rüschen oder Spitzen. Dann blickte Annie auf ihre Brüste und presste die Lippen zusammen. Meistens störte es sie nicht, dass sie keine großen Brüste hatte. Sie wären auf dem Hindernisparcours nur im Weg. Aber sie wollte unbedingt, dass Frankie sich zu ihr hingezogen fühlte. Und nach allem, was sie von den Jungs in der Schule gehört hatte, mochten sie Brüste, große Brüste.

Kopfschüttelnd und weigernd, sich selbst zu bemitleiden, streckte Annie die Hand aus und schnappte sich ein schwarzes Hemd mit kurzen Ärmeln. Es war kein T-Shirt, das sie normalerweise trug, aber es würde hoffentlich nicht den Eindruck erwecken, dass sie sich zu sehr bemühte, Frankie zu beeindrucken.

Sie zog sich das Hemd über den Kopf und traf im Bruchteil einer Sekunde eine Entscheidung. Sie zog ihre Jeans aus und griff nach einem schwarzen Minirock, den ihre Mutter ihr vor ungefähr einem Jahr geschenkt hatte. Sie hatte ihn noch nie getragen. Annie war nicht der Typ für Röcke, aber heute war ein besonderer Anlass.

In letzter Zeit waren ihre abendlichen Gespräche mit Frankie intimer geworden. Nicht übertrieben, aber er hatte ihr gesagt, wie hübsch er sie fand und dass er es kaum erwarten konnte, sie in den Armen zu halten. Annie wiederum hatte zugegeben, dass sie davon geträumt hatte, ihn zu küssen.

Ihre Freundinnen machten sich über sie lustig, weil sie noch nie einen Jungen geküsst hatte. Aber der einzige Mensch, mit dem sie so intim werden wollte, war Frankie. Und da er nicht hier war, weigerte sie sich, dem Gruppenzwang nachzugeben und irgendeinen dahergelaufenen Jungen zu küssen.

Annie zog die Springerstiefel an, die sie praktisch zu allem trug, und betrachtete sich im Spiegel. Ihr langes blondes Haar war zu einem unordentlichen Knoten zurückgebunden, ihre blauen Augen schienen vor Aufregung zu funkeln und sie hatte daran gearbeitet, ihre

Armmuskeln zu trainieren, indem sie Klimmzüge und Liegestütze machte. Ein beeindruckender Bizeps war das Ergebnis. Obwohl ihr Dad und die Männer in seinem Team ihr oft sagten, dass sie schön war, genau wie sie war, und ihr Vertrauen in ihr Aussehen gaben.

Annie neigte den Kopf und entschied, dass das schwarze Hemd, der Rock und die Stiefel vielleicht ein bisschen zu viel waren.

Sie drehte sich zu ihrem Schrank um und entdeckte ein rotes Hemd. Sie griff danach, hielt es hoch und überlegte, ob sie den Mut hätte, es zu tragen. Es hatte einen U-Ausschnitt und Flügelärmel. Am Ende der Ärmel befanden sich Schleifchen, die ihm ein weiblicheres Aussehen verliehen.

Annie holte tief Luft, brachte es zu ihrem Bett und legte es hin. Sie zog das schwarze Oberteil aus, das sie gerade angezogen hatte, und tauschte es gegen das rote aus.

Als sie diesmal in den Spiegel schaute, lächelte sie. Die Kombination aus Rot und Schwarz war ungewohnt, aber immer noch ihr Stil. Durch die sehr feminine Bluse fühlte sie sich ... hübsch.

Sie griff nach oben, zog das Haargummi heraus und fuhr schnell mit einer Bürste durch die langen Strähnen. In Gedanken nickend wandte sie sich vom Spiegel ab und ging in den Flur. Sie ging zur Schlafzimmertür ihrer Eltern und klopfte an.

»Dad, bist du fertig?«

»Fast, Kleines«, rief ihr Dad durch die Tür.

»Nenn mich bloß nicht so, wenn Frankie hier ist«, forderte Annie durch die Tür. Der Spitzname gab ihr das Gefühl, etwas Besonderes zu sein, aber sie wollte nicht, dass Frankie ihn hörte und sie als kleines Kind betrachtete.

Die Tür öffnete sich und Annie sah zu ihrem Dad auf. Fletch hatte sie adoptiert, als er ihre Mutter geheiratet hatte. Und er war das Beste, was ihnen beiden passieren konnte. Sie liebte diesen Mann mehr, als sie jemals in Worte fassen könnte.

»Du siehst wunderschön aus«, sagte ihr Vater mit einem finsteren Gesicht.

Annie konnte nicht anders als zu lachen. »Du siehst nicht sehr glücklich darüber aus«, neckte sie ihn.

Fletch lachte, streckte die Hand aus und zog Annie in eine Umarmung.

Sie ließ es zu, da sie das Gefühl der Arme ihres Vaters um sie mochte. Er gab ihr immer das Gefühl, in Sicherheit zu sein.

»Ich bin mir nicht sicher, ob ich bereit dafür bin, dass du erwachsen wirst«, murmelte er in ihr Haar.

»Dad«, beschwerte sie sich, »ich bin sechzehn und nicht mehr acht.«

»Ich weiß.« Er zog sich zurück und legte seine Hände auf ihre Schultern. »Du bist vielleicht sechzehn, aber das bedeutet nicht, dass du erwachsen bist. Und auch wenn ich Frankie mag und zugestimmt habe, dass er dich besuchen kommt, muss ich dich daran erinnern, dass ich es nicht dulden werde, dass ihr allein hinter verschlossener Tür seid.«

Annie verdrehte die Augen. »Ich weiß, Dad. Das hast du mir schon gesagt.«

»Ich möchte nur sichergehen, dass du dich daran erinnerst. Ich war selbst einmal in seinem Alter und vertrau mir, nach einem Blick auf dich werden seine Hormone außer Kontrolle geraten.«

Annie kicherte. Sie schüttelte den Kopf. »Frankie ist nicht so. Er respektiert mich und meine Grenzen. Er würde mich nie zum Sex drängen, besonders nicht, wenn er in unserem Haus zu Gast ist.«

»Das sollte er besser nicht«, murmelte ihr Vater.

Annie war nicht im Geringsten besorgt. Verdammt, Sex war im Moment auf keinen Fall auf ihrem Radar. »Hör auf, dir Sorgen zu machen, Dad«, sagte sie und tat ihr Bestes, um ihren Vater zu beruhigen. »Es wird alles gut. Bist du bereit? Können wir jetzt gehen?«

Fletch beugte sich vor und küsste sie auf die Stirn, bevor er nickte. »Ich bin bereit. Deine Mom hat schon den Schmorbraten in den Schongarer gelegt, bevor du nach Hause kamst.«

»Es riecht fantastisch«, sagte Annie. »Und um das Geschirr hat sie sich auch schon gekümmert, sie sollte also fertig sein.« Als sie auf ihr Handgelenk sah und bemerkte, wie viel Zeit vergangen war, seit sie aus dem Bus gestiegen war, weiteten sich ihre Augen. »Verdammt, schau nur, wie spät es ist! Wir müssen los! Frankie wird noch denken, wir hätten ihn vergessen!«

»Das wird er nicht«, erwiderte Fletch, unbeeindruckt von der Angst seiner Tochter. »Wie oft hast du ihm heute schon eine SMS geschickt?«

»Ein paarmal«, murmelte Annie und dachte an die zwanzig SMS, die sie in den letzten paar Stunden verschickt hatte. Sie wusste, dass er sie nicht empfangen konnte, solange er im Flugzeug war, aber sie wollte, dass er wusste, wie aufgeregt sie war, dass er sie besuchte.

»In Ordnung, Kleines ... äh ... Annie. Tut mir leid, ich bemühe mich«, sagte er, als sie ihn wütend anstarrte. »Lass uns deine Mutter holen und dann machen wir uns auf den Weg.«

Annie drehte sich um und ging den Flur hinunter zur Treppe, aber die Worte ihres Vaters hielten sie zurück.

»Frankie ist ein Glückspilz«, sagte er leise.

Annie schüttelte den Kopf, als sie ihn ansah. »Ich bin die, die Glück hat, Dad. Nicht viele Mädchen treffen den Jungen, den sie später heiraten werden, wenn sie sieben sind.«

Dann drehte sie sich um und lief die Treppe hinunter, wobei sie nach ihrer Mom rief, um ihr zu sagen, dass Dad endlich fertig war.

KAPITEL ZWEI

Frankie wartete ungeduldig im hinteren Teil des Flugzeugs, während sich die Leute vor ihm ihre verdammte Zeit nahmen, ihre Taschen zu nehmen und langsam vorwärts zu schlurfen. Sein Telefon hatte wie verrückt vibriert, nachdem er es nach der Landung wieder eingeschaltet hatte. Er konnte nicht anders, als zu lächeln, als er die Nachrichten von Annie sah.

Sie hatte ihm während ihrer letzten Schulstunde, aus dem Bus und nachdem sie zu Hause eingetroffen war geschrieben. Dann als sie sich auf den Weg zum Flughafen gemacht hatten und als sie dort ankamen – einschließlich der Tatsache, dass ihr Dad sie verrückt machte, als er versuchte, einen Parkplatz zu finden. Schließlich noch eine SMS, dass sie am Ende der Rolltreppe bei der Gepäckausgabe stand und auf ihn wartete.

Sie hatte ein Selfie von sich vor der Rolltreppe

gemacht, mit einem breiten Lächeln und der Überschrift: Ich kann es kaum erwarten, dich zu umarmen!

Frankie fiel es schwer zu glauben, dass dieses schöne, aufgeschlossene, beliebte und erstaunliche Mädchen ihn mochte. Wenn er morgens in den Spiegel sah, musste er sich fragen, was um alles in der Welt sie in ihm sah. Sein Vater sagte ihm immer wieder, dass er noch in seinen Körper hineinwachsen würde, aber im Moment war er verdammt schlaksig. Er tat sein Bestes zu trainieren, um etwas Muskelmasse auf seiner Brust und seinen Armen aufzubauen, aber bisher hatte er keine großen Fortschritte gesehen.

Ganz zu schweigen von der Tatsache, dass er behindert war. Sein Vater mochte dieses Wort nicht und sagte ihm immer wieder, dass er genauso fähig sei wie jeder andere. Sein fehlendes Gehör definierte nicht, wer er war, und wäre keine Behinderung, wenn er es nicht zuließe.

In der sechsten Klasse hatte er ein Cochlea-Implantat bekommen, das es ihm ermöglichte, in der hörenden Welt leichter zurechtzukommen, aber das Gerät direkt über seinem Ohr machte offensichtlich, dass er anders war. Ganz zu schweigen von seiner Aussprache. Frankie hatte in den letzten Jahren hart daran gearbeitet, normal zu klingen, wenn er sprach. Aber er klang immer noch anders als Leute, die ihr ganzes Leben lang hören konnten.

Aber Annie hatte ihm kein einziges Mal das Gefühl gegeben, dass ihn sein mangelndes Gehör seltsam oder anders machen würde. Von ihrer ersten Begegnung an hatte sie ihn so behandelt, als wäre die Tatsache, dass er nicht hören konnte, etwas Besonderes, Einzigartiges. Noch am selben Tag hatte sie begonnen, Gebärdensprache zu lernen. Er hatte sich Hals über Kopf in sie verliebt.

Er hasste es, dass sie so weit weg lebte, aber das hatte nicht verhindert, dass ihre Beziehung aufgeblüht und gewachsen war, als sie älter wurden. Diese Reise war das Weihnachtsgeschenk seines Dads. Er würde eine ganze Woche mit Annie und ihrer Familie verbringen. Frankie konnte das breite Grinsen nicht aus seinem Gesicht wischen.

Schließlich war er an der Reihe, aus dem Flugzeug zu steigen, und er schickte Annie eine kurze SMS, um sie wissen zu lassen, dass er auf dem Weg war.

Schmetterlinge flatterten in Frankies Bauch, als er durch den überfüllten Gang des Flughafens zur Gepäckausgabe ging. Würde es immer noch auf dieselbe verrückte Weise zwischen ihnen knistern wie bei ihrem letzten persönlichen Treffen? Hatte sie ihre Meinung geändert, mit ihm ausgehen zu wollen? Eine Fernbeziehung war nicht einfach und Frankie hatte sich vor langer Zeit geschworen, Annie immer das Gefühl zu geben, etwas Besonderes zu sein und geliebt zu werden. Auch wenn er nicht bei ihr sein konnte.

Er wusste, dass sie vorhatte, aufs College zu gehen, um dort die Offiziersausbildung für die U.S. Armee zu machen. Es war absolut in Ordnung für ihn, ihr dahin zu folgen, wo ihre Karriere sie hinführen würde. Er würde sogar auf den Mond ziehen, wenn sie das wollte. Frankie würde alles tun, damit sie wusste, dass er sie bedingungslos unterstützte.

Als er die Rolltreppe betrat, holte Frankie tief Luft, hielt den Blick nach unten gerichtet und suchte nach Annie.

Zuerst sah er direkt an ihr vorbei. Seine Annie würde keinen Rock tragen. Aber sofort schaute er zurück auf das strahlende Mädchen in Rot und Schwarz. Gott, sie sah so gut aus.

Annie winkte und lief zur Rolltreppe. Lachend versuchte sie, die Treppe hinaufzulaufen, um ihm entgegenzukommen, aber sie kam nicht weit. Frankie eilte die Stufen hinunter auf sie zu – und dann lag sie in seinen Armen.

Sie roch so verdammt gut. Das war eine Sache, die er bei ihren Telefonaten vermisste. Erdbeeren und Pfirsiche würden ihn immer an Annie erinnern. Das hatte er ihr einmal gesagt und sie hatte nur gelacht und gesagt, es sei nur ihre Lotion.

Als er ihren starken Körper an seinem spürte, dachte Frankie daran, dass er sich danach sehnte, mehr zu tun, als sie nur zu umarmen. In letzter Zeit hatte er intimere Gedanken über seine Annie entwickelt und machte sich Sorgen, dass er etwas tun oder sagen könnte, das sie in Verlegenheit brachte. Er zog sich zurück und lächelte sie an. Ihr langes Haar schien seinen eigenen Willen zu haben und wickelte sich um seine Arme, als wollte es ihn nicht mehr loslassen.

»Hallo«, sagte er.

»Hi«, gab Annie etwas schüchtern zurück.

Frankie wunderte sich, da sie ihm gegenüber noch nie schüchtern gewesen war.

»Schön, dich zu sehen«, ertönte Fletchs tiefe Stimme hinter seiner Tochter.

Frankie ließ Annie widerwillig los und wandte sich ihrem Dad zu. »Gleichfalls«, sagte er zu ihm.

»Du siehst gut aus«, sagte Emily, als sie sich zu einer Umarmung vorbeugte.

Frankie mochte Annies Familie. Ihre Mom und ihr Dad waren großartig und ihre kleinen Brüder waren energische, glückliche kleine Jungen. Sie hatten ihn mit offenen Armen empfangen ... obwohl er das Gefühl hatte, dass ihr Vater nicht begeistert sein würde, wenn er wüsste, dass Frankie auf eine nicht ganz so unschuldige Weise über sein kleines Mädchen dachte. Es war nicht so, dass Frankie in dieser Sekunde Sex mit Annie haben wollte – er wollte, dass ihr erstes Mal etwas Besonderes war –, aber er wollte auf jeden Fall, dass sie wusste, dass er mehr als nur Freundschaft wollte.

Das Geschenk, das er ihr von seinem eigenen Geld gekauft hatte, schien ein Loch in seine Tasche zu brennen. Er hatte es nicht gewagt, es im aufgegebenen Koffer zu verstauen. Selbst die Vorstellung, es im Handgepäck zu lassen, hatte ihn gestresst. Jemand hätte seinen Rucksack stehlen können. Nein, es war sicher in seiner Tasche.

»War der Flug okay?«, fragte Fletch.

Frankie nickte. Er spürte, wie Annie ihre Hand in seine legte, und lächelte sie an. Gott, dieses Mädchen war perfekt. Es war ihr offensichtlich nicht peinlich, seine Hand vor ihren Eltern zu halten, was dazu führte, dass ihm ganz warm und etwas schwindelig wurde.

»Nun, dann lass uns deinen Koffer holen und nach Hause fahren. Zum Abendessen gibt es Schmorbraten. Ich hoffe, das ist in Ordnung«, sagte Emily.

Frankie nickte sofort. »Ich kann es kaum erwarten.« Und das stimmte. Sein Vater bemühte sich, aber er war nicht der beste Koch. Er wusste, dass er in der nächsten Woche hier in Texas sehr gut essen würde.

Fletch und Emily gingen hinter ihm und Annie, als sie in den Gepäckbereich kamen. Annie redete pausenlos, als müsste sie ihm in den nächsten fünf Minuten alles erzählen, was sie seit ihrem letzten Treffen gemacht hatte.

Frankie lächelte nur und nickte, während sie brabbelte. Mit der freien Hand ergänzte sie ihre Worte mit leicht modifizierter Gebärdensprache. Sie hätte seine Hand loslassen können, um richtig zu gebärden, aber er war nicht im Geringsten verärgert darüber, dass sie ihn anscheinend nicht loslassen wollte.

Seine Annie war entzückend ... und sie sah vielleicht nicht die Blicke, die andere Jungen in ihrem Alter ihr zuwarfen, als sie durch die Menge gingen, aber er tat es.

Frankie fühlte sich größer, wenn er bei seiner Annie war. Das machte sie mit ihm. Die Leute schienen ihn nicht so sehr anzustarren, wenn sie bei ihm war. Vielleicht weil ihre Blicke stattdessen von ihr angezogen wurden. Das war in Ordnung für ihn. Er war zufrieden damit, ihr das Rampenlicht zu überlassen. Er würde hinter ihr stehen und sie unterstützen. Seine Annie war geboren worden, um Großes zu leisten, und er wäre glücklich, der Mann an ihrer Seite zu sein.

Das Abendessen war verrückt, chaotisch und Frankie war noch nie glücklicher gewesen. Es gefiel ihm, die Dynamik der Familie Fletcher zu beobachten. Zu Hause waren es nur er und sein Vater, und es war immer ruhig und friedlich. Nicht hier. John, der erst zwei Jahre alt war, war eine ziemliche Handvoll, und die anderen beiden Jungen versuchten ständig, sich gegenseitig zu übertönen.

Emily und Fletch taten ihr Bestes, sie unter Kontrolle zu behalten, aber sie hatten definitiv alle Hände voll zu tun mit ihren überschwänglichen Jungs. Annie saß beim Abendessen neben Frankie und beide sahen sich immer wieder an.

Frankie war noch nie so erleichtert gewesen, das Interesse in den Augen seines Mädchens zu sehen. Sie hatte ihren Stuhl näher an seinen gerückt, sodass ihre Oberschenkel sich fast berührten. Und während sie beide ihre Hände bei sich behielten, war es für Frankie mehr als offensichtlich, dass Annie die gleiche verrückte Anziehungskraft empfand wie er.

Irgendwann während des Abendessens streckte Annie die Hand aus und nahm erneut seine Hand in ihre. Als sie nach Hause gekommen waren, hatte sie eine Jeans angezogen, damit sie mit ihren Brüdern im Garten spielen konnten, aber er konnte trotzdem die Wärme ihrer Haut auf seinem Handrücken spüren, als sie ihre gefalteten Hände auf ihr Bein legte.

Nach dem Abendessen und nachdem sie John und Doug eine Geschichte vorgelesen hatte, setzten sich Annie und er auf die Terrasse, um sich zu entspannen und zu unterhalten, während ihre Eltern drinnen blieben und fernsahen. Die Lichter des Weihnachtsbaumes funkelten durch das Fenster, als sie das milde texanische Wetter im Dezember genossen.

»Ich kann nicht glauben, dass du hier bist«, sagte Annie zu ihm. Sie saßen Seite an Seite auf der Zweierschaukel und hielten wieder Händchen.

»Ich auch nicht. Aber es fühlt sich an, als wäre ich gerade erst hier gewesen. Abgesehen davon, dass Doug ein Jahr älter geworden ist, seit ich ihn das letzte Mal gesehen habe. Und ich schwöre, Ethan ist seitdem gewachsen.«

»Ja, sie wachsen wie Unkraut. Mom beschwert sich darüber, wie viel sie essen, aber ich weiß, dass es ihr eigentlich egal ist«, sagte Annie.

»Ich konnte es vorher nicht offen sagen, aber du sahst fantastisch aus, als ich dich am Flughafen gesehen habe«, sagte Frankie zu ihr.

Selbst in dem schwachen Licht konnte er sehen, wie

sie errötete. »Es war der Rock.«

Frankie schüttelte den Kopf. »Nein, war es nicht. So sehr es mir gefallen hat, dich in einem Rock zu sehen, es warst du. Du hättest auch ein altes T-Shirt und eine Jogginghose tragen können, und du wärst für mich genauso schön gewesen.«

Annie leckte sich über die Lippen und Frankie konnte nicht anders, als sie anzustarren. Er war sich jedoch sehr bewusst, dass ihre Eltern direkt hinter ihnen im Haus saßen. Er wollte auf keinen Fall etwas tun, das sie dazu bringen könnte, ihm in Gegenwart ihrer Tochter zu misstrauen. Er würde sie oder ihre Eltern niemals auf diese Weise missachten.

Aber das bedeutete nicht, dass er sich nicht danach sehnte, ihre Lippen zu schmecken. Sie so zu küssen, wie er es sich in letzter Zeit immer öfter erträumt hatte.

»Also ... bist du mit diesem Mädchen zum Weihnachtsball gegangen?«, fragte Annie.

Frankie blinzelte überrascht. »Du meinst Jenny?«

»Ja.«

»Nein, natürlich nicht. Ich war mit einigen meiner Freunde dort, aber wir sind früher gegangen, weil es langweilig war. Ich habe keine Lust, mit jemand anderem auszugehen, Annie. Du?«

»Nein«, sagte sie, ohne zu zögern, wodurch er sich viel besser fühlte.

»Also sind wir fester Freund und feste Freundin?«, fragte er. Er brauchte die Bestätigung. Frankie war nicht dumm. Seine Annie könnte jeden Kerl haben, den sie wollte. Sie würden wahrscheinlich vor ihrer Tür Schlange stehen, um mit ihr auszugehen, wenn sie dafür offen wäre.

»Jawohl.«

»Gut.«

»Frankie?«

»Ja?«

»Ich bin froh, dass du hier bist. Ich habe dich vermisst.«

Ihre Worte fühlten sich gut an. Verdammt gut. »Ich habe dich auch vermisst.«

»Die Woche wird zu schnell vergehen.«

Das würde sie, daran hatte Frankie keinen Zweifel.

Annie lehnte sich an seine Seite und er legte seinen Arm um ihre Schultern. Sie saßen lange Zeit so da, sprachen nicht miteinander, sondern genossen es einfach, zusammen zu sein.

Schließlich steckte Emily den Kopf aus der Tür und sagte: »Es wird spät.«

Frankie hätte nichts dagegen gehabt, die ganze Nacht mit Annie draußen zu sitzen, aber die Worte ihrer Mom waren eine klare Ansage, dass es an der Zeit war hereinzukommen.

Vierzig Minuten später lag Frankie auf dem Bett im Gästezimmer der Fletchers und starrte an die Decke. Das Geschenk, das er für Annie gekauft hatte, lag auf dem kleinen Tisch neben dem Bett. Er wusste nicht, wann er es ihr geben würde, aber er wollte auf den richtigen Moment warten.

KAPITEL DREI

»Viel Spaß, Leute«, sagte Emily, als Annie und Frankie aus dem Wagen stiegen. »Um vier hole ich euch wieder ab. Bitte seid pünktlich.«

»Das werden wir, Mom«, sagte Emily zu ihr. Sie waren im Einkaufszentrum und hatten drei Stunden Zeit, um abzuhängen und Annies Weihnachtseinkäufe zu erledigen. Ihre Brüder waren an diesem Nachmittag beschäftigt – Doug war mit seinen Freunden in einem Trampolinpark und Ethan war auf einer Geburtstagsfeier. Ihr Dad war bei der Arbeit mit seinem Team und ihre Mom wollte Kekse backen, während John ein Nickerchen machte.

Der Kalender der Fletchers war immer wahnsinnig vollgepackt, besonders um die Feiertage herum, wenn die Kinder keine Schule hatten. Annie war dankbar für ein paar Stunden mit Frankie allein. Sie liebte ihre Familie, aber sie war manchmal anstrengend.

Langsam gingen sie durch das Einkaufszentrum und Frankie beschwerte sich kein einziges Mal, als sie in jeden Schnickschnackladen gehen wollte. Annie kaufte nicht viele Klamotten, aber sie stöberte gern in Spielzeugläden, nach Grußkarten ... und sogar in dem flippigen Laden ganz am Ende des Einkaufszentrums, der ein bisschen komisch nach Weihrauch roch und in dem Batikschals verkauft wurden.

Annie fand ein paar Kleinigkeiten für ihre Brüder und ihre Eltern und sogar das perfekte Geschenk für Truck, einen der Teamkollegen ihres Vaters. Aber das Beste an diesem Nachmittag war, ihn mit Frankie zu verbringen. Sie lachten und redeten und wussten, dass sie noch ein paar Tage zusammen verbringen konnten. Annie weigerte sich, daran zu denken, dass er wieder nach Hause nach Kalifornien fliegen würde, lange bevor sie bereit dazu war, sich zu verabschieden, und konzentrierte sich auf das Hier und Jetzt.

Beim Einkaufen hielt er ihre Hand, trug ihre Taschen für sie, obwohl sie mehr als fähig war, sie selbst zu tragen, und brachte sie zum Lachen. Bei Frankie fühlte sie sich nie unbehaglich und er gab ihr nie das Gefühl, zu wild oder nicht mädchenhaft genug zu sein. Und sie mochte die Bewunderung sehr, die sie in seinen Augen bemerkte, wenn er dachte, dass sie nicht hinsah.

Sie hatten bisher niemanden getroffen, den sie aus der Schule kannte, bis sie in den Gastronomiebereich gegangen waren. Sie stellten sich an, um ein Eis zu kaufen, als Annie Silas und Mikey kommen sah. Es waren zwei Jungs aus ihrer Klasse, die ihr schon seit Jahren auf die Nerven gingen. Sie erinnerte sich noch, wie sie ihr vor ein paar Jahren bei einem Ausflug zu einem Armee-Stützpunkt unmissverständlich mitgeteilt hatten, dass Mädchen sich an Dinge wie Kochen und Basteln halten sollten und dass sie langsamer und schwächer seien als Jungen.

An diesem Tag hatte sie Aspen Mesmer kennengelernt, die inzwischen mit einem Mitglied der Delta Force verheiratet war. Damals war sie Sanitäterin in einer Ranger-Einheit gewesen. Annie hatte sie bewundert und sofort entschieden, dass sie auch Rettungssanitäterin werden wollte.

Aber seitdem genossen Mikey und Silas es, auf ihr herumzuhacken. Sie waren nichts weiter als zwei Raufbolde – und die letzten Menschen, die sie heute sehen wollte, wo sie so wahnsinnig glücklich mit Frankie war.

»Stimmt etwas nicht?«, fragte Frankie.

Annie lächelte leicht. Er schien immer so gut deuten zu können, was sie dachte. »Nein, schon gut. Da sind nur zwei Jungs aus der Schule, die ich nicht ausstehen kann.«

Frankie öffnete den Mund, um etwas zu sagen, aber Mikey hatte sie entdeckt und schlenderte mit einem Grinsen auf dem Gesicht zu ihnen hinüber.

»Wenn das nicht die kleine Annie Oakley ist, mit einem Jungen. Scheiße, wir dachten alle, du wärst lesbisch.«

Jedes Mal wenn Mikey oder Silas sie gehänselt hatten, weil sie nicht auf Partys oder Schulbälle ging, hatte sie ihnen gesagt, dass sie einen Freund in Kalifornien hatte und kein Interesse hätte, mit anderen Jungs abzuhängen.

Annie verdrehte die Augen. Im Ernst, sie waren zu alt für diesen Mist. »Es ist nichts falsch daran, lesbisch zu sein, aber ich habe dir immer wieder gesagt, dass ich einen Freund habe, also solltest du nicht überrascht sein. Das ist er.«

Annie wusste, dass sie einen Fehler gemacht hatte, sobald sie es ausgesprochen hatte. Sie hatte Frankie direkt ins Rampenlicht gerückt, obwohl sie von ihm hätte ablenken sollen. Aber jetzt war es zu spät.

»Riiiichtig«, höhnte Silas, als er sich zu Frankie umdrehte. »Der nicht existierende Freund. Wie viel zahlt sie dir dafür, dass du heute mit ihr ins Einkaufszentrum gehst und vorgibst, mit ihr auszugehen?«

»Ich bin Frankie und ich bin ihr Freund«, sagte Frankie ruhig.

Annie dachte, Mikey würden gleich die Augen aus dem Kopf springen, als er Frankie sprechen hörte. Er hatte große Fortschritte gemacht, seit er sein Cochlea-Implantat bekommen hatte, aber sein Sprachmuster würde sich immer von dem hörender Menschen unterscheiden.

»Oh mein Gott, er ist zurückgeblieben!«, rief Mikey aus und brach dann in Gelächter aus.

Annie ließ Frankies Hand los und machte tatsächlich einen Schritt auf das lachende Duo zu, aber Frankie packte sie an der Taille und zog sie zurück an seine Seite, bevor sie einen oder beide dieser Idioten zu Boden werfen konnte.

»Fick dich«, zischte sie. Sie fluchte sonst nie – ihre Eltern mochten es nicht, wenn sie es tat –, aber in diesem Fall versuchte sie nicht einmal, sich zurückzuhalten. »Ihr seid beide Idioten. Dieses Wort ist so abstoßend und beleidigend, aber es interessiert euch nicht, oder? Natürlich nicht. Frankie ist taub und nicht zurückgeblieben.«

»Sieh nur, er hat eine Art Antenne auf dem Kopf. Sprichst du mit Aliens oder so?«, fragte Silas spöttisch und ignorierte ihre Erklärung.

»Jawohl und ich habe ihnen gerade eure Namen als die ersten beiden Leute durchgegeben, die für eine rektale Untersuchung abgeholt werden sollen«, erwiderte Frankie schlagfertig.

Silas sah für eine Sekunde überrascht über Frankies Reaktion aus. Dann verdrehte er die Augen. »Ich bin nicht überrascht, dass Annie nichts Besseres abbekommt als einen Freak wie dich.«

Das war zu viel. Annie ließ die Tüten fallen, die sie in der Hand hielt, drehte sich zu Frankie um und gebärdete schnell. *Bitte lass mich ihn k. o. schlagen. Ich kann das, kein Problem.*

Nein, gebärdete Frankie zurück. Er musste nicht einmal die Tüten loslassen, die er hielt, um zu sprechen. *Er provoziert dich nur. Außerdem ist es mir scheißegal, was ein Arschloch wie er über mich oder uns denkt.*

»Habt ihr einen Krampf? Sollen wir den Notarzt rufen?«, spottete Mikey.

Annie drehte sich zu ihm um und gebärdete langsam und deutlich: *Du bist ein Arschloch. Ich hoffe, du fällst in eine Grube voller Feuerameisen und stirbst einen langsamen, qualvollen Tod.*

Es fühlte sich gut an, ihm genau zu sagen, wie sehr sie ihn hasste, auch wenn er sie nicht verstehen konnte. Frankie lachte neben ihr und Annie sah zu ihm auf und lächelte.

»Was hast du gerade zu mir gesagt?«, fragte Mikey.

»Oh, ich hatte nur einen Krampf«, entgegnete Annie in herablassendem Ton.

Die Dame, die vor ihnen in der Schlange stand, kicherte, was Annie noch breiter lächeln ließ.

Aber das machte Mikey offensichtlich noch wütender. Er hasste es, nicht die Oberhand zu haben. Und obwohl er ein Idiot und nicht besonders schlau war, verstand er definitiv, dass die Frau ihn auslachte.

Er machte einen Schritt auf Annie zu – und Frankie verwandelte sich sofort von dem entspannten, lockeren Kerl, der er Sekunden zuvor gewesen war, in einen angepissten, beschützenden Freund.

Er ließ die Tüten fallen, die er in der Hand hielt, und schob Annie hinter sich. Er hielt eine Hand mit ausgestreckter Handfläche hoch, als wollte er Mikey blockieren, und sagte: »Ich glaube nicht, dass du es mit uns aufnehmen willst. Erstens könnte Annie dir selbst mit einer auf dem Rücken gefesselten Hand in den Hintern treten, und ich denke, das weißt du. Vielleicht könnten du und dein Freund sie überwältigen, wenn ihr zusammenarbeitet, aber es würde sich schnell in der Schule herumsprechen, dass ihr selbst ein Mädchen nur in einem unfairen Kampf schlagen könnt. Und darüber hinaus wisst ihr schon, wer ihr Dad ist, oder? Und wer seine Freunde sind. Vertraut mir, mit Cormac Fletcher und seinen Freunden wollt ihr euch nicht anlegen. Ganz zu schweigen von der Tatsache, dass ein Mädchen zu schlagen wirklich abstoßend ist und viel mehr über euch aussagt als über sie. Also verpisst euch, ihr Arschlöcher.«

Annie starrte Frankie ungläubig an. Sie wusste, dass sie den Blick nicht von Mikey und Silas abwenden sollte, aber sie konnte nicht anders, als Frankie in einem neuen Licht zu sehen. Diese Seite von ihm hatte sie noch nie gesehen ... und sie musste zugeben, dass es ihr gefiel. Es gefiel ihr sehr. Er hatte recht, sie konnte es mit Leichtigkeit mit Mikey aufnehmen. Wahrscheinlich sogar mit ihm und Silas. Ihr Vater hatte ihr Selbstverteidigung beigebracht. Und sie hatte Jahre damit verbracht, von ihm und seinen Freunden zu lernen, wie man selbst in einem unfairen Kampf die Oberhand behalten kann.

Aber sie liebte Frankie umso mehr, weil er für sie eingetreten war.

»Wie auch immer«, murmelte Silas. »Komm schon, Mikey. Wir lassen die Schlampe und ihren zurückgebliebenen Freund in Ruhe.«

Annie biss die Zähne zusammen. Sie hasste dieses Wort.

Mikey sah sie mit zusammengekniffenen Augen an und sagte: »Pass besser auf dich auf, Annie. Das wird noch Folgen haben – und ich werde derjenige sein, der dich in die Schranken weist.«

Annie hatte keine Angst vor Mikey. »Das will ich sehen«, sagte sie trotzig zu ihm.

Als die beiden Jungen weg waren, seufzte Annie. »Es tut mir leid«, sagte sie zu Frankie.

»Du musst dich nicht entschuldigen. Aber du musst vorsichtig sein.«

»Das werde ich. Nur weil ich hart bin und auf mich selbst aufpassen kann, macht mich das zu einem Ziel für Typen wie sie. Sie denken, dass alle Frauen weich und schwach sein sollten.«

»Ich finde es toll, dass du hart bist.«

Annie lächelte ihn an. »Danke.«

Frankie beugte sich vor und hob ihre Tüten auf. »Komm schon, wir sind gleich dran. Ich muss meinem Mädchen ein Eis kaufen.«

»Mit Streuseln?«, fragte Annie und verdrängte die beiden Idioten aus ihrem Kopf. Sie waren es nicht wert, sich über sie Gedanken zu machen.

»Natürlich«, erwiderte Frankie. Dann überwältigte er sie, indem er sich vorbeugte und sie auf die Schläfe küsste, wie sie es schon millionenfach bei ihrem Dad und ihrer Mom gesehen hatte. »Nur das Beste für mein Mädchen.«

Frankie war vielleicht nicht die Art von Junge, zu der sich viele Mädchen hingezogen fühlen würden. Er war groß und dünn, hatte ein Cochlea-Implantat an der Seite seines Kopfes und ein ungewöhnliches Sprachmuster.

Auf den ersten Blick schien er also kein großer Fang zu sein. Aber Annie war sich sicher, dass er in seinen Körper hineinwachsen würde. Und es war ihr völlig egal, dass er taub war. Sie wusste, dass das Herz dieses Mannes aus purem Gold bestand, und wenn sie vierhunderteinunddreißig Jahre alt werden würde, würde sie niemals einen anderen Menschen treffen, den sie so sehr liebte wie ihn.

Zwanzig Minuten später saßen sie an einem Tisch. Sie hatten ihr Eis aufgegessen und schlugen die Zeit tot, bevor Annies Mutter sie in ungefähr fünfzehn Minuten abholen würde. Abgesehen von den Idioten Mikey und Silas war der Nachmittag perfekt gewesen.

Sie sprachen über nichts Besonderes, als ein seltsames Geräusch hinter ihr ihre Aufmerksamkeit erregte.

Annie drehte sich um und sah, dass Mikey so schnell aufgestanden war, dass sein Stuhl umgekippt war. Sie verdrehte sofort die Augen und drehte sich wieder um, entschlossen, die Aktion zu ignorieren, die Mikey nur abzog, um zu versuchen, Aufmerksamkeit zu erregen.

Aber Frankie schaute weiter über ihre Schulter.

»Ignoriere sie«, flehte sie ihn an. »Sie versuchen nur, wie üblich im Rampenlicht zu stehen.«

Frankie antwortete nicht, sondern stand stattdessen abrupt auf und ging auf Mikey und Silas zu.

Schockiert drehte Annie sich um und fragte sich, was um alles in der Welt er tat. Er war es gewesen, der sie gebeten hatte, ihre Worte abzutun. Er schien zuvor von ihren groben Worten nicht allzu betroffen gewesen zu sein. Hatte er es sich anders überlegt und wollte sich jetzt mit ihnen anlegen?

Verwirrt über die Geschehnisse stand Annie auf, bereit, Frankie zu verteidigen und notfalls an seiner Seite zu kämpfen.

Aber Frankie war nicht gegangen, um zu kämpfen. Ganz im Gegenteil.

Mikey stand am Tisch und hatte seine Hände um seinen Hals gelegt. Seine Augen traten ihm fast aus dem Kopf und sogar Annie konnte die Panik in seinem Gesicht sehen.

»Er erstickt! Jemand muss etwas tun!«, rief Silas.

Innerhalb von Sekunden war Frankie da. Er drehte Mikey mit dem Rücken zu sich und schlang seine Arme um den Bauch des Jungen. Schnell und effizient wandte er den Heimlich-Griff an. Nach mehreren Stößen flog ein Stück Essen aus Mikeys Mund und landete mit einem ekelhaft klingenden Klatscher auf dem Fliesenboden.

Frankie hielt seine Arme noch einen Moment um den Jungen, um sicherzugehen, dass er nicht umfiel und sich wehtat, bevor er ihn langsam losließ. Er legte eine Hand auf seine Schulter und bewegte sich um ihn herum, sodass er Mikeys Gesicht sehen konnte. »Bist du okay?«, fragte er.

Mikey nickte, als er tief Luft holte. Seine Lippen waren blau, aber noch während Annie zusah, kehrte die Farbe langsam wieder zurück.

»Setz dich«, forderte Frankie und zog einen Stuhl an den Tisch heran, an dem Mikey zuvor gesessen hatte.

Mikey tat es, ohne zu zögern. Dann sah er zu Frankie auf und sagte: »Du hast mir das Leben gerettet. Ich konnte nicht atmen.«

Frankie nickte nur.

»Soll ich einen Krankenwagen rufen?«, fragte ein Mann in der Nähe.

Mikey schüttelte den Kopf. »Nein, es geht mir gut.«

»Bist du sicher?«, fragte der Mann. »Du wurdest blau.«

»Ja«, sagte Mikey.

»In Ordnung.«

Und einfach so normalisierten sich die Dinge um sie herum wieder. Die Gespräche wurden fortgesetzt und die Leute begannen wieder zu essen, als wären sie nicht von jemandem unterbrochen worden, der fast vor ihren Augen gestorben wäre.

Frankie drückte Mikeys Schulter und wandte sich dann Annie zu.

»Hey!«, rief Mikey.

Frankie zögerte, drehte dann den Kopf herum und sah den Jungen an.

»Danke. Es tut mir leid, was ich vorhin gesagt habe.«

Annie hielt den Atem an. Soweit sie wusste, hatte Mikey sich noch nie in seinem Leben für etwas entschuldigt. Er war ein Tyrann durch und durch. Aber offensichtlich hatte es ihn zu Tode erschreckt, was gerade geschehen war. Jedenfalls genug, um Frankie tatsächlich dafür zu danken, dass er sein Leben gerettet hatte.

»Gern geschehen«, sagte Frankie, drehte den Jungen

den Rücken zu und kehrte zu Annie zurück, die neben ihrem Stuhl stand.

»Wollen wir draußen auf deine Mom warten?«, fragte Frankie locker, als hätte er nicht gerade jemandem das Leben gerettet.

Annie nickte. Sie fühlte sich irgendwie aus der Bahn geworfen. Sie war diejenige, die Sanitäterin werden wollte. Und sie hatte jemandem den Rücken zugekehrt, der medizinische Hilfe brauchte. Sie hatte zugelassen, dass ihre persönlichen Gefühle ihre Aufmerksamkeit beeinträchtigen, das Richtige zu tun.

Aber nicht Frankie. Obwohl Mikey sich über ihn lustig gemacht und sie sogar bedroht hatte, hatte er nicht gezögert, ihm zu Hilfe zu eilen.

Erst als sie draußen waren, hatte Annie ihre Gedanken soweit sortiert, dass sie sprechen konnte. Sobald Frankie die Tüten abgestellt hatte, kuschelte sie sich an ihn und hielt ihn fest, als sie sagte: »Ich bin so stolz auf dich. Du hast vorurteilsfrei gehandelt. Ich hätte wahrscheinlich zugelassen, dass mir meine Gefühle ihm gegenüber im Weg stehen. Er hätte sterben können.«

Frankie schüttelte sofort den Kopf. »Das glaube ich keine Sekunde. Ich habe nur schneller bemerkt, was los war, bevor du die Chance dazu hattest. Du hättest ihn nicht sterben lassen, Annie. Das weiß ich.«

Annie blickte zu ihm auf und leckte sich über die Lippen. Sie liebte diesen Kerl so sehr. Nur er konnte ihren Erzfeind tatsächlich dazu bringen, sich für die bösen Dinge zu entschuldigen, die er gesagt hatte. Sie war sich sicher, dass Mikey morgen wieder dasselbe Arschloch sein würde, aber für heute hatte er tatsächlich etwas Anstand gezeigt.

Annie bemerkte, wie Frankie auf ihre Lippen sah … und sie stellte sich auf Zehenspitzen. Sie wollte diesen Kuss mehr als alles andere auf der Welt. Aber bevor es dazu kam, ertönte hinter ihnen eine laute Hupe. Annie drehte den Kopf und sah, wie ihre Mom vorfuhr.

»Was für ein beschissenes Timing«, beschwerte sich Annie, als sie sich ein Stück von Frankie entfernte.

Aber für eine Sekunde ließ er sie nicht los und drückte sie fester an sich. »Ich werde nicht aus Texas abreisen, bevor ich dich geküsst habe«, sagte Frankie.

Annie strahlte. »Gut«, sagte sie zu ihm. »Aber vielleicht können wir warten, bis meine Mom nicht zuschaut.«

Frankie nickte und nahm widerwillig seine Arme von ihr. Er beugte sich vor, um die Tüten aufzuheben. Dann streckte er eine Hand aus und Annie nahm sie in ihre, glücklicher, als sie seit Langem gewesen war.

KAPITEL VIER

Drei Tage später war Frankie extrem frustriert. Er liebte die Mitglieder der Familie Fletcher. Sie waren chaotisch und lustig und in ihrem Haus war immer etwas los. Annies drei Brüder hatten mehr Energie, als er je bei Kindern in ihrem Alter gesehen hatte. Er und ihre Schwester mussten ständig mit ihnen spielen. Manchmal Brettspiele, manchmal Versteckspielen im Garten, und wenn sie sich für einen Moment hinsetzten, dann mit einem Buch in der Hand und jemand musste ihnen vorlesen.

Infolgedessen hatte Frankie, abgesehen von kurzen Momenten hier und da, keine Zeit allein mit Annie gehabt, um ihr das Geschenk zu geben, das er für sie mitgebracht hatte. Er hatte auch noch nicht den Mut aufgebracht, sie zu küssen. Und er wollte diesen Kuss so sehr. Seit sie aus dem Einkaufszentrum zurück waren, hatte er an nichts anderes mehr gedacht. Und sie hatte ihm deutlich gezeigt, dass sie seine Lippen auch auf ihren haben wollte, als sie sich auf Zehenspitzen gestellt hatte.

Morgen würde er nach Kalifornien zurückzukehren. Das hieß, heute Abend war seine letzte Chance, sie zu küssen und ihr das Geschenk zu überreichen. Er scheute sich davor abzureisen. Nicht weil er glaubte, dass sich etwas an ihrer Beziehung verändern würde. Aber er würde sie schrecklich vermissen. Annie war die Frau für ihn. Punkt. Und er war sich ziemlich sicher, dass sie genauso empfand.

Das Wetter in diesem Teil von Texas war meistens ziemlich mild, selbst im Dezember. Aber an diesem Abend war eine Kaltfront heraufgezogen und der Wind wehte ziemlich stark. Es war zu kühl, um draußen auf der Terrasse zu sitzen, wie sie es die ganze Woche getan hatten. Frankie war gestresst, weil das fast die einzige Zeit gewesen war, in der sie allein waren.

Aber erstaunlicherweise hatte Annies Mom nach dem Abendessen zu Doug und Ethan gesagt, dass sie ihre Schwester und Frankie für den Rest des Abends in Ruhe lassen sollten. Sie hatte sie nach oben gebracht, um vor dem Schlafengehen einen Film zu sehen. Fletch war auch mitgegangen, sodass Frankie und Annie allein im Wohnzimmer waren.

Er wusste, dass dies seine Chance war, und dankte im Geiste Emily dafür, dass sie ihm erlaubte, einige Zeit allein mit Annie zu verbringen. Frankie schaltete die Deckenbeleuchtung aus und die funkelnden Lichter des

Weihnachtsbaumes sorgten für eine romantische und ruhige Stimmung.

Er saß neben Annie auf der Couch und sie kuschelte sich sofort an seine Seite. Frankie legte seinen Arm um ihre Schultern und konnte nicht anders, als an ihre gemeinsame Zukunft zu denken, wenn sie dasselbe in ihrem eigenen Haus tun würden. Vielleicht würden sie auch Kinder haben, die oben in ihren Betten lagen, während er und Annie etwas dringend benötigte Zeit für sich allein hätten.

Er lächelte über seine verrückten Fantasien. Sie waren erst sechzehn, sie hatten noch viel Zeit, sich niederzulassen und Kinder zu bekommen. Annie hatte viel vor in ihrem Leben. College und eine Karriere beim Militär. Sie würde erstaunliche Dinge leisten, dessen war Frankie sich sicher.

»Ich möchte nicht, dass du gehst«, flüsterte Annie.

»Ich weiß. Ich habe die Zeit hier mit deiner Familie sehr genossen«, erwiderte Frankie.

Annie seufzte und legte für einen Moment ihren Arm fester um seinen Bauch.

Frankie holte tief Luft und sagte die Worte, die ihm die ganze Woche durch den Kopf gegangen waren. »Ich liebe dich, Annie Fletcher. Es ist mir egal, ob andere Leute denken, dass es zu früh ist oder dass wir zu jung sind. Ich weiß, was ich fühle. Von dem Tag an, an dem wir uns zum ersten Mal trafen, hast du mich so akzeptiert, wie ich bin. Ein seltsames taubes Kind, das nicht einmal mit dir kommunizieren konnte. An diesem Tag hat es zwischen uns gefunkt, und das tut es seitdem jeden Tag aufs Neue. Ich werde so lange warten, wie es sein muss, um dich zu meiner Frau zu machen. Und ich werde dich immer unterstützen, egal was du mit deinem Leben anfangen willst.«

»Frankie«, flüsterte Annie, setzte sich auf und starrte ihn mit großen Augen an.

»Ich meine es ernst«, sagte er zu ihr. »Du bist das Beste, was mir je passiert ist. Ich lebe für deine Anrufe und mein Tag ist nicht komplett ohne ein Dutzend SMS von dir. Ich hasse es, dass wir so weit voneinander entfernt leben, aber das ändert nichts an meinen Gefühlen für dich – das hat es noch nie. Du bist meine Seelenverwandte ... was abgedroschen klingt, aber das ist mir egal.«

»Ach Frankie, ich liebe dich auch«, sagte Annie.

Frankie atmete erleichtert auf, als er die Worte hörte, lehnte sich zur Seite und zog das Geschenk aus seiner Tasche, das er seit einer Woche mit sich herumtrug. Jetzt, da es so weit war, hatte er Bedenken, es ihr zu geben, aber er schluckte seine Nervosität herunter und hielt ihr das Geschenk auf seiner Handfläche entgegen.

»Ich habe es nicht in schickes Papier eingewickelt, aber es kommt von Herzen. Ich möchte dich eines Tages heiraten«, sagte er. »Ich möchte, dass du Mrs. Frankie Sanders wirst. Oder Annie Sanders. Oder du kannst auch deinen Nachnamen behalten. Es ist mir egal. Mein größter Wunsch ist es, dich zu meiner Frau zu machen und im Gegenzug offiziell dir zu gehören. Es spielt keine

Rolle, ob das passiert, wenn wir achtzehn oder achtzig sind. Ich werde dich immer lieben, egal was passiert.«

Annie starrte auf den Ring in seiner Handfläche und Frankie sprach nervös weiter. »Das ist kein Verlobungsring. Dein Dad würde wahrscheinlich einen hysterischen Anfall bekommen, wenn wir uns mit sechzehn verloben würden. Außerdem weiß ich, dass er erwartet, dass ich ihn um seine Zustimmung bitte, dich zu heiraten. Das erschreckt mich fast zu Tode, aber ich werde alles für dich tun. Aber wie auch immer, betrachte ihn als ein Versprechen. Ein Versprechen von mir an dich. Ein Versprechen, dass ich niemals meine Hand gegen dich erheben werde – du würdest mir wahrscheinlich ohnehin den Hintern versohlen, wenn ich es versuchen würde.« Frankie wusste, dass er zu viel redete, aber er konnte nicht aufhören.

»Es ist ein Versprechen, dass ich dich unterstützen werde, egal was du in deinem Leben tun möchtest. Wenn du dem Militär beitrittst, stehe ich dir zur Seite, auch wenn wir jedes Jahr auf einen anderen Stützpunkt umziehen müssen. Ein Versprechen, dass ich dich lieben werde, egal was passiert. Ein Versprechen, dass du auf mich zählen kannst. Ich liebe dich, Annie. Und es macht mir keine Angst, weil es sich einfach richtig anfühlt.«

Annie hatte sich nicht bewegt. Nicht einen Zentimeter. Sie starrte einfach auf seine Handfläche.

Plötzlich hatte Frankie Zweifel. Er hatte sich den Arsch aufgerissen, um genügend Geld für diesen Ring zu sparen. Er hatte ihn in Kalifornien im Schaufenster eines Juweliers gesehen und sofort gewusst, dass er ihn für sie kaufen wollte. Er war aus Platin und mit zwei ovalen Opalen besetzt. Sie standen nicht heraus, sollten also nicht irgendwo hängenbleiben. Er hatte mit seinem Vater gesprochen, der dann mit Cooper, seinem Patenonkel, gesprochen hatte, der wiederum mit seiner Frau gesprochen hatte, die dann Annies Mom angerufen hatte, um die Ringgröße von Annies rechtem Mittelfinger zu ermitteln.

Aber vielleicht gefiel er ihr nicht. Sie interessierte sich nicht besonders für Make-up oder Schmuck im Allgemeinen. Vielleicht hätte er ihr etwas anderes besorgen sollen. Sein Selbstvertrauen schwankte, als sie einfach nur dasaß und auf den Ring starrte.

»Wenn er dir nicht gefällt, ist das okay«, sagte Frankie zögernd.

»Mir nicht gefallen?«, fragte Annie. »Das ist das Schönste, was ich je in meinem Leben gesehen habe.«

Frankie seufzte innerlich. Gott sei Dank. Er griff nach ihrer rechten Hand und ließ den Ring langsam über ihren Mittelfinger gleiten. Er führte ihre Hand zu seinem Mund und küsste sie auf den Ring an ihrem Finger.

»Er passt perfekt«, hauchte sie. »Und sieh mal«, sagte Annie und tat so, als würde sie jemandem den Mittelfinger zeigen. »Wenn ich in Zukunft das hier mache, werde ich immer an dich denken.«

Frankie brach in Gelächter aus. Darauf konnte auch nur seine Annie kommen.

Dann wurde sie ernst.

»Was? Was stimmt nicht?«, fragte Frankie ängstlich.

»Mein Geschenk für dich kommt mir jetzt echt dumm vor.«

»Nichts, was du mir schenkst, könnte jemals dumm sein«, versicherte Frankie ihr.

»Warte, bis du es siehst, bevor du das sagst«, murmelte Annie, stand auf und ging zum Weihnachtsbaum. Sie nahm ein kleines Päckchen, brachte es zurück zur Couch und reichte es ihm.

Frankie lächelte sie an, bevor er die Verpackung aufriss.

»Nach dem, was du im Einkaufszentrum getan hast, habe ich meine Mom gebeten, zurückzugehen und etwas zu holen, das ich gesehen hatte, als wir dort waren. Ich musste sofort an dich denken. Es ist aber nicht mit dem Ring zu vergleichen.«

Frankie starrte auf das Geschenk in seinen Händen und ein Kloß bildete sich in seinem Hals.

»Es ist ein Wackelkopf«, sagte Annie ein wenig verlegen.

Das war es. Eine Comicfigur mit einem riesigen Kopf auf einer Feder, der auf und ab wippte. Die Hände waren in die Hüften gestemmt und die Figur trug einen roten Umhang, auf dem die Worte »Mein Held« aufgedruckt waren.

Frankie war noch nie jemandes Held gewesen. Er war das arme taube Kind, dessen Mutter versucht hatte, ihn zu entführen. Der Junge, der komisch redete und dünn und schlaksig war. Die Vorstellung, dass Annie ihn für ihren Helden hielt, tat etwas Seltsames mit ihm.

»Ich habe dir ja gesagt, dass es dumm ist«, murmelte Annie.

»Ich liebe es«, versicherte Frankie ihr.

Sie zuckte mit den Schultern und wollte ihm nicht in die Augen sehen.

Frankie wusste, dass er jedes Mal an seine Annie denken würde, wenn er diesen Wackelkopf betrachtete. Er wollte ihr Held sein. Er wollte, dass sie zu ihm aufschaute. Die Tatsache, dass sie an ihn gedacht hatte, als sie das Spielzeug gesehen hatte, haute ihn um.

Er legte ihr Geschenk vorsichtig auf den Tisch neben der Couch, nahm dann ihr Gesicht zwischen seine Hände und wartete, bis sie schließlich aufsah und seinem Blick begegnete. »Ich liebe dich«, sagte er leise. »Du könntest mir einen Stein schenken und ich würde denken, dass es der schönste Stein der Welt ist. Aber zu wissen, dass du so über mich denkst, als deinen Helden, macht mich sprachlos.«

Sie starrten einander lange an, dann strich Frankie mit seinem Daumen über ihre Wange. »Ich will dich küssen.«

»Bitte«, sagte Annie.

»Unser erster Kuss«, flüsterte er und wollte den Moment so lange wie möglich hinauszögern. Er wollte, dass sie sich beide für den Rest ihres Lebens an diesen Moment erinnern würden.

Annie leckte sich über die Lippen.

Dann beugte Frankie sich langsam vor, ohne ihr Gesicht loszulassen. Er strich leicht mit seinen Lippen über ihre und atmete ihren Erdbeer-Pfirsich-Duft ein.

Er küsste sie erneut. Diesmal verweilte er etwas länger. Annie hatte die Augen geschlossen und hielt sich an seinen Schultern fest.

Im Bruchteil einer Sekunde traf Frankie eine Entscheidung und zog Annie auf seinen Schoß. Ihr Vater würde wahrscheinlich einen Herzinfarkt bekommen, wenn er hereinkäme und sie so sitzen sah, aber Frankie war es egal. Er wollte ihr näher sein. Er wollte sie küssen, ohne den Hals ausstrecken zu müssen, und, was noch wichtiger war, ohne dass es Annie auch nur im Geringsten unangenehm war.

»Ist das okay?«, fragte er.

»Perfekt«, versicherte Annie ihm und rutschte näher, bis sie die Erektion in seiner Hose definitiv spüren konnte. Aber zum ersten Mal in seinem Leben war Frankie die Reaktion seines Körpers nicht peinlich. Dies war Annie. Es gab nichts, worüber er ihr gegenüber befangen sein müsste. Jetzt war nicht der Zeitpunkt, mit ihr Liebe zu machen. Oh, er wollte es, aber er wollte sie auf keinen Fall dazu drängen. Fürs Erste würde es reichen, sie zu küssen.

Dann senkte Annie den Kopf und küsste ihn. Frankie fuhr mit seiner Zunge über ihre Lippen und sie öffnete sofort den Mund für ihn. Sein Herz sprang ihm fast aus der Brust, als Frankie den Kopf neigte, um einen besseren Winkel zu bekommen, und vorsichtig ihre Zunge mit seiner berührte. Für einen kurzen Moment fühlte es sich komisch an, aber als Beweis dafür, dass sie es beide so sehr wollten, verwandelte sich dieses komische Gefühl in etwas, das sich richtig anfühlte ... für sie beide.

Frankie und Annie entwich gleichzeitig ein leises Stöhnen – und dann küssten sie sich so leidenschaftlich, als hätten sie es schon Hunderte Male zuvor getan. Ihre Zungen verschlangen sich gegenseitig, als sie den Mund des jeweils anderen erforschten.

Wie lange sie mit aufeinandergepressten Lippen dagesessen hatten, wusste Frankie nicht, aber als sie sich endlich voneinander lösten, atmeten beide so schwer, als wären sie gerade einen hundert Meter Sprint gelaufen.

Frankie fuhr mit der Hand über ihren Kopf und strich ihr Haar zurück, während er sie anstarrte. »Du bist wunderschön«, sagte er sanft, leckte sich die Lippen und schmeckte sie.

»Durch dich fühle ich mich wunderschön«, sagte Annie. Dann beugte sie sich vor, schlang ihre Arme um ihn und legte ihren Kopf auf seine Schulter. Frankie konnte ihren warmen Atem an seinem Hals spüren und schloss zufrieden die Augen.

Ja, das war, was er wollte. Die Frau, die er wollte. Annie. In seinen Armen. Weich und warm und zufrieden. Frankie war kein Idiot. Ihnen würden schwere Zeiten bevorstehen. Fernbeziehungen waren nicht einfach, aber er liebte Annie von ganzem Herzen. Er würde dafür sorgen, dass es funktionierte. Egal was es kostete.

»Frohe Weihnachten, Annie«, sagte er sanft, als er sie an seinen Oberkörper drückte.

»Frohe Weihnachten, Frankie.«

* * *

Emily ging den Flur hinunter, nachdem sie John endlich zum Einschlafen gebracht hatte. Der Junge war heute Abend besonders gereizt gewesen und sie hatte all ihre Tricks anwenden müssen, um ihn endlich dazu zu bringen, sich hinzulegen und die Augen zu schließen. Sie hatte nach Doug und Ethan gesehen und festgestellt, dass sie in den Film vertieft waren, den sie zuvor für sie eingeschaltet hatte.

Gerade als sie ins Schlafzimmer gehen wollte, um zu sehen, was ihr Mann vorhatte, fiel ihr am Treppenabsatz etwas ins Auge.

Fletch stand da und starrte ins Wohnzimmer.

Darauf bedacht, keine Geräusche zu machen, ging Emily auf Zehenspitzen zur Treppe, um zu sehen, was ihr Mann so aufmerksam beobachtete. Die Lichter des Weihnachtsbaumes verliehen dem Wohnzimmer einen intimen Glanz ... und ihrer Tochter mit ihrem Freund.

Sie stellte sich neben Fletch, legte ihren Arm um seine Taille und lehnte sich an ihn, während sie zusahen, wie Frankie Annies Geschenk öffnete. Es war leicht zu sehen, wie bewegt er darüber war.

»Ich habe dir doch gesagt, dass es dumm ist«, hörten sie Annie sagen.

»Ich liebe es«, sagte Frankie zu ihr.

Emily verspannte sich, als sie beobachtete, wie ihre Tochter mit den Schultern zuckte, als wäre es egal, was Frankie von ihrem Geschenk hielt. Aber sie wusste, dass es nicht so war. Und Frankie enttäuschte sie nicht. Er stellte den Wackelkopf auf den Tisch neben der Couch und nahm dann Annies Gesicht zwischen seine Hände.

»Ich liebe dich. Du könntest mir einen Stein schenken und ich würde denken, dass es der schönste Stein der Welt ist. Aber zu wissen, dass du so über mich denkst, als deinen Helden, macht mich sprachlos.«

Emily seufzte innerlich. Sie hatte Frankie schon immer gemocht. Er war bodenständig und ein wirklich anständiger Junge. Und als sie ihn mit ihrer Tochter beobachtete, mochte sie ihn sogar noch mehr. Er behandelte sie, wie ihr eigener Ehemann sie behandelte, mit Respekt. Und er würde nie Angst haben, ihr zu zeigen, wie sehr er sie liebte. Was könnte eine Mutter mehr für ihre Tochter verlangen?

»Ich will dich küssen«, sagte Frankie zu Annie.

»Bitte«, antwortete Annie.

»Unser erster Kuss«, sagte Frankie sanft und brachte Emily zum Lächeln. Ihre Tochter hatte in der Woche, in der er hier war, mit ihrem Freund keine Grenzen überschritten, und sie hatte Frankie vertraut. Das war der einzige Grund, warum sie ihm erlaubt hatten, in ihrem Haus zu wohnen. Wenn sie auch nur eine Minute lang geglaubt hätte, Annie oder Frankie würden weiter gehen als angemessen, hätten sie und Fletch dem Teenager nicht erlaubt, diese Woche nach Texas zu kommen.

Als Frankie sich zu Annie beugte, spürte Emily, wie Fletch neben ihr knurrte. Annie mochte sechzehn sein, aber sie war immer noch Fletchs kleines Mädchen. Sie war immer noch seine Kleine.

Also schob sie sich vor ihren Mann, legte ihre Hände auf seine Brust und schob ihn nach hinten. Sie deutete mit dem Kinn in Richtung Flur hinter ihnen.

Fletch runzelte die Stirn und schüttelte den Kopf.

Emily funkelte ihn an und zeigte diesmal mit dem Finger in die Richtung.

Mit einem Seufzer drehte Fletch sich schließlich um und ging schweigend zu ihrem Schlafzimmer.

Als Emily sich noch einmal umdrehte, bevor sie ihrem Mann folgte, sah sie, dass Annie sich auf Frankies Schoß gesetzt hatte und sie sich noch einmal küssten. Lächelnd folgte Emily Fletch, mit dem guten Gefühl, dass ihre Tochter mit jemandem wie Frankie etwas über die Liebe lernte.

Als die Tür zu ihrem Zimmer geschlossen war, sagte Fletch sofort: »Sie ist zu jung zum Küssen.«

Emily konnte nicht anders als zu lachen. »Wann hattest du deinen ersten Kuss?«

Fletch runzelte die Stirn. »Wir reden über Annie, nicht über mich.«

»Genau. Lass mich raten, du warst ungefähr zehn?«

»Elf«, grummelte Fletch.

Emily lächelte und ging zu ihrem Mann. Sie blieb

nicht stehen, bis sie von der Brust bis zu den Oberschenkeln an ihn gepresst war. Emily sah auf. Sie liebte es, wie er sie überragte, und sagte: »Frankie ist ein guter Junge. Er wird sich um sie kümmern.«

Fletch seufzte. »Ich ... es ist schwer zu sehen, dass sie erwachsen wird.«

»Ich weiß.«

»Und sie ist meine einzige Tochter. Ich möchte sie vor all den schlimmen Dingen in dieser Welt beschützen. Wenn ich sie für immer in einer Blase halten könnte, würde ich es tun.«

»Annie ist eine unglaubliche junge Frau. Sie ist klug, vorsichtig und gütig. Wir hatten viel Glück und mussten uns nicht mit dem normalen Teenagermist auseinandersetzen, den ich bei anderen Eltern erlebt habe.«

»Ich werde nie die Panik vergessen, die ich gespürt habe, als Jacks euch beide entführt hatte«, sagte Fletch leise. »Ich sehe sie immer noch als die kleine Sechsjährige. Sie hatte Angst, aber sagte mir, dass ihre Mutter gesagt hatte, dass Angst zu haben nur bedeutet, dass man gleich etwas sehr Mutiges tun wird.«

Emily lächelte. Sie hasste es, dass ihr Mann immer noch an dieses Arschloch Jacks dachte, der sie und Annie vor so langer Zeit entführt hatte. »Du hast ihr beigebracht, hart zu sein, Liebling. Irgendwann musst du sie gehen lassen.«

»Aber jetzt noch nicht«, grummelte Fletch.

»Jetzt noch nicht«, stimmte Emily zu. Sie hatte das Gefühl, dass sie ihren Mann ablenken musste, bevor er die Treppe hinunterstürmte und darauf bestand, aus Anstandsgründen ein großes Kissen zwischen ihre Tochter und ihren Freund zu legen. Sie fuhr mit ihren Händen über seine Brust. »John schläft, und Doug und Ethan werden noch mindestens eine Stunde mit ihrem Film beschäftigt sein«, sagte sie so verführerisch, wie sie nur konnte.

»Ach ja?«, fragte Fletch mit deutlichem Interesse in der Stimme.

»Allerdings.«

»Hm, ich glaube, es ist schon zu lange her, seit ich in meiner Frau war«, sagte Fletch in dem tiefen, grollenden Tonfall, den er benutzte, wenn er angetörnt war. Emily liebte es.

Sie lachte. »Ähm ... verzeih mir, ich werde vielleicht alt und senil, aber hast du nicht erst gestern Abend so heftig mit mir geschlafen, dass ich fast ohnmächtig geworden bin?«

»Wie bereits gesagt, es ist schon zu lange her«, sagte Fletch, bevor er den Kopf senkte.

Emily seufzte. Dieser Mann war alles, wovon sie geglaubt hatte, dass es in der männlichen Spezies nicht existierte. Aber er hatte immer wieder bewiesen, dass er der Typ Mann war, über den Frauen Romanzen schreiben. Loyal, beschützend, unterstützend ... und jedes andere positive Adjektiv, das ihr im Moment nicht in den Sinn kam. Nicht, wenn er sie so anmachte.

Fletch drehte sie herum und entledigte sich schnell ihres Hemdes und BHs. Dann zog er die Leggings über ihre Hüften, bevor sie sich rückwärts aufs Bett fallen ließ. Lachend zog Emily sowohl ihre Leggings und Unterwäsche aus, als Fletch sich über sie kniete. Er öffnete seine Jeans, machte sich aber nicht die Mühe, sein Hemd oder die Hose ganz auszuziehen.

Emily schmollte. »Ich will dich nackt.«

»Ich möchte nackt sein«, gab Fletch zurück. »Aber meine sechzehnjährige Tochter macht unten mit ihrem Freund herum, unsere Jungs könnten jeden Moment von ihrem Film gelangweilt sein und unser Kleinkind ist nur ein Zimmer entfernt und könnte jede Sekunde aufwachen und aus vollem Halse nach seiner Mom schreien. Einer von uns muss angezogen bleiben, um sich um unsere Kinder und andere eventuelle Unterbrechungen zu kümmern.«

Aufregung durchfuhr Emily. »Richtig. Dann solltest du dich wohl besser schnell daranmachen, deine Frau zu lieben, hm?«

Fletch brauchte keine weitere Ermutigung, bevor sein Kopf zwischen ihren Beinen war. Er stellte immer sicher, dass sie erregt und feucht war, bevor er in sie eindrang. Das war eine weitere Sache, die sie an ihrem Mann liebte.

Als sie bereit für ihn war, kniete Fletch sich vor sie und stieß mit einem langen, harten Stoß in sie hinein, wobei sie beide aufstöhnten. Dann machte er hart und schnell Liebe mit ihr. Sie kam zu schnell und zitterte von der Intensität des Orgasmus. Fletch brauchte nur drei weitere harte Stöße, bevor er ihr folgte und tief in ihrem Körper explodierte.

Zwanzig Sekunden später hörten sie beide eine laute, weinerliche Stimme aus dem Flur. »Moooom! Ethan nimmt den Sitzsack in Beschlag! Ich bin dran!«

Fletch seufzte und hob den Kopf, den er einfach gegen ihre Schulter fallen gelassen hatte, nachdem er gekommen war. Er lächelte sie an und strich ihr eine Haarsträhne von ihrer leicht verschwitzten Stirn. »Ich werde mich um sie kümmern. Du bleibst hier, nackt und schläfrig. Ich werde das wiederholen wollen, sobald die Jungs sich beruhigt haben und ich mir sicher bin, dass meine Tochter und ihr Freund nicht zu weit gegangen sind.«

Emily wusste, dass sie wahrscheinlich aufstehen, sich wieder anziehen und ihrem Mann helfen sollte, sich um ihre Brut zu kümmern, aber sie war im Moment zu träge. Außerdem brauchte es nur ein strenges Wort ihres Daddys und Doug und Ethan würden sich beruhigen. Sie war sich auch sicher, dass Frankie auf keinen Fall Annie – oder sie und Fletch – geringschätzen würde, indem er ihre Tochter auf der Couch verführte. Aber das bedeutete nicht, dass sie ihrem Mann keinen Anreiz geben könnte, schnell zurückzukommen.

»Okay«, sagte sie und strich verführerisch mit einer Hand über ihren nackten Körper. »Ich werde hier sein.«

»Verdammt, Frau«, beschwerte sich Fletch, als er seine Hose wieder zuknöpfte, nachdem er aufgestanden war.

Er beugte sich vor und küsste sie lange und intensiv, bevor er den Kopf hob. »Ich liebe dich.«

»Ich liebe dich auch.«

»Erinnerst du dich an unseren ersten Kuss?«, fragte er aus heiterem Himmel.

»Natürlich. Und du?«

»Wir saßen auf meiner Couch und haben dieses Kennenlernspiel gespielt. Ich hatte dich gerade davon überzeugt, bei mir einzuziehen, und du hast einer Verabredung zugestimmt. Ich habe deine Hand gehalten und mich vorgebeugt. Und in der Sekunde, in der meine Lippen deine berührten, wusste ich, dass mein Leben sich verändert hatte ... zum Besseren.«

»Wow, du erinnerst dich«, sagte Emily.

»Es hat sich in mein Gehirn eingebrannt«, gab er zu. »Ich mag Frankie. Er wird ein guter Mann werden. Und ich hoffe sehr, dass er zu schätzen weiß, was er an unserer Tochter hat.«

»Das tut er«, sagte Emily, ohne zu zögern.

»Und ich hoffe, unsere Tochter erinnert sich so liebevoll an ihren ersten Kuss wie ich mich an unseren«, sagte Fletch. Dann drehte er sich um und ging zur Tür.

In der Sekunde, in der sich die Tür schloss, rutschte Emily weiter aufs Bett und schlüpfte unter die Decke. Sie drehte sich auf die Seite und seufzte zufrieden. Mit vier Kindern und einem Ehemann, der sie manchmal verrückt machte, war ihr Leben chaotisch, aber sie würde nichts daran ändern wollen.

Emily war so glücklich, dass ihre Tochter jemanden

gefunden hatte, der sie so sehr zu lieben schien, wie ihr eigener Mann sie liebte. »Halte ihn fest, Annie«, flüsterte Emily. »Einen Kerl, der zu schätzen weiß, was für ein kostbares Geschenk ein Wackelkopf sein kann.«

Emily schloss die Augen und konnte nicht anders, als sich zu fragen, wohin das Leben ihre Tochter führen würde. Würde sie dem Militär beitreten? Würden sie und Frankie es durchstehen? Würde sie Kinder haben?

Was auch immer passierte, Emily wusste, dass es Annie gut gehen würde.

Und jetzt hatte sie auch die Erinnerung an einen perfekten ersten Kuss, auf den sie zurückblicken konnte.

Emily schlief ein, bevor Fletch zurückkam. Sie bemerkte nicht einmal, wie er zu ihr unter die Decke schlüpfte. Sie fühlte nicht, wie er sie auf die Stirn küsste und sie festhielt. Alles, was sie gespürt hatte, bevor sie eingeschlafen war, war Sicherheit und Liebe und die Gewissheit, dass alle ihre Kinder in diesem Moment glücklich und gesund waren. In ihrer Welt war alles in Ordnung.

DER TYRANN

ANMERKUNG DER AUTORIN

Dies ist eine weitere Geschichte über Annie. Sie ist eine so lustige Figur, über die man einfach schreiben muss. Sie ist kompliziert und wird offensichtlich sehr geliebt und geschätzt. Viel Spaß!

Emily sah hinüber zur Haustür, als sie hörte, wie sie geöffnet wurde. Sie wartete darauf, das glückliche Gesicht ihrer Tochter zu sehen, die von der Schule nach Hause kam. Kaum zu glauben, dass Annie schon zwölf und bereits in der siebenten Klasse war. Sie würde immer ihr kleines Baby bleiben, aber sie wuchs so schnell heran.

Aber anstatt in die Küche zu kommen, sich auf einen

der Stühle am Tisch zu setzen und fröhlich darüber zu schwatzen, was an diesem Tag in der Schule passiert war, stapfte sie direkt an der Tür vorbei und ging ohne ein Wort zu ihrem Zimmer.

»Annie?«, rief Emily.

Zur Antwort hörte sie, wie die Zimmertür ihrer Tochter zugeschlagen wurde.

Emily stand mitten in der Küche, blinzelte überrascht und schaute stirnrunzelnd in Richtung des Flurs, durch den Annie verschwunden war. Sie beschloss, ihr etwas Zeit zu geben, und wandte sich wieder der Lasagne zu, die sie fürs Abendessen zubereitete. Fletch sollte in einer Stunde vom Stützpunkt nach Hause kommen und sie musste das Nudelgericht in den Ofen schieben, wenn es bis zu seiner Ankunft fertig sein sollte.

Ihr Sohn Ethan war zwei und gerade mit Fernsehen beschäftigt. Emily war besorgt um Annie, denn ihr kleiner Bruder war für sie eines der liebsten Dinge auf dieser Welt. Seit seiner Geburt war Annie wie eine zweite Mutter für ihn gewesen.

Emily erinnerte sich noch daran, als sie zum ersten Mal bemerkt hatte, wie innig Annies Liebe für ihren Bruder war. Ethan war ungefähr vier Monate alt gewesen und Annie hatte begonnen, beim Abendessen weniger zu essen. Fletch und sie hatten ein paar Wochen gebraucht, um herauszufinden, was los war. Annie hatte gedacht, ihr Bruder würde nicht genug zu essen bekommen. Also hatte sie Nahrungsmittel versteckt und sie ihm nachts, nachdem alle schlafen gegangen waren, gebracht.

Anscheinend erinnerte sie sich noch daran, wie Emily aufs Essen verzichtet hatte, damit Annie genug bekam. Sie hatte dasselbe für ihren Bruder tun wollen.

Fletch hatte ein langes Gespräch mit ihr geführt und erklärt, dass sie genügend Geld hätten, um Lebensmittel für alle zu kaufen, und dass Ethan im Moment nur Säuglingsnahrung zu sich nehmen könne.

Auch danach kümmerte Annie sich ständig um ihren Bruder. Ein anderes Mal fand Fletch bei der Gartenarbeit etwa einhundert von Annies kleinen Spielzeugsoldaten aus Plastik vor Ethans Fenster auf dem Boden. Als er sie darauf ansprach, hatte sie ihm erklärt, dass sie dort waren, um Ethan vor Einbrechern zu beschützen.

Sie neigte auch dazu, mitten in der Nacht in sein Bett zu klettern. Selbst jetzt noch fanden Emily oder Fletch ihre Tochter manchmal morgens in Ethans Bett mit ihrem Bruder in den Armen vor. Sie las ihm regelmäßig etwas vor. Sie saß oft stundenlang bei ihm und las ihm immer und immer wieder dasselbe Buch vor. Sie schien nie müde zu werden.

Die Tatsache, dass Annie ins Haus kam und ihren kleinen Bruder vollkommen ignorierte, sagte also mehr über ihre Stimmung aus als alles andere.

Nachdem Emily die Lasagne in den Ofen geschoben hatte, wusch sie sich die Hände und ging zu Annies Zimmer, nachdem sie sich vergewissert hatte, dass Ethan noch beschäftigt war. Sie klopfte leicht an die Tür.

»Annie?«

»Geh weg!«, sagte ihre Tochter mit gedämpfter Stimme.

Emily runzelte die Stirn. »Ich mache Lasagne zum Abendessen«, sagte sie zu ihrer Tochter, wohl wissend, wie sehr Annie Lasagne mochte.

»Ich habe keinen Hunger«, war ihre Antwort.

»Willst du darüber reden?«, fragte Emily. »Ich bin eine gute Zuhörerin.«

»Nein. Ich möchte einfach allein sein.«

Sie seufzte und wich von der Tür zurück. Annie war normalerweise ein sehr fröhliches Kind. Es gab nicht viel, das sie aus der Fassung brachte. Emily war vor dem Gefühlschaos gewarnt worden, das mit dem Teenageralter einherging, vor allem bei Mädchen in der siebenten Klasse. Aber da Annie so ein Wildfang war, hatte sie gehofft, dass ihr einige dieser Gefühlsausbrüche erspart blieben. Das schien nicht der Fall zu sein.

Die nächste Stunde verbrachte Emily damit, darauf zu hoffen, dass Annie aus ihrem Zimmer kommen und wieder ihr normales, glückliches Ich sein würde. Aber das geschah nicht. Sie schickte Mary eine SMS, da sie wusste, wie nahe ihre Tochter der anderen Frau stand. Sie fragte, ob sie und Truck nicht zum Abendessen vorbeikommen wollten.

Glücklicherweise stimmte Mary sofort zu und Emily seufzte erleichtert auf. Alle ihre Freundinnen waren großartig. Sie passten gern auf ihre Kinder auf, wenn sie etwas Zeit allein mit ihrem Mann verbringen wollte. Und sie tat dasselbe für sie. Rayne und Ghost hatten gerade ihr erstes Kind bekommen, einen Jungen, den sie Billy getauft hatten. Kate, die Tochter von Kassie und Hollywood, war ein Jahr jünger als Ethan, und es war herzerwärmend, den beiden Kleinkindern beim Spielen zuzusehen.

Auch ihre Ehemänner waren eine große Hilfe, jetzt mehr denn je. Sie alle hatten in den administrativen Bereich der Delta-Force-Organisation gewechselt, und Emily konnte nicht gerade behaupten, darüber verärgert zu sein. Fletch liebte es, seinem Land zu dienen, aber Emily und ihre Freundinnen machten sich jedes Mal große Sorgen um ihn und sein Team, wenn sie auf eine gefährliche Mission geschickt wurden.

Als Fletch nach Hause kam, hatte Emily immer noch nichts von ihrer Tochter gesehen. Sie war ein nervöses Wrack. Das sah ihrer Annie gar nicht ähnlich und Emily hasste es, dass ihre Tochter nicht mit ihr reden wollte. In den ersten sechs Jahren ihres Lebens hatten sie nur einander gehabt. Sie waren beste Freundinnen. Auch nachdem sie Fletch kennengelernt hatte, den ihre Tochter verehrte, blieb die Bindung zwischen ihnen sehr innig. Also fühlte es sich für Emily unglaublich falsch an, dass ihre Tochter nicht mit ihr sprach.

»Was ist los?«, fragte Fletch in der Sekunde, in der er seine Frau sah.

Emily war nicht überrascht, dass er bemerkte, dass etwas nicht stimmte.

Er zog sie an sich, schlang einen Arm um ihre Taille und berührte ihre Wange. »Ist Ethan okay?«, fragte er.

Emily nickte. »Ja, es ist Annie.«

»Annie?«, fragte Fletch überrascht. »Was ist los mit ihr?«

»Ich weiß nicht, sie redet nicht mit mir. Sie kam mit einer schrecklichen Laune von der Schule nach Hause und ging direkt in ihr Zimmer. Sie hat nicht einmal Ethan begrüßt.«

Fletch runzelte die Stirn. Er wusste, wie viel ihr Bruder ihr bedeutete. »Hast du Mary und Truck deshalb zum Essen eingeladen?« fragte er.

Emily konnte nicht anders als zu lächeln. Mary hatte Truck wahrscheinlich eine SMS geschrieben, der höchstwahrscheinlich Fletch gefragt hatte, wann sie vorbeikommen sollten. »Ja, sie stand ihnen schon immer nahe. Ich hoffe, sie erzählt Mary vielleicht, was sie bedrückt, wenn sie schon nicht mit mir spricht.«

»Ich bin noch nicht bereit dafür«, seufzte Fletch.

Emily runzelte verwirrt die Stirn. »Wofür?«, fragte sie.

»Dass Annie erwachsen wird. Ich möchte, dass sie für immer meine Kleine bleibt.«

»Das wird sie«, versicherte Emily ihm.

Fletch schüttelte den Kopf. »Nein, sie kommt schon jetzt nicht mehr mit allem zu mir und ich hasse es. Ich bin nicht mehr Daddy Fletch, ich bin ›Dad‹. Sie wird zur Highschool gehen und ihre Freundinnen werden ihr wichtiger sein, als Zeit mit uns zu verbringen. Es wird nicht mehr cool sein, mit ihrem Dad abzuhängen und im

Fuhrpark auf dem Stützpunkt über die Panzer zu klettern. Sie wird Frankie heiraten, wegziehen und dann müssen wir sie anbetteln, uns gelegentlich zu besuchen.«

Emily konnte nicht anders als zu lachen. »Du bist genauso dramatisch wie unsere Tochter«, schimpfte sie.

»Ich weiß«, sagte Fletch mürrisch. »Ich liebe sie einfach so sehr und hasse es, an den Tag zu denken, an dem sie aufs College gehen wird. Ich habe keinen Zweifel daran, dass sie Erstaunliches leisten wird, aber trotzdem …« Seine Stimme verlor sich.

»Wie wäre es, wenn wir eine Krise nach der anderen bewältigen, bevor wir daran denken, dass sie auszieht und heiratet?«, schlug Emily vor.

»Habe ich dir heute schon gesagt, wie sehr ich dich liebe?«, fragte Fletch.

Emily lächelte ihn an. »Heute? Ja, heute Morgen, bevor du zur Arbeit gefahren bist. Aber heute Nachmittag noch nicht.«

»Ich liebe dich«, sagte Fletch sofort. »So sehr, dass es fast beängstigend ist.«

Emily strahlte. »Ich liebe dich auch.«

»Ich will noch ein Baby.«

Emily blinzelte überrascht. »Was? Jetzt in diesem Moment?«

Fletch lachte. »Ich bin mir nicht sicher, ob das möglich ist, aber irgendwann. Mindestens noch eins, vielleicht zwei.«

Ethan war ein pflegeleichtes Kind, aber Emily war sich nicht sicher, ob sie schon bereit für ein weiteres war.

Obwohl sie nicht leugnen konnte, dass sie mehr Kinder wollte. »Das will ich auch. Ich denke aber, dass es gut ist, etwas Altersabstand zu haben. Lass uns warten, bis Ethan in der Vorschule ist und allein aufs Töpfchen gehen kann, dann reden wir darüber, ein weiteres Baby zu haben.«

»Vier Jahre Abstand«, sagte Fletch mit einem Nicken. »Das klingt gut. Ethan wird seinen Abschluss machen, bevor der oder die Nächste in die Highschool kommt. Somit wird niemand im Schatten des anderen stehen. Und du wirst nicht zu viele Babys gleichzeitig im Haus haben.«

Emily liebte diesen Mann so sehr. Selbst bei der Familienplanung dachte er zuerst an sie.

»Aber keine Mädchen mehr«, sagte er streng. »Jungen.«

Emily verdrehte die Augen. »Dein Sperma entscheidet das, nicht meine Fortpflanzungsorgane«, erwiderte sie.

Fletch nickte. »Dann Jungen«, sagte er entschieden.

Emily schüttelte verzweifelt den Kopf. Sie konnte nicht leugnen, dass Jungs in gewisser Weise einfacher waren, aber sie konnte nicht anders, als daran zu denken, wie großartig Fletch mit Annie war. Er war beschützend – manchmal überfürsorglich –, aber verständnisvoll und sanft. Er hatte auch kein Problem damit, Annie sie selbst sein zu lassen. Wenn sie im Dreck spielen wollte, ließ er sie. Wenn sie anstelle eines Kleides eine Hose tragen wollte, drängte er sie nicht. Alles, was seine Annie wollte, bekam sie auch.

»Also, Ethan ist zwei. Wenn wir vier Jahre Abstand haben wollen, haben wir etwas mehr als ein Jahr Zeit, bevor wir wieder versuchen, schwanger zu werden. Du solltest also wahrscheinlich in dreizehn Monaten oder so die Pille absetzen.«

Emily kicherte. »Du hast dir das alles schon genau überlegt, hm?«, fragte sie. Sie konnte nicht anders, als sich in seinem Griff zu rekeln, als sie darüber nachdachte, wie sie ihre zukünftigen Babys zeugen würden. Wenn Fletch es sich in den Kopf gesetzt hatte, etwas zu tun, war er hundertprozentig bei der Sache. Bevor Ethan gezeugt wurde, war ihr Mann im Schlafzimmer unersättlich gewesen. Er hatte alles in seiner Macht Stehende getan, um sie zu schwängern.

»Allerdings«, entgegnete er mit einem Funkeln in den Augen.

»Ich denke, wir müssen vorher viel üben«, neckte Emily. »Ich meine, nicht dass wir deine sorgfältige Planung durcheinanderbringen und so.«

Fletchs Pupillen weiteten sich und er legte seine andere Hand an ihr Gesicht und neigte ihren Kopf zu sich hoch. »Ich liebe es, dich schwanger zu sehen«, sagte er zu ihr. »Du strahlst dann von innen. Und zu wissen, dass ich das getan habe und dass unsere Liebe ein Baby hervorgebracht hat ... ist erstaunlich. Ganz zu schweigen davon, dass der Teil, dich zu schwängern, verdammt aufregend ist. Jedes Mal wenn ich in dich eindringe, kann ich nicht anders, als daran zu denken, dass du schwanger wirst. Es ist ... ich kann nicht beschreiben, wie es sich anfühlt. Zu wissen, dass unsere Liebe ein weiteres Kind erschaffen kann, ist unglaublich. Du bist mein kleines Wunder, Miracle Emily Grant Fletcher, und ich werde alles in meiner Macht Stehende tun, dir jeden Tag zu zeigen, wie sehr ich dich liebe.«

»Das tust du bereits«, flüsterte Emily. Wie sie zu diesem Mann gekommen war, würde sie nie verstehen. Sie dachte an ihre erste Begegnung zurück, als sie verzweifelt nach einer preiswerten Wohnung gesucht hatte. Als sie dann erpresst wurde und verängstigt gewesen war. Sobald Fletch herausgefunden hatte, was passiert war, war er in Aktion getreten. Er hatte sich vergewissert, dass sie und Annie in Sicherheit waren. Er hatte immer wieder bewiesen, dass er alles tun würde, um ihr ein sicheres und glückliches Leben zu ermöglichen. Selbst wenn ihr das Leben Steine in den Weg legte, wusste sie, dass sie sich immer auf ihn verlassen konnte.

Fletch senkte den Kopf und küsste sie. Es war kein keuscher Kuss. Er nahm ihre Lippen mit einer Leidenschaft, die normalerweise ihrem Schlafzimmer vorbehalten war. Er hielt immer noch ihr Gesicht und Emily hielt sich mit beiden Händen an seiner Hüfte fest, um sich aufrecht zu halten. Aber Fletch würde sie nicht fallen lassen. Auf keinen Fall. Er war ihr Fels in der Brandung.

Die Türklingel überraschte Emily und sie zuckte in Fletchs Armen zusammen.

»Truck und sein verdammtes Timing«, grummelte Fletch, als er sich von ihr löste.

Sie konnte nicht anders als zu lächeln. Spontaner Sex war ein Luxus, den sie sich nicht gönnen konnten. Nicht mit Annie in der Nähe. Und jetzt mit zwei Kindern im Haus war das Liebesspiel auf ihr Schlafzimmer beschränkt, wenn die Kinder fest schliefen.

Aber die Vorfreude darauf, mit ihrem Mann zu schlafen, reichte immer aus, um Emily auf Trab zu halten, bis sie endlich allein waren. Es machte den Sex irgendwie noch besser.

»Heute Nacht«, flüsterte er, bevor er sie auf die Stirn küsste. »Nachdem Truck und Mary mit Annie geredet haben und unsere Tochter wieder zu ihrem glücklichen Selbst zurückgekehrt ist, und nachdem wir Ethan satt und glücklich in sein Bett gebracht haben, werde ich das Babymachen mit dir üben. Ich muss sichergehen, dass ich in ein paar Monaten bereit bin.«

Emily schüttelte nur den Kopf. Fletch musste nicht üben. Er war bereits Experte in Sachen Babymachen. Sie hatte Glück, in einer Zeit zu leben, in der es Geburtenkontrolle gab. Sie hatte das Gefühl, dass sie sonst jedes Jahr ein Baby bekommen hätte.

»Jetzt geh und mach unseren Freunden die Tür auf«, sagte sie mit einem Kopfschütteln zu ihm.

»Möchtest du das Abendessen servieren, bevor oder nachdem sie mit Annie gesprochen haben?« fragte Fletch.

»Danach«, antwortete Emily, ohne zu zögern. »Ich

möchte keine mürrische Tochter am Esstisch sitzen haben.«

»Gutes Argument.« Fletch beugte sich vor und küsste sie noch einmal. Es war ein harter und schneller Kuss, bevor er mit dem Daumen über ihre Wange strich und sich umdrehte, um Mary und Truck hereinzulassen.

Emily sah ihm nach und seufzte zufrieden. Fletch war großartig und sie schätzte es, wie sehr er sich um sie und ihre Kinder kümmerte.

Sie ging ins Wohnzimmer und holte Ethan. Er beschwerte sich ein wenig, bis er die Stimmen aus dem Flur hörte. Ihr Sohn liebte Gäste, wahrscheinlich weil er eine Menge Aufmerksamkeit bekam, was nach seiner Schwester seine zweitliebste Sache war.

Mary und Truck betraten das Wohnzimmer und Mary ging sofort zu Ethan. Emily grinste, als sie ihn ihrer Freundin entgegenhielt. Ethan brabbelte glücklich, als Mary ihn auf ihrer Hüfte auf und ab hüpfen ließ.

»Hallo«, sagte Emily. »Danke, dass ihr vorbeigekommen seid.«

»Selbstverständlich. Ich hatte gerade darüber gegrübelt, was ich zum Abendessen machen soll, als deine SMS kam. Niemand sagt dir, wenn du klein bist, dass du dein halbes Leben damit verbringen wirst zu überlegen, was du zum Abendessen kochen sollst. Das nervt echt. Für einen Abend nicht diese Entscheidung treffen zu müssen ist himmlisch.«

Emily lachte. Mary lag nicht falsch und sie brachte es nicht übers Herz, ihr zu sagen, dass es nur noch schlimmer würde, wenn man Kinder hatte. Denn wofür auch immer man sich schließlich fürs Abendessen entschied, irgendjemand rümpfte unweigerlich die Nase und wollte es nicht essen. Truck und Mary versuchten gerade, ein Geschwisterpaar aus Indien zu adoptieren. Unweigerlich dachte sie daran, dass es für ihre Freundin noch schwieriger sein würde, wenn man bedachte, dass ihre zukünftigen Kinder aus einer anderen Kultur kamen. Aber sie sagte nichts, sondern war einfach dankbar, dass sie hier waren, um zu versuchen, Annie aus ihrem Tief herauszuholen.

»Ist sie in ihrem Zimmer?«, fragte Truck.

Emily nickte.

»Ich werde mit ihr reden«, sagte der große Mann. Auf viele Leute könnte Truck einschüchternd wirken. Er war ein verdammter Riese von einem Mann, groß und muskulös. Und er hatte eine fiese Narbe auf der Wange. Aber für Emily und Annie war er einfach nur Truck. Ein Teddybär, der ihnen niemals wehtun würde.

»Danke«, sagte Emily leise.

»Du musst mir nicht dafür danken, dass ich gekommen bin, um Annie zu sehen«, sagte Truck leise. »Ich liebe sie wie meine eigene Tochter. Ich würde alles für sie tun.« Und damit drehte er sich um und ging in den Flur, der zu ihrem Zimmer führte.

»Verdammt«, murmelte Mary und wischte sich mit der Schulter über die Wange. »Ich kann nicht glauben, dass ich so lange mit dieser Adoption gewartet habe. Truck wird ein toller Vater sein.«

»Ja, das wird er«, stimmte Emily zu. »Komm schon, ich glaube, wir brauchen beide ein großes Glas Wein. Annie ist noch nicht einmal ein Teenager. Ich bin mir nicht sicher, ob ich das überleben werde.«

»Das wirst du«, versicherte Mary ihr. »Weil sie ein gutes Kind ist. Was auch immer sie bedrückt, hat wahrscheinlich mehr mit jemand anderem zu tun als mit ihr selbst. Truck wird es herausfinden und sie wird wieder unsere Annie sein. Vielleicht fordere ich sie nach dem Abendessen zu einem Rennen mit ihrem Panzer heraus.«

Emily kicherte. »Du wirst verlieren«, warnte sie. »Je älter sie wird, desto konkurrenzfähiger wird sie. Und niemand schlägt sie auf ihrer eigenen Strecke im Garten.«

»Ich weiß«, sagte Mary unbekümmert. »Ich fordere sie einfach gern heraus. Wenn sie es ernst damit meint, wie ihr Vater Soldat in einer Spezialeinheit zu werden, muss sie mehr als nur gut sein. Sie muss ein dickes Fell haben und immer ihr Bestes geben, unabhängig davon, was andere sagen. Ich bin bereit, mit ihr Klartext zu reden, sie zu verärgern und ihr zu zeigen, dass es egal ist, was andere sagen. Es zählt nur, was sie tief in ihrem Inneren will.«

Emily schniefte. Genau das war einer von Millionen von Gründen, warum sie ihre Freundinnen so sehr liebte. Sie wussten, dass Annie zur Spezialeinheit der Armee wollte, und sie wussten auch, wie schwer dieses Ziel zu erreichen war, besonders heutzutage. Aber niemand würde Annie sagen, dass sie es nicht schaffen könnte. Sie würden sie bei jedem ihrer Schritte unterstützen.

»Komm schon«, sagte Emily und holte tief Luft. »Wenn Fletch mich weinen sieht, wird er wissen wollen warum, und ich möchte nicht, dass er sauer auf dich wird.«

»Wie auch immer«, sagte Mary mit einem Augenrollen. »Ich habe keine Angst vor deinem Mann.«

Emily grinste. »Nein, aber er könnte dir Ethan wegnehmen und dich ihn den Rest des Abends nicht festhalten lassen«, neckte sie.

»Das würde er nicht wagen«, knurrte Mary und drückte Ethan fester an sich.

Emily brach in Gelächter aus. »Lass uns gehen. Ich kann hören, wie der Wein nach uns ruft. Ich hoffe, Truck kann Annie in der Zwischenzeit dazu bringen, sich zu öffnen.«

»Das wird er«, sagte Mary zuversichtlich.

Annie saß mit dem Rücken zur Wand in ihrem Kleiderschrank. Ihr Dad hatte ihr geholfen, diesen Rückzugsort in ihrem neuen Haus für sie zu schaffen, als sie eingezogen waren. Sie wollte einen »Bunker« haben, einen wie die, in denen er liegen musste, wenn er im Einsatz war. Sie dachte, es wäre cool, eine Art Fort in ihrem Zimmer zu haben, wo sie so tun könnte, als wäre sie eine Soldatin, genau wie ihr Dad und seine Freunde es waren.

Seit sie denken konnte, wollte sie Soldatin werden. Sie wollte andere Menschen beschützen und sie vor den Bösen retten. Sie erinnerte sich noch daran, mit ihrer Mom Wonder Woman im Fernsehen gesehen zu haben, bevor sie Fletch kennenlernten. Die Version mit der Dame mit der schmalen Taille und dem wunderschönen langen braunen Haar. Die Serie war alt und irgendwie kitschig, aber Annie war von dem Konzept immer noch fasziniert. Sie konnte stundenlang allein spielen, nachdem sie eine Folge gesehen hatte. Zuerst tat sie so, als wäre sie Wonder Woman, die sich im Kreis dreht und Menschen vor Bösewichten rettet. Dann änderte sie den Plot und war selbst diejenige, die gerettet werden musste.

Dann hatte sie Fletch und seine Freunde kennengelernt ... die echte Helden waren, genau wie Wonder Woman. Sie wurden in andere Länder geschickt und versteckten sich in Schützengräben, spionierten die Bösewichte aus, bis sie ihre Schwächen kannten, und sprangen dann aus ihrem Loch, um den Tag zu retten.

Natürlich hatte Annie keine Ahnung, was ihr Dad wirklich tat, wenn er eingesetzt wurde. Er erzählte nichts darüber und sie wusste es besser, als nachzufragen. Aber nachdem sie von ihrem Dad und seinem Team im echten Leben gerettet worden war, verehrte Annie die Männer noch mehr. Und ihre Entschlossenheit, genau wie sie zu werden, war sprunghaft gestiegen.

Obwohl es Tage wie diesen gab, an denen sich alles,

worüber sie träumte, dumm anfühlte. Sie kam sich dumm vor.

Annie hasste es, dass sie sich wegen Carrie so schlecht fühlte. Carrie war ein beliebtes Mädchen in der Schule, von dem sie schon so lange gemobbt wurde, wie Annie denken konnte.

Es klopfte an ihrer Tür und Annie rief: »Ich habe keinen Hunger!«, ohne überhaupt darauf zu warten, was ihre Mom sagte. Es musste Zeit zum Abendessen sein, aber Annie hatte keine Lust zu essen.

»Hey, Kleines«, sagte eine tiefe Stimme, als Truck den Kopf in ihr Zimmer steckte. »Darf ich reinkommen?«

Annies Herz machte vor Freude einen Sprung. Truck war da! Sie liebte alle Freunde ihres Dads, aber dieser Mann hatte einen besonderen Platz in ihrem Herzen. Dann fiel ihr ein, dass sie schlechte Laune hatte. »Ist mir egal«, murmelte sie.

Sie war froh, als Truck ihre alles andere als einladende Antwort ignorierte und hereinkam. Er schloss die Tür hinter sich und ging zu der offenen Schranktür. Er setzte sich, ließ sich dann nach hinten fallen und starrte an die Decke. »Ich habe gehört, du hattest einen schlechten Tag.«

Annie seufzte. Warum konnten sie nicht einfach alle in Ruhe lassen? Obwohl sie zugeben musste, dass es einfacher war, mit Truck zu sprechen, wenn er sie nicht ansah. Er starrte an die Decke, als wäre es das Interessanteste, was er je in seinem Leben gesehen hatte. Annie konnte es von ihrem Platz aus hinten im Schrank nicht sehen, aber wenn nicht jemand, während sie in der Schule war, in ihr Zimmer gekommen und Sterne darauf gemalt hatte, war es nur eine schlichte weiße Decke.

»Ich hasse die Schule«, sagte sie mit Nachdruck zu Truck. »Schule ist dumm.«

»Geht es um dieses Mädchen, das dich ständig belästigt?«, fragte Truck.

Annie hätte nicht überrascht sein sollen, dass er sich daran erinnerte. Abgesehen von der Zeit, während der er unter Amnesie gelitten und alles vergessen hatte, was in letzter Zeit in seinem Leben passiert war, schien er sich an jedes einzelne Wort zu erinnern, das sie jemals zu ihm gesagt hatte.

Sie seufzte. »Warum sind manche Leute so gemein?«

Truck drehte sich um und stützte den Kopf auf die Hand. »Ich weiß es nicht. Ich nehme an, diese Tyrannin zu ignorieren funktioniert nicht?«, fragte er.

Annie zuckte mit den Schultern. »Es ist mir egal, was sie über mich sagt. Sie ist eine Idiotin. Sie interessiert sich nur dafür, dass ihr Haar perfekt sitzt, und du solltest einmal sehen, wie viel Make-up sie trägt. Es ist widerlich. Sie läuft ständig den Jungs hinterher und kichert wie blöde, wenn sie etwas sagen. Es ist nur dumm.«

»Hat sie heute etwas zu dir gesagt?«, hakte Truck nach.

Annie blickte auf ihre Hände hinab. »Sie sagt immer irgendwelchen Scheiß zu mir«, erklärte sie ihm. Dann hob sie den Kopf und begegnete seinem Blick. »Ich habe mir angewöhnt, sie zu ignorieren. Aber heute hatte sie es auf den Jungen abgesehen, der neu in unserer Schule ist. Er geht in die Sonderklasse, isst aber zur gleichen Zeit wie wir zu Mittag. Der einzige Mensch, der immer bei ihm sitzt, ist seine Therapeutin, und sie war heute nicht da. Er sah einsam aus, also haben Amy und ich uns an seinen Tisch gesetzt. Die dumme Carrie kam mit ihren beiden besten Freundinnen vorbei und sie fingen an, ihn einen Schwachkopf zu nennen und ihm andere Gemeinheiten an den Kopf zu werfen. Als ich ihr sagte, dass sie verschwinden soll, fing sie an, Scheiße über Frankie zu erzählen. Ich meine, sie kennt ihn nicht einmal. Was gibt ihr das Recht, sich über ihn lustig zu machen?«

»Was hat sie gesagt?«, wollte Truck wissen.

Annie seufzte. »Nur das Übliche. Dass es offensichtlich sei, dass ich auf zurückgebliebene Typen stehe, weil ich mit einem zusammen sei und jetzt mit einem anderen zu Mittag esse. Sie wollte wissen, ob Frankie davon wüsste, dass ich ihn mit Robert betrog. Dann hat sie gelacht und gesagt, dass ich für den Rest meines Lebens Jungfrau bleiben würde, da sich niemand in meine Nähe trauen würde, weil ich ein Wildfang bin und mich gern im Dreck wälze.«

Annie holte tief Luft und fuhr fort. Jetzt, da sie angefangen hatte, darüber zu reden, was passiert war, konnte sie nicht mehr aufhören.

»Sie hat sich darüber lustig gemacht, dass meine Haare lang und struppig sind, und gesagt, mein Gesicht sei so abscheulich, dass es kein Wunder wäre, dass ich kein Make-up trage, denn es würde zwei Wagenladungen davon brauchen, um meine Hässlichkeit zu überdecken. Die beiden anderen Mädchen neben ihr lachten ein wenig. Es sah aus, als wäre es ihnen peinlich, aber sie sagten ihr nicht, dass sie aufhören soll. Und Amy hatte Angst, dass Carrie mit ihr weitermachen würde, also saß sie einfach nur da.«

»Was hast du gemacht?«, fragte Truck leise.

»Ich wollte sie am liebsten schlagen«, gab Annie zu.

»Aber das hast du nicht«, sagte Truck zuversichtlich.

»Nein«, murmelte Annie. »Aber ich habe damit gedroht. Ich habe ihr gesagt, sie solle besser aufpassen, mir nach der Schule nicht über den Weg zu laufen, weil ich sie sonst windelweich prügeln würde.«

Truck schwieg und Annie sah ihn an. Sie schämte sich ein wenig für das, was sie gesagt hatte, aber es tat ihr nicht leid. Carrie hatte es verdient, eine Abreibung zu bekommen, und Annie hatte keine Angst vor ihr. Ganz und gar nicht. Sie fragte: »Willst du mir nicht sagen, dass das falsch war? Dass ich das nicht hätte sagen sollen?«

»Wie lange hackt dieses Mädchen schon auf dir herum?«, fragte Truck stattdessen.

Annie zuckte mit den Schultern. »Seit der vierten Klasse«, antwortete sie zaghaft.

»Und wie oft hast du ihr gesagt, sie soll dich in Ruhe lassen? Wie oft hast du ihre Sticheleien und all die gemeinen Dinge, die sie zu dir gesagt hat, ignoriert?«

»Ähm ... sehr oft«, sagte Annie mit einem Achselzucken.

»Klingt, als müsse man ihr eine Lektion erteilen.«

Annie starrte den Freund ihres Dads verwirrt an. Hatte er ihr gerade gesagt, dass es in Ordnung sei, Carrie zu verprügeln?

»Mir kommt es vor, als hättest du ihr bereits mehr Chancen gegeben, als sie verdient hat. Deine Mutter würde wahrscheinlich einen Herzinfarkt bekommen, wenn sie wüsste, dass ich dir das sage, aber es ist offensichtlich, dass Carrie denkt, sie sei etwas Besseres als du. Was absoluter Schwachsinn ist. Niemand ist besser als du, Annie. Genau wie du nicht besser bist als alle anderen. Dieses Carrie-Mädchen wird dich nicht in Ruhe lassen, bis du ihr einen triftigen Grund dazu gibst.«

Annie traute ihren Ohren kaum. Aber sie konnte nicht leugnen, dass sie erleichtert war. »Sie sagte, dass ihr Freund nach der Schule auf mich warten würde. Ich habe es geschafft, ihm heute aus dem Weg zu gehen, aber ich bin mir sicher, dass er morgen auftauchen wird«, gab sie zu.

»Siehst du? Sie weiß, dass du ihr in den Hintern treten würdest, also schickt sie jemand anderen, um die Drecksarbeit für sie zu erledigen. Kannst du es mit ihrem Freund aufnehmen?«, fragte Truck.

Annie lächelte. »Klar.« Sie hatte keinerlei Zweifel daran, dass sie einen Kampf gegen Doug Chamberlin ohne Problem gewinnen könnte. Er war größer als sie, aber er hatte nur eine große Klappe. Im Sportunterricht schaffte er es nicht einmal, am Seil hochzuklettern.

»Dann tu es«, sagte Truck. »Ich sage nicht, dass es die dumme Carrie für immer zum Schweigen bringen wird, weil ich viele Mädchen wie sie kannte, als ich in deinem Alter war. Aber sie wird in Zukunft zweimal darüber nachdenken, ob sie dich attackiert. Es wird auch ein Zeichen setzen, dass du es nicht tolerierst, wenn sich Leute über andere lustig machen, die schwächer oder anders sind als sie. Ich bin stolz auf dich, dass du dich heute zu diesem Jungen gesetzt hast.«

»Ich habe an Frankie gedacht. Er hat mir erzählt, wie schwer es für ihn war, sich an das Cochlea-Implantat zu gewöhnen, das er letztes Jahr bekommen hat. Ich musste daran denken, dass er einfach nur Freunde finden wollte, sich ständig seiner anders klingenden Stimme bewusst war und dass niemand beim Mittagessen bei ihm sitzen wollte«, gab Annie zu.

»Aber Frankie geht es jetzt gut?«, fragte Truck.

Annie nickte. »Ja, er ist unglaublich.«

»Hast du mit ihm darüber gesprochen, was heute passiert ist?«

»Noch nicht.«

»Aber du wirst mit ihm sprechen?«

Annie runzelte die Stirn. »Natürlich, warum sollte ich nicht?«

Sie verstand das zaghafte Lächeln nicht, das Truck jetzt im Gesicht hatte. »Ich frage ja nur. Willst du in den Garten gehen und ein paar Übungen mit mir machen, damit du auf Doug und einen etwaigen Hinterhalt vorbereitet bist, den er vielleicht für dich geplant hat?«

»Jawohl!«, rief Annie sofort und fühlte sich schon viel besser als noch vor einem Moment. Sie liebte es, mit ihrem Dad und seinen Freunden zu trainieren. Sie wusste, dass sie es ihr leicht machten, aber es machte trotzdem Spaß. Eines Tages, wenn sie selbst Soldatin bei der Spezialeinheit war, würde sie ihnen richtig in den Hintern treten. Sie würden sie nicht mehr schonen müssen, nur weil sie kleiner und nicht so stark war wie sie.

»In Ordnung. Aber zuerst brauche ich eine Umarmung«, sagte Truck, setzte sich auf und streckte seine Arme aus.

Annie wusste, was er tat. Er brauchte keine Umarmung, aber sie hatte keinen Zweifel daran, dass er wusste, dass sie eine brauchte. Erwachsen zu werden war hart. Sie war sich nicht sicher, ob es ihr besonders gefiel. Ihre Brüste begannen zu wachsen und sie hasste es. Im Biologieunterricht hatte sie alles über die Pubertät gelernt und dass sie bald zwischen den Beinen bluten würde. Es fiel ihr schwer, ihre Gefühle zu kontrollieren, und sie fühlte sich permanent wie aus dem Gleichgewicht geraten. Annie verabscheute jede Minute davon.

Kinder wie Carrie wollten so schnell wie möglich erwachsen werden. Aber Annie war gern klein. Sie genoss es, wie vernarrt ihr Dad und seine Freunde in sie waren. Sie mochte es, nicht stundenlang Hausaufgaben machen zu müssen und sich nicht zu sehr anstrengen zu müssen, um gute Noten zu bekommen. Aber mit zunehmendem Alter wurden die Schularbeiten schwieriger und es wurde von ihr erwartet, mehr Zeit damit zu verbringen, über ihr Aussehen nachzudenken, und weniger damit, draußen zu spielen. Älter zu werden war scheiße.

Sie kroch aus dem Schrank und kuschelte sich auf Trucks Schoß. Der Mann war riesig und er gab ihr das Gefühl, wieder klein zu sein.

»Ich bin stolz auf die junge Frau, zu der du heranwächst, Annie«, sagte Truck. »Auch wenn du viel zu schnell erwachsen wirst. Wenn du so weiterwächst, wirst du bald größer sein als ich.«

Annie kicherte. »Ganz bestimmt. Du bist ein Riese, Truck.«

»Deine Mom hat sich Sorgen gemacht«, sagte er leise.

Annie schloss die Augen. Das wusste sie. Aber es hatte sie nicht davon abhalten können, ihre Tür zuzuschlagen und ihr zu sagen, sie solle weggehen.

»Und Ethan fragt sich schon, wo seine Lieblingsschwester ist und warum sie ihn nicht begrüßt hat, als sie nach Hause kam.«

Annie runzelte die Stirn. »Mir Schuldgefühle zu machen ist gemein«, sagte sie zu Truck.

Nun war er an der Reihe zu lachen. Sie spürte das Rumpeln in seiner Brust unter ihrer Wange.

»Du hast recht. Es tut mir leid.«

»Nein, mir tut es leid. Ich ... manchmal übermannen mich einfach diese Emotionen. Ich kann sie nicht kontrollieren. Ich war so wütend, als ich nach Hause kam. Ich wollte mit niemandem reden.«

»Ich weiß«, beruhigte Truck sie. Er hielt sie mit einer Hand fest und Annie hätte schwören können, dass seine

Handfläche so groß war wie ihr ganzer Rücken. »Ich denke, das gehört dazu, Teenager zu sein.«

Annie bewegte sich so, dass sie Truck in die Augen sehen konnte. »Wirst du Mom und Dad erzählen, was passiert ist?«

Truck starrte sie lange an, dann schüttelte er den Kopf. »Nein, aber das heißt nicht, dass du es nicht tun solltest.«

Annie seufzte. »Mom wird in die Schule gehen und mit dem Direktor sprechen wollen. Du weißt, wie sie ist. Und das wird nicht helfen. Es wird Carrie nur noch wütender machen. Und wenn Fletch erfährt, dass ich mit jemandem kämpfen will, wird er den Verstand verlieren. Ich kann auf mich selbst aufpassen, aber für ihn werde ich immer sieben Jahre alt bleiben.«

»Du weißt, dass ich genauso empfinde, oder?«, fragte Truck mit einem kleinen Grinsen.

Annie erwiderte es und schüttelte den Kopf. »Nein, tust du nicht. Wenn du es tätest, würdest du mir nicht sagen, dass ich Doug den Hintern versohlen soll.«

Truck lachte. »Stimmt. Aber das heißt nicht, dass ich dich nicht beschütze.«

Annies Grinsen verblasste. »Ich weiß. Aber nachdem ich gesehen habe, wie Fletch und meine Mom zusammen sind, weiß ich, dass es nicht schlecht ist, einen Beschützer zu haben. Er empfindet genauso für sie und dennoch hat sie ihre Freiheiten. Er erstickt sie nicht oder bevormundet sie, wenn er meint, dass sie einen Fehler macht. Das ist es, was Liebe bedeutet. Die andere Person tun zu lassen, was sie tun muss, und danach für sie da zu sein, wenn es nicht so läuft, wie sie es sich vorgestellt hat.«

»Wie bist du nur so schlau geworden?«, kommentierte Truck.

»Durch dich und die anderen Freunde meines Dads. Ich habe gesehen, wie du und die anderen mit euren Frauen umgeht. Ihr seid beschützend, aber ihr mögt es auch, dass sie unabhängig sind. Du wärst nicht glücklich mit einer Frau, die nicht für sich selbst entscheiden kann. Mary ist perfekt für dich. Und obwohl du dir Sorgen um sie machst, stehst du ihr nicht im Weg, wenn sie etwas tun möchte. Wie als sie neulich mit Harley Fallschirmspringen war. Du sahst aus, als würdest du dich jeden Moment übergeben, aber immer, wenn Mary dich ansah, hast du sie angelächelt und ihr Mut gemacht.«

»Ich dachte wirklich, ich müsste kotzen. Weißt du, was passiert ist, als Harley das letzte Mal Fallschirmspringen war?«, fragte Truck.

Annie verdrehte die Augen. »Natürlich, ich habe die Geschichte eine Million Mal gehört. Ein Vogel ist ihrem Tandem-Partner ins Gesicht geflogen und hat ihn bewusstlos geschlagen. Sie hat ihm das Leben gerettet, indem sie seinen Fallschirm nach unten gesteuert hat.«

»Genau. Glaubst du, ich wollte, dass Mary das passiert?«

»Nein, aber du hast sie trotzdem gehen lassen«, beharrte Annie.

»Glaubst du, Frankie würde genauso handeln?«, fragte Truck.

Annie schätzte es sehr, dass er nicht infrage stellte, dass sie und Frankie später heiraten und bis ans Ende ihrer Tage glücklich sein würden. Viele Erwachsene dachten, sie würde irgendwann »daraus herauswachsen«, mit Frankie zusammen sein zu wollen, aber Annie wusste, dass er der Mann für sie war. Sie waren dazu bestimmt, für immer und ewig zusammen zu sein.

»Ja«, sagte sie bestimmt.

»Ich auch«, bestätigte Truck. »Also, wie wäre es, wenn wir jetzt aufstehen, deiner Mom eine Umarmung geben, Mary begrüßen, Ethan versichern, dass du ihn nicht vergessen hast, und Fletch sagen, dass es dir jetzt besser geht, bevor wir Lasagne essen. Nach dem Abendessen können wir dann nach draußen gehen und dich auf alles vorbereiten, was dieser dumme Doug für dich geplant hat.«

»Danke Truck«, sagte Annie zu ihm. Als sie noch mit ihrer Mom allein lebte, hatte sie nicht gewusst, was ihr gefehlt hatte. Sie liebte ihre Mom mehr als alles andere auf der Welt, aber der Tag, an dem Fletch und seine Freunde in ihr Leben getreten waren, hatte alles noch besser gemacht.

Sie standen auf und gingen zusammen in die Küche. Annie tat, was Truck vorgeschlagen hatte. Sie umarmte ihre Mom und sagte ihr, dass es ihr leidtäte, eine Zicke gewesen zu sein. Dann tat sie dasselbe mit ihrem Dad. Sie begrüßte Mary herzlich, setzte sich dann zu Ethan auf die Couch und nahm das Buch entgegen, das er ihr hinhielt. Sie hatte es ihm schon tausendmal vorgelesen, aber es machte ihr nichts aus, es noch einmal zu tun.

Das Abendessen war wie immer fantastisch und danach zeigte Truck keine Gnade, als sie sich im Garten duellierten. Als Mary und er nach Hause fuhren, war sie müde, verschwitzt und entschlossener denn je, Carrie und Doug zu zeigen, dass man sich nicht mit ihr anlegen sollte.

Fletch kam in ihr Zimmer, um sie ins Bett zu bringen, was ungewöhnlich war, da sie schon seit langer Zeit nicht mehr zugedeckt werden wollte. Er redete nicht lange um den heißen Brei herum.

»Willst du darüber reden, Kleines?«

Annies Herz schlug schneller. Wusste er, dass sie morgen wahrscheinlich in einen Kampf verwickelt werden würde? »Nein«, sagte sie etwas atemloser, als ihr lieb war.

Fletch starrte sie lange an. Ihr Dad schien sie immer durchschauen zu können. Er wusste sofort, wenn sie log oder ihm etwas verheimlichte. Das war ärgerlich.

Er seufzte und setzte sich auf die Bettkannte. »In Ordnung, ich weiß, ich bin nur dein alter Herr. Aber was auch immer du tust, lasse nicht zu, dass Emotionen deinen Verstand überwältigen.«

Annie blinzelte ihn überrascht an. Gab er ihr ... Ratschläge für den Kampf?

»Und du verlässt dich zu sehr auf deine dominante Seite. Wir müssen an deiner Linken arbeiten und trainieren, dass du öfter nach links ausweichst anstatt nach rechts. Dein Gegner wird das schnell merken und ausnutzen. Und wenn er weiß, was er tut, wird er versuchen, dich mit Worten aus der Fassung zu bringen. Ignoriere die Sticheleien und konzentriere dich auf das, was du tust. Es ist am besten, sofort hart und schnell zuzuschlagen und den Kampf zu beenden, bevor er richtig begonnen hat. Ich weiß aus eigener Erfahrung, dass du weitermachen kannst, wenn du angeschlagen bist – das habe ich oft genug auf dem Hindernisparcours gesehen –, aber im Nahkampf ist es schwieriger, auf den Beinen zu bleiben, wenn jemand einen Glückstreffer landet. Konzentriere dich, erledige es und dann verschwinde, in Ordnung?«

Für einen langen Moment konnte Annie ihren Dad nur schockiert anstarren.

»Ähm ... okay«, brachte sie schließlich heraus. Es war ein guter Rat. Sie wollte auf keinen Fall, dass jemand nach einem Lehrer rief und sie in Schwierigkeiten kam. Carrie hatte sie herausgefordert und sie wollte ihre Tyrannei hier und jetzt beenden. Wenn sie zum Nachsitzen verdonnert würde, bevor der Kampf zu Ende war, würde das beliebte Mädchen einfach weitermachen. Annie musste ihr – und allen, die zu ihr standen – zeigen, dass sie es nicht hinnahm, gemobbt zu werden. Punkt.

»Ich liebe dich, Kleines. Und ich habe keinen Zweifel daran, dass du es mit einem verwöhnten Prinzesschen und ihren Handlangern aufnehmen kannst«, sagte Fletch. Dann küsste er sie auf die Stirn und stand auf.

Als er an der Tür ankam, hatte Annie sich von ihrem Schock erholt. Truck hatte offensichtlich irgendwann mit Fletch gesprochen. Sie war sich ziemlich sicher, dass ihr Dad ihrer Mom nichts davon erzählt hatte, denn es würde ihr auf keinen Fall recht sein, wenn Annie einen Kampf anfing. Egal ob es richtig war oder nicht. »Dad?«, sagte sie leise.

»Ja?«, fragte Fletch, als er sich zu ihr umdrehte. Durch das Licht aus dem Flur sah er aus wie ein riesiger schwarzer Schatten, aber Annie wusste ohne jeden Zweifel, dass er sie mit liebevollem Blick ansah. Das hatte er schon immer.

»Danke, dass du nicht sauer auf mich bist«, sagte sie leise.

»Ich wäre nur sauer, wenn du kämpfst, weil jemand etwas Schlechtes über dich gesagt hat. Aber ich kenne dich, Annie. Es ist dir egal, was andere über dich sagen, aber nicht, wenn es um andere geht. Aber ich hoffe, dass du das nächste Mal mit mir darüber sprechen wirst.«

Annie wollte am liebsten weinen. Fletch war großartig. »Das werde ich«, sagte sie zu ihm.

»Gut. Tritt morgen diesen Idioten in den Hintern. Wir werden es deiner Mutter dann gemeinsam erzählen. Schlaf jetzt etwas.« Dann schloss er leise die Tür hinter sich, ließ Annie im Dunkeln zurück und sie dankte ihrem Glücksstern, dass ihre Mutter einen so erstaunlichen Mann wie Fletch kennengelernt und geheiratet hatte.

* * *

Wie sich herausstellte, war der Kampf am nächsten Tag fast so schnell vorbei, wie er begonnen hatte. Doug, Carrie und drei weitere ihres Trupps hatten Annie vor der siebenten Stunde im Flur vor der Turnhalle in die Enge getrieben. Doug hatte sie geschubst und eine Menge dummes Zeug darüber geredet, dass ihr Dad bei der Armee war.

Annie verdrehte nur die Augen und ging einen Schritt auf ihn zu, anstatt sich zurückdrängen zu lassen, was ihn offensichtlich überraschte. Carrie musste ihm gesagt haben, dass Annie Angst haben würde.

Dann holte Annie aus und schlug ihm ins Gesicht.

Doug riss nur die Augen auf und stolperte nach hinten, wobei er sich mit der Hand das Gesicht hielt. Bevor er sich wieder erholt hatte, schubste Annie ihn hart und er schlug hinter sich gegen die Wand, verlor das Gleichgewicht und fiel mit dem Hintern auf den Fliesenboden.

Annie funkelte ihn an und kniff die Augen zusammen. »Mein Dad ist nicht nur bei der Armee, er ist auch in einer Spezialeinheit – und er hat mir beigebracht, wie man kämpft. Willst du sehen, was er mir noch beigebracht hat?«, fragte sie.

Daraufhin stand Doug auf und ging schnell davon.

Carrie rief ihm hinterher, aber er ignorierte sie. Annie grinste, stellte sich vor Carrie und sagte ihr, dass sie nicht mehr so höflich sein würde, sollte sie es wagen, sich ihr oder einem ihrer Freunde jemals wieder auf mehr als drei Meter zu nähern und Scheiße zu erzählen.

Carrie und ihre Mädchentruppe liefen praktisch vor ihr davon.

Alles in allem fühlte Annie sich nicht besonders gut in Bezug auf das, was passiert war, aber es war ein befriedigendes Gefühl, für sich selbst einzustehen und sich ein wenig für alle zu rächen, die in der Vergangenheit von dem gemeinen Mädchen gemobbt worden waren.

Als sie nach der Schule nach Hause kam, war Fletch zu ihrer Überraschung schon da. Er musterte sie von Kopf bis Fuß, dann nickte er stolz und war sichtlich zufrieden, dass sie noch in einem Stück war.

»Hey, Liebling«, sagte ihre Mutter. »Wie war es in der Schule?«

»Es war gut, Mom«, antwortete Annie. Anstatt zu Ethan zu gehen, wie sie es normalerweise tat, ging Annie auf Fletch zu und umarmte ihn fest.

»Alles okay bei dir?«

Annie nickte, als sie zu ihm aufsah.

»Und die anderen?«, fragte er mit einem kleinen Lächeln.

Annie konnte nicht anders als zu kichern.

»Welche anderen?«, fragte ihre Mutter.

»Nun«, erwiderte Annie, »es ist nicht viel passiert. Vor allem nicht, nachdem er herausgefunden hatte, dass mein Dad in einer Spezialeinheit ist und mir alles beigebracht hat, was er weiß.«

Jetzt musste Fletch lachen. »Das ist mein Mädchen. Wie wäre es, wenn du deinen Bruder begrüßt und mir eine Minute mit deiner Mom gibst?«

Annie nickte und drückte Fletch noch einmal, bevor sie ins Wohnzimmer ging.

»Was ist hier los?«, fragte ihre Mom.

Annie hörte, wie Fletch mit ihrer Mutter sprach, aber sie konnte nicht alles verstehen. Sie machte sich jedoch keine Sorgen. Fletch würde alles erklären.

Annie war stolz auf sich. Sie wollte nicht kämpfen, aber für sich selbst einzustehen fühlte sich großartig an. Ebenso wie das Selbstvertrauen, zu wissen, dass sie sich gegen einen Jungen behaupten konnte, der älter, größer und stärker war als sie.

An diesem Abend sprach niemand mehr darüber, was in der Schule passiert war. Ihre Mutter war ihr übliches glückliches Ich, und als Ethan am Tisch einen Wutanfall bekam, weil er mehr Pommes frites wollte, anstatt die grünen Bohnen essen zu müssen, die ihre Mom ihm aufgetan hatte, konnte Annie ihn beruhigen, indem sie ihm erklärte, dass er von grünen Bohnen so groß und stark werden würde wie sie.

Aber sie war nicht überrascht, als ihre Mutter später an ihre Tür klopfte, nachdem sie ins Bett gegangen war.

»Komm rein«, sagte Annie.

Emily kam herein und setzte sich auf ihr Bett, so wie Fletch es am Abend zuvor getan hatte. »Bist du okay, Baby?«, fragte ihre Mom.

»Ja.«

»Brauchst du etwas Eis für deine Hand?«

Annie sollte nicht überrascht sein, dass ihre Mutter die Schürfwunden auf den Fingerknöcheln bemerkt hatte oder dass sie ihre rechte Hand während des Abendessens ein wenig geschont hatte. »Es wird alles gut«, sagte sie zu ihr.

Emily seufzte. »Fürs Protokoll, ich mag keine Prügeleien.«

Annie hielt den Atem an und wartete darauf, dass ihre Mom ihr einen Vortrag hielt. Bis sie von ihren nächsten Worten überrascht wurde.

»Aber ich bin so stolz auf dich, dass du für dich selbst einstehst. Du wirst nie wie andere kleine Mädchen sein. Das weiß ich schon, seit du zwei Jahre alt warst und einen Anfall bekommen hast, als ich versucht habe, dir ein Kleid anzuziehen. Du wolltest eine Hose tragen. Du machst nie das, was die Allgemeinheit von einem Mädchen erwartet, und dennoch hast du das liebste und rücksichtsvollste Herz von allen Menschen, die ich kenne. Ich möchte nur, dass du ein guter Mensch bist und nach dem strebst, was dein Herz begehrt.«

»Danke Mom«, sagte Annie leise.

»Fletch hat mir erzählt, was passiert ist, und ich muss zugeben ... diese Carrie ist eine Schlampe.«

Annie schnappte überrascht nach Luft.

»Ich weiß, dass ich das nicht sagen sollte, da ich erwachsen bin und sie ein Kind. Aber im Ernst, sie hat es schon seit Jahren auf dich abgesehen, und warum? Weil du kein Make-up trägst und schneller und stärker bist als alle anderen in deiner Klasse? Wie auch immer, ich mag es nicht, dass du auf deine Fäuste zurückgreifen musst, aber ich hoffe, sie hat die Botschaft heute verstanden.«

»Das hoffe ich auch«, sagte Annie.

»Ich werde nie aufhören, mir Sorgen um dich zu machen«, sagte ihre Mutter. »Vor allem, wenn du mit einer Spezialeinheit auf Missionen bist, um die Welt zu retten. Ich werde höllisch stolz auf dich sein – aber ich werde nie aufhören, mir Sorgen um dich zu machen.«

Der unerschütterliche Glaube ihrer Mutter daran, dass Annie eines Tages Soldatin in einer Spezialeinheit sein würde, fühlte sich gut an. Wirklich gut. »Danke«, flüsterte sie.

»Ich liebe dich, mein Schatz.«

»Ich liebe dich auch, Mom.«

»Bis morgen.« Damit beugte ihre Mutter sich herunter, küsste Annie auf die Stirn und verließ den Raum.

Lächelnd griff Annie nach ihrem Handy. Sie konnte es kaum erwarten, Frankie alles zu erzählen, was passiert war, und dass ihre Mutter nicht ausgeflippt war. Sie hatte ihm direkt nach dem Kampf eine SMS geschrieben, wenn man das überhaupt einen Kampf nennen konnte. Aber sie konnte es kaum erwarten, ihm persönlich zu erzählen, wie großartig sie gewesen war.

Fletch hielt Emily fest, als sie auf der Terrasse saßen. Der Himmel war klar und es war zwar nicht gerade warm, aber auch nicht kalt. Und mit seiner Körperwärme und einer Decke war Fletch zuversichtlich, dass seine Frau nicht fror.

»Alles okay?«, fragte er.

Emily nickte, sagte aber: »Nein, ich mag es nicht, dass sie sich prügelt. Was, wenn das so weitergeht? Was, wenn sie suspendiert wird oder sich einer Bande anschließt und anfängt, Leute zum Spaß zu verprügeln?«

Fletch konnte nicht anders als zu lachen. »Das wird sie nicht«, entgegnete er, sobald er sich unter Kontrolle hatte.

»Das weißt du nicht«, protestierte Emily.

»Doch, das weiß ich, weil Annie heute nicht in diesen Kampf geraten ist, weil Carrie auf *ihr* herumgehackt hat. Sie hat es getan, weil sie genug von dieser kleinen Schlampe hatte, die es nur auf die Schwächeren abgesehen hat. Kinder wie den neuen Jungen in ihrer Klasse. Unsere Tochter wird eine verdammt gute Soldatin werden. Sie wird es schaffen. Daran habe ich keine Zweifel.«

Emily seufzte. »Es ist nicht gerade das, was ich mir für sie vorgestellt habe.«

»Ich weiß«, sagte Fletch. Und das tat er, denn ihm ging es ähnlich. Annie hatte keinen einfachen Weg vor sich. Sie würde doppelt so hart arbeiten müssen wie jeder andere Mann, um es in die Spezialeinheit zu schaffen. Sie würde verspottet werden und Leute würden herablassend über sie reden oder sie einfach immer wieder übersehen, nur wegen ihres Geschlechts.

Aber Fletch hatte das Gefühl, dass sie das alles nur noch hungriger machen würde. Wenn man ihr sagte, sie sei nicht gut genug, würde sie den Leuten das Gegenteil beweisen. Und genau wie Carrie und der Junge, den sie überzeugt hatte, die Drecksarbeit für sie zu erledigen, es herausgefunden hatten, würden andere Leute ebenfalls schnell lernen, Annie nicht zu unterschätzen.

»Ich bin mir nicht sicher, ob ich ihre Teenagerjahre überleben werde«, sagte Emily.

»Das werden wir«, versicherte Fletch ihr. »Wenn sie mürrisch wird, setzen wir Ethan auf sie an. Sie liebt ihren Bruder und es ist unmöglich, dass sie in seiner Nähe schlechte Laune hat.«

»Stimmt«, überlegte Emily.

»Außerdem wird sie auch mit den anderen Kindern beschäftigt sein, die wir haben werden«, sagte Fletch zu ihr.

»Vier Jahre Abstand«, erinnerte Emily ihn. »Im Ernst, ich brauche eine Pause dazwischen.«

»Das habe ich nicht vergessen«, erwiderte Fletch. Es war ihm egal, wie viel Abstand zwischen ihren Kindern war. Er wäre auch zufrieden, wenn sie keine weiteren Kinder bekämen. Emily, Ethan und Annie hatten sein Leben bereits auf eine Weise vervollständigt, wie er es sich niemals hätte vorstellen können.

»Frankie tut ihr gut«, sinnierte Emily aus heiterem Himmel.

»Das tut er«, stimmte Fletch zu.

»Glaubst du, sie werden es schaffen?«

»Ja, das glaube ich.«

»Ich auch«, stimmte Emily zu. Sie blickte zu ihm auf. »Wenn jemand mich vor fünf Jahren gefragt hätte, ob ich daran glaube, dass mein Leben so gut sein könnte, hätte ich Nein gesagt. Ich hatte Mühe, Annie allein großzuziehen, und ich konnte mir nicht vorstellen, jemals jemanden zu treffen, der uns so sehr liebt wie du.«

»Ich hatte geglaubt, für immer Single zu bleiben«, stimmte Fletch zu. »Bis sich ein kleiner Wicht unter meinen Schutzschild geschlichen und mein Herz erobert hat.«

Emily lächelte.

»Ernsthaft, du hast keine Ahnung, wie sehr ich dich und unsere Kinder liebe«, sagte Fletch. »Egal was die Zukunft mit Annie, Ethan und allen anderen Kindern bringt, die wir haben könnten. In guten und in schlechten Tagen, ich werde niemals jemanden so sehr lieben, wie ich dich liebe, Emily.«

»Bring mich nicht zum Weinen«, sagte sie, senkte den Kopf und kuschelte sich an ihn.

Fletch lächelte. »Tut mir leid«, murmelte er und vergrub die Nase in ihrem Haar.

Für weitere fünfzehn Minuten saßen sie aneinandergekuschelt da, bevor Emily sich rührte. »Ich muss endlich das Geschirr wegräumen und eine Einkaufsliste für morgen schreiben und Wäsche zusammenlegen.«

»Ich habe eine bessere Idee«, sagte Fletch, der mühelos mit seiner Frau in den Armen aufstand.

»Ach ja?«, fragte sie.

»Allerdings. Ich denke, wir müssen das Babymachen noch etwas üben. Auch wenn es noch eine Weile dauert, bis du die Pille absetzt, ich möchte nicht einrosten. Erinnerst du dich, wie lustig es war, als wir versucht haben, Ethan zu zeugen?«

Emily kicherte, als er sie ins Haus trug und sich vergewisserte, dass die Tür hinter ihnen verschlossen war, bevor er sie in ihr Schlafzimmer brachte.

»Fletch, ich schwöre, du hast mich im ersten Monat geschwängert, nachdem ich aufgehört hatte zu verhüten. Da war nicht viel mit ›Versuchen‹.«

»Aber wir wussten nicht, dass es sofort klappen würde«, erwiderte er.

»Stimmt«, sagte Emily mit einem kleinen Lächeln und erinnerte sich offensichtlich gut daran, wie oft sie sich geliebt hatten, nachdem sie beschlossen hatten, ein Baby zu bekommen.

Fletch hatte sie immer wieder genommen und sie jeden Abend und meistens auch morgens mit seinem Sperma gefüllt. Es war eine der erotischsten Erfahrungen in seinem Leben gewesen, nicht zu wissen, ob und wann sein Sperma in ihrem wunderschönen Körper Wurzeln schlagen würde. Er liebte es immer, Sex mit seiner Frau zu haben, aber die Zeit der Ungewissheit, als sie versucht hatten, schwanger zu werden, hatte sie beide unersättlich gemacht.

»Ich bin mir nicht sicher, ob ich das noch einmal durchstehe«, sagte Emily seufzend.

»Doch, das wirst du«, sagte Fletch zu ihr. »Ich muss nur deine Erinnerung auffrischen, wie großartig es war.« Er spürte, wie sie sich in seinem Griff rekelte. Ja, der

Gedanke, ein Baby zu machen, erregte sie genauso wie ihn.

»Du hast recht«, stimmte sie zu.

Fletch setzte sie neben dem Bett ab. Er nahm ihr Gesicht zwischen seine Hände und neigte ihren Kopf zu sich. »Ich liebe dich, Emily. So sehr, dass es mir manchmal Angst macht. Ich wusste, was Annie heute vorhatte. Wenn ich auch nur den geringsten Zweifel daran gehabt hätte, dass sie es mit diesem Arschloch aufnehmen kann, hätte ich etwas dagegen unternommen. Der Gedanke, dass sie verletzt werden könnte, macht mich buchstäblich krank. Aber sie wird eines Tages beim Militär sein. Und ich will sichergehen, dass sie weiß, dass sie auf sich selbst aufpassen kann.«

»Ich weiß«, sagte Emily leise.

»Und fürs Protokoll, sollten wir noch ein Mädchen bekommen ... werde ich sie mit Rosa und Puppen und Mädchenzeug überhäufen, damit ich das nicht noch einmal durchmachen muss. Ich konnte mich heute auf nichts konzentrieren. Ich konnte nur an Annie denken und daran, was passieren könnte.«

Emily lachte. »Mein großer, rauer Soldat von der Delta Force. Von seiner Tochter in die Knie gezwungen.«

»Jawohl«, gab Fletch ohne Scham zu.

»Schlaf mit mir«, flüsterte Emily.

Fletch antwortete nicht verbal, sondern griff einfach nach dem Saum ihres Hemdes und zog es ihr über den Kopf. Als er auf die Frau hinunterstarrte, die sein Herz gestohlen hatte, konnte er sich sein Leben ohne sie an seiner Seite nicht vorstellen.

Was auch immer die Zukunft bringen würde, mit Annie, Ethan und den anderen Kindern, die sie haben würden, war diese Frau sein Fels in der Brandung. Zusammen würden sie alles durchstehen.

TEX LERNT AKILAH KENNEN

ANMERKUNG DER AUTORIN

Tex ist eine sehr beliebte Figur aus meiner Reihe »SEALs of Protection«. In einem der Bücher adoptieren er und seine Frau Melody schließlich ein verwundetes Mädchen im Teenageralter aus dem Irak. Ich habe aber bisher nie darüber geschrieben, wie es dazu kam. In dieser Geschichte geht es darum, wie Akilah und Tex sich kennengelernt haben. Holen Sie die Taschentücher heraus und viel Spaß beim Lesen!

»Hallo Tex, hier ist Dr. Joiner. Ich habe gerade eine Patientin in ein Flugzeug nach Pittsburgh gesetzt. Sie braucht spezielle Pflege, die wir hier im Irak nicht leisten können.«

John »Tex« Keegan runzelte verwirrt die Stirn. Er kannte viele Leute. Er hatte Kontakte auf der ganzen Welt. Aber er hatte nicht erwartet, von einem der Chirurgen der Vereinten Nationen zu hören, den er vor einigen Jahren kennengelernt hatte. Er war von entscheidender Bedeutung, um Tex über Verletzungen der Männer und Frauen auf dem Laufenden zu halten, die unter seiner Aufsicht standen.

»Um wen geht es?«, fragte er und sein Adrenalinspiegel schoss in die Höhe. Seine Gedanken drehten sich im Kreis und er fragte sich, von welcher Soldatin der Arzt sprach. Er hatte »sie« gesagt, und soweit er wusste, war keine der Frauen, die er im Auge behielt, in Bagdad.

»Ihr Name ist Akilah. Wir kennen ihren Nachnamen nicht. Die Nachbarschaft, in der sie lebte, wurde von den verdammten Taliban bombardiert. Es gab zahlreiche Opfer.«

Tex nickte, obwohl er immer noch verwirrt war, warum Dr. Joiner ihn angerufen hatte.

»Sie ist zwölf«, sagte der Arzt leise. »Das Team, das sie zu uns brachte, hatte nur wenige Informationen. Aber soweit wir wissen, wurden ihre Eltern bei dem Bombenanschlag getötet. Dass sie nicht gestorben ist, ist ein Wunder. Aber sie wird ihren Arm verlieren, Tex. Es ist schlimm. Wie ich bereits sagte, haben wir hier nicht die Ausrüstung, um ihr die Behandlung zukommen zu lassen, die sie braucht, um in Zukunft ein normales Leben führen zu können. Also schicke ich sie in die Staaten. Zu dir.«

Die meisten Männer würden wahrscheinlich protestieren und den Arzt fragen, was zum Teufel er sich dabei dachte. Tex war kein Sanitäter und er war bereits damit ausgelastet, sich um andere zu kümmern. Er kümmerte sich darum, dass sie in Sicherheit waren, und organisierte Hilfe, wenn nötig. Er tat alles dafür, seine Freunde zu beschützen.

Aber in dem Moment, in dem Tex den Namen des Mädchens hörte, machte es klick. Und zu wissen, dass sie, genau wie es bei ihm der Fall gewesen war, eine Amputation benötigte, machte es für ihn endgültig.

»Wann kommt sie an?«, fragte er den Arzt.

Die Erleichterung in der Stimme des Mannes war deutlich zu hören, als er antwortete: »Heute Abend. Sie wird sofort ins Krankenhaus zur Operation gebracht werden. Sie spricht kein Englisch. Es wird also eine Herausforderung.«

»Ich werde einen Dolmetscher auftreiben«, sagte Tex. »Jemanden, der sich zu ihr setzen und ihr alles erklären kann, was vor sich geht.« Er konnte sich nicht vorstellen, wie beängstigend es für dieses kleine Mädchen sein musste. Im einen Moment lebte sie noch ihr Leben und im nächsten explodierte alles um sie herum und tötete jeden, den sie kannte und liebte. Dann wurde sie mit Schmerzen in ein Krankenhaus gebracht und anschließend in ein Flugzeug nach Gott weiß wohin gesetzt.

Ja, Tex' oberste Priorität war es, jemanden zu finden, der ihre Sprache sprach und sie beruhigen und trösten konnte, wenn alles zu viel würde.

»Sie wird einen Sponsor brauchen«, ergänzte der Arzt.

Tex lachte. »Deshalb hast du mich angerufen, nicht wahr?«

Aber der Arzt lachte nicht. »Sie hat etwas an sich ...«, begann er. »Bei allem, was vor sich ging, starrte sie mich einfach an, als könnte sie meine Gedanken lesen. Als wüsste sie, dass ich ihr helfen wollte. Ich habe viele Beziehungen spielen lassen müssen, um sie außer Landes zu schaffen. Die Ärzte hier in Bagdad hätten ihr wahrscheinlich auch den Arm amputieren können, aber was dann? Wohin würde sie gehen? Was würde sie tun? Wir wissen beide, wie ihr Leben hier aussehen würde. Wie auch immer ... ich habe dir gerade ein Bild von ihr per E-Mail geschickt«, sagte Dr. Joiner einen Moment, bevor Tex' E-Mail-Programm den Eingang einer neuen Nachricht signalisierte.

Tex öffnete sie und klickte auf das Bild. Darauf war ein Mädchen auf einer Trage zu sehen, das in die Kamera starrte. Ihre Augen waren dunkelbraun und ihr Haar hatte denselben Farbton, abgesehen davon, dass es von Staub bedeckt war. Ihr Gesicht war schmutzig und Schmerz war in ihren Augen zu sehen, aber Tex erkannte, wovon der Arzt sprach.

Tief in ihrem Blick entdeckte er eine Widerstandskraft, wie er sie nur selten gesehen hatte. Dieses Mädchen hatte eindeutig zu viel Leid und Kämpfe gesehen und dennoch ... leuchtete immer noch Hoffnung aus den Tiefen ihrer Seele. Die Hoffnung auf eine bessere Zukunft und dass ihr jemand helfen würde.

Tex starrte eine ganze Minute auf das Bild, bevor er sprechen konnte.

»Ich kümmere mich darum«, sagte er mit fester Stimme.

»Danke«, sagte Dr. Joiner.

»Nein, ich danke dir«, erwiderte Tex. »Ich muss los. Ich habe viel zu tun, um mich auf Akilahs Ankunft vorzubereiten. Aber wenn du noch irgendetwas brauchst, lass es mich wissen.«

»Der mächtige Tex bietet mir seine Hilfe an?«, entgegnete der Arzt schließlich lachend.

Tex hatte nicht das Bedürfnis zu antworten. Die meisten Leute, mit denen er arbeitete, wussten, dass sie ihn anrufen konnten, wenn sie Hilfe brauchten. Aber es kam nur selten vor, dass Tex jemandem einen Freibrief für seine Hilfe ausstellte.

»Ich hätte nichts dagegen, wenn du mich auf dem Laufenden darüber hältst, wie es ihr geht«, sagte der Arzt.

»Selbstverständlich«, sagte Tex. »Ich melde mich.«

»Danke, bis später.«

Tex legte auf und sah sich das Bild noch einmal an. Er wusste nicht, was es mit dem Mädchen auf sich hatte, das nach ihm zu rufen schien, aber er konnte dieses Gefühl auf keinen Fall ignorieren. Tex holte tief Luft, klickte auf das Druckersymbol und sein Drucker begann zu ruckeln. Er musste mit Melody reden und dann prüfen, dass die Übersetzungs-App auf seinem Telefon Arabisch unterstützte. Er war noch nie so froh über diese Technologie gewesen wie in diesem Moment. Er musste immer noch einen Dolmetscher finden, aber er wollte auch selbst in der Lage sein, mit dem Mädchen zu kommunizieren. Die App würde ihm das ermöglichen.

Er stand auf, nahm das Bild aus dem Drucker und ging nach oben, um mit seiner Frau zu reden.

Später am folgenden Abend, nachdem er eine ältere gebürtige Irakerin engagiert und ins Krankenhaus geschickt hatte, um bei Akilah zu sein, griff Tex nach seinem Telefon.

»Tex! Was verschafft mir die Ehre?«, fragte der Mann am anderen Ende der Leitung.

»Ich möchte dich um einen Gefallen bitten, Wolf.«

Einen Moment herrschte Stille in der Leitung, als hätte er seinen alten Freund überrascht.

»Betrachte es als erledigt«, antwortete Wolf. »Ist Melody in Ordnung?«

»Ja.«

»Baby?«

Baby war ihr dreibeiniger Hund, der zur Familie gehörte, als wäre er ihr Kind. »Es geht ihr gut«, versicherte Tex ihm. Schnell erklärte er die Situation mit Akilah und kam dann auf den Grund seines Anrufs zu sprechen. »Ich brauche ein Empfehlungsschreiben, das an Akilah gerichtet ist. Dabei sollte im Hinterkopf behalten werden, dass sie erst zwölf ist. Ich möchte, dass sie mir vertraut und weiß, dass ich alles tun werde, um sie zu beschützen.«

»Bis wann brauchst du es?«, fragte Wolf.

»Null Siebenhundert«, antwortete Tex.

Wolf lachte. »Meine Güte, auch eine Art, mich vorzuwarnen.«

»Sie wird heute Abend operiert. Ich möchte an ihrer Seite sein, wenn sie morgen aufwacht. Und ich möchte sichergehen, dass sie weiß, dass ich nur ihr Bestes im Sinn habe.«

»Versteh mich nicht falsch ... aber warum?«, fragte Wolf. »Du hast unzähligen Menschen geholfen, Kinder inbegriffen. Was macht sie so besonders?«

»Sie gehört jetzt zu mir«, gab Tex zurück. »Frag nicht, woher ich das weiß. Ich weiß es einfach.«

Sein SEAL-Freund bohrte nicht weiter nach.

»Du wirst das Schreiben vor Mitternacht in deinem Posteingang haben«, sagte Wolf zu ihm.

»Ich schulde dir etwas.«

»Zur Hölle«, entgegnete Wolf. »Hast du vergessen, was du für mich und Caroline getan hast? Und für mein Team? Du schuldest mir überhaupt nichts.«

Tex bekam einen Kloß im Hals. Was er tat, tat er nicht, um Dank dafür zu erhalten. Tatsächlich hasste er es, wenn Leute ihm dafür dankten, dass er ein anständiger Mensch war. Dafür, dass er seinen Teil dazu beitrug, das Böse in der Welt zu bekämpfen. Aber zu wissen, dass sein Freund hinter ihm stand, ohne seine

Gefühle für dieses kleine Mädchen infrage zu stellen, das er noch nicht einmal getroffen hatte ... bedeutete ihm die Welt.

»Ich werde sie kennenlernen wollen«, fuhr Wolf fort.

»Abgemacht.« Tex wollte, dass die Welt seine Tochter kennenlernte.

Seine Tochter.

Er überschlug sich selbst und wusste, dass die meisten Leute ihn für verrückt halten würden, weil er Akilah adoptieren wollte. Aber in der Sekunde, in der er Melody ihr Bild gezeigt und die Situation erklärt hatte, hatten sie den Entschluss gefasst, sie zu sich nach Hause zu holen. Nicht dass er daran gezweifelt hatte, dass sie genauso denken würde wie er. Sie waren immer auf der gleichen Wellenlänge.

»Ich muss Schluss machen«, sagte Tex. »Es gibt noch eine Reihe von Anrufen, die ich erledigen muss.«

»Wenn du und Mel Hilfe braucht, ruft uns einfach an. Ich bin sicher, Caroline würde gern einen Ausflug machen, um euch zu sehen ... und euch bei allem helfen, was ihr braucht, wenn Akilah nach Hause kommt.«

Tex lächelte. »Das lässt sich einrichten.«

»Ich werde dir diesen Brief bald zukommen lassen. Bis später.«

Tex legte auf und wählte sofort eine andere Nummer. Er rief seinen Freund Ghost bei der Armee an, der in Texas lebte. Fünfzehn Minuten später, nachdem er die Geschichte wiederholt und Ghost versprochen hatte, dass seine Frau Rayne ebenfalls einfliegen und helfen würde, wenn nötig, legte Tex auf.

Der nächste Anruf galt einem Mann, der Tex sehr ähnlich war und in Colorado lebte. Dann war Mustang an der Reihe, ein SEAL in Hawaii. Danach Rocco, seines Zeichens SEAL in Kalifornien. Anschließend Ethan »Chaos« Watson, ein ehemaliges Mitglied der Spezialeinheit, der jetzt ein Bergungsteam in Fallport, Virginia leitete. Dann war Drake »Brick« Vandine an der Reihe. Ein Mann, der Tex ebenfalls sehr ähnlich war. Er war auch ein pensionierter SEAL mit einem dreibeinigen Köter und lebte derzeit in New Mexico, wo er eine Einrichtung mit dem Namen »Die Zuflucht« leitete. Es war ein Rückzugsort für Männer und Frauen, die eine Pause vom Leben und der Welt brauchten, um ihren Dämonen zu entkommen.

Tex rief jeden an, der ihm in den Sinn kam. Er wollte, dass Akilah ihm vertraute. Und die einzige Möglichkeit, die ihm einfiel, das zu erreichen, bestand darin, die Menschen zu bitten, denen er vertraute, ihr zu versichern, dass er ein guter Kerl war und nur ihr Bestes im Sinn hatte.

Als er das letzte Gespräch beendet hatte, war Tex erschöpft. Er wusste, er würde nicht schlafen können. Nicht wenn er sich Sorgen um Akilah und ihre Operation machte. Er war einst in einer ähnlichen Situation gewesen. Als ihm sein Bein amputiert wurde, hatte er eine Scheißangst gehabt. Er war besorgt gewesen, was aus seinem Leben werden würde, und hatte sich gefragt, was zum Teufel er tun sollte.

Aber er war ein erwachsener Mann gewesen und kein Kind, das gerade seine ganze Familie verloren hatte und jetzt in einem fremden Land war, dessen Sprache es nicht verstand. Akilah würde viel Bestätigung, Liebe und Geduld brauchen. Etwas, das er und Melody im Überfluss zu geben hatten.

Der schlimmste Tag im Leben der jungen Akilah könnte ein Neuanfang für sie werden ... wenn sie ihn in ihr Leben lassen würde.

Tex stand auf, drückte den Rücken durch und stöhnte, als er spürte, wie seine Knochen knackten. Er wurde älter und obwohl er es liebte, Melody für sich allein zu haben, war er bereit für mehr. Er war bereit für eine Familie.

Er machte einen Schritt auf die Tür zu, weil er seine Frau sehen wollte, und verzog das Gesicht. Sein Bein tat weh. Er hatte seine Prothese zu lange getragen. Als er die Treppe hinaufging, ging ihm durch den Kopf, was er Akilah über Prothesen beibringen wollte.

In erster Linie wollte er ihr versichern, dass der Verlust eines Arms nicht bedeutete, dass sie als Mensch weniger wert war. Sie könnte diese Behinderung überwinden und der Welt zeigen, dass sie genauso stark und fähig war wie alle anderen.

Melody hatte dasselbe für ihn getan. Beim Anblick seines verstümmelten Beins oder seiner Prothese hatte sie nicht einmal geblinzelt. Sie hatte ihm gezeigt, dass es auf die inneren Werte ankam. Tex wollte dasselbe für Akilah tun.

Er vergewisserte sich, dass sein Telefon eingeschaltet war, damit er den Anruf des leitenden Chirurgen nicht verpasste, der versprochen hatte, sich zu melden, sobald er mit der Operation fertig war. Tex stieß die Tür am oberen Ende der Treppe auf, die hinunter in den Keller führte. Melody saß im Wohnzimmer. Baby lag an ihrer Seite und der Kopf des Hundes ruhte mit geschlossenen Augen auf ihrem Schoß. Seine Frau las ein Buch und aus dem Fernseher ertönte leise Musik.

Seine Liebe für diese Frau war fast überwältigend. Tex hätte nie gedacht, dass er jemanden so sehr lieben könnte. Sie war sein Ein und Alles. Ohne sie wäre er nicht in der Lage, das zu tun, was er tat. Sie war seine Inspiration und der Grund dafür, so hart für die Sicherheit seiner Freunde und ihrer Familien zu kämpfen.

»Alles okay?«, fragte sie leise.

Er war nicht überrascht, dass sie ihn bemerkt hatte, obwohl er sich so leise bewegte. Sie hatte einen sechsten Sinn, wenn es um ihn ging. Tex ging zur Couch und versuchte nicht einmal, sein Hinken zu verbergen.

»Ja, alle haben sich bereit erklärt, einen Brief zu schreiben.«

»Natürlich haben sie das«, stellte Melody fest, als sie aufstand. Baby stöhnte, als sie ihr bequemes Kissen verlor, rollte sich aber sofort auf den Rücken, streckte ihre drei Beine in die Luft, schloss wieder die Augen und seufzte.

Tex lachte. Wenn man sich diese faule Hündin jetzt ansah, war es schwer zu glauben, dass sie jemals jemanden brutal angegriffen hatte. Sie hatte ihn und Mel beschützt und war dabei angeschossen worden. Sie hatte ein faules Leben verdient.

»Komm schon, du musst diese Prothese ablegen«, sagte Melody sachlich. »Ich werde die Lotion holen, um dein Bein zu massieren, während du dich ausruhst.«

Verdammt, er liebte diese Frau. Er ging zu ihr und zog sie in eine Umarmung. »Ich habe dich nicht verdient«, sagte er leise. »Ich verbringe zu viel Zeit im Keller, ich vergesse zu essen und ich helfe nicht genug im Haushalt.«

»Ich liebe dich genau so, wie du bist. Ich finde es gut, dass du so hart arbeitest, um anderen zu helfen. Du warst da, als ich dich gebraucht habe, also weiß ich genau, wie andere sich in meiner oder einer noch schlimmeren Situation fühlen. Ich kann den Rasen mähen und die Hausarbeit auch ohne deine Hilfe erledigen. Und wenn es sein muss, greife ich zum Telefon und rufe jemanden an, der die Toilette repariert oder einen Deckenventilator installiert. Sei einfach du selbst, und es wird uns gut gehen.«

Sie drehte sich um, legte einen Arm um seine Hüfte und ging in den Flur, der zu ihrem Schlafzimmer führte.

»Bist du dir mit Akilah sicher?« Tex konnte nicht anders, als zu fragen. »Sie wird eine Therapie brauchen. Und ihre medizinischen Bedürfnisse werden nicht billig sein.«

Sie waren jetzt in ihrem Schlafzimmer und Melody drehte sich noch einmal zu ihm um. Sie legte ihre Hände auf seine Wangen und beugte sich vor. »Sie braucht uns«, sagte sie einfach. »Ich bin mir sicher. Wir werden es gemeinsam herausfinden.«

»Sie könnte sich entscheiden, nicht in den USA bleiben zu wollen«, wandte Tex ein. Darüber hatte er viel nachgedacht. Sobald es ihr besser ging und sie ihre Prothese hatte, könnte sie sich dafür entscheiden, in den Irak zurückzukehren. Er würde ihr keinen Vorwurf machen. Es war ihre Heimat, der einzige Ort, den sie kannte.

Melody zuckte mit den Schultern. »Das könnte sie. Aber das bedeutet nicht, dass sie unsere Unterstützung nicht braucht.«

Das stimmte.

»Ich liebe dich«, sagte er.

»Und ich liebe dich. Jetzt zieh dich um und ich hole die Sachen aus dem Badezimmer. Ich möchte, dass du ohne Prothese auf dem Bett liegst, wenn ich zurückkomme.«

Tex lächelte. »Zu Befehl!«

Melody beugte sich vor und küsste ihn. Es war ein langer und sinnlicher Kuss und plötzlich war Tex nicht mehr müde.

Sie grinste. »Nachdem wir uns um dein Bein gekümmert haben«, sagte sie, als wüsste sie genau, was er dachte. Und das tat sie wahrscheinlich auch. Melody zwinkerte ihm zuversichtlich zu, drehte sich um und ging ins Badezimmer, wobei sie verführerisch ihre Hüften schwang.

Melody war der einzige Mensch, der ihn aus seinen Gedanken reißen konnte. Wenn er besorgt darüber war, was mit den Leuten geschah, die er gerade überwachte, oder welche Katastrophe sich irgendwo abspielte, war sie diejenige, die dafür sorgte, dass er aß und trank. Sie passte auf ihn auf, während er auf alle anderen aufpasste.

Sie würde eine hervorragende Mutter sein.

Sie hatten schon früher über Kinder gesprochen, aber es schien nie der richtige Zeitpunkt gewesen zu sein. Mit der Aussicht darauf, dass Akilah Teil ihrer Familie werden könnte ... war es vielleicht an der Zeit, wieder an Babys zu denken. Melody war die fürsorglichste Frau, die er je kennengelernt hatte.

»Du bist nicht im Bett«, schimpfte sie, als sie zurückkam.

Tex zuckte überrascht zusammen. Er war so tief in seinen Gedanken versunken gewesen und hatte sich Melody als Mutter vorgestellt, dass er immer noch an dem Fleck stand, an dem sie ihn zurückgelassen hatte.

»Tut mir leid«, murmelte er, als er schnell zum Bett humpelte. Er zog seine Hose aus und Melody half ihm, die Prothese zu entfernen. Er konnte die Erektion nicht verhindern, die er bekam, als sie seinen Beinstumpf massierte. Jedes Mal wenn sie ihre Hände auf ihn legte, reagierte er auf diese Weise.

Melody hatte ein kleines Lächeln auf ihrem Gesicht, aber sie nahm sich Zeit für die Massage. Als sie fertig war, wischte sie sich die Hände ab und musterte ihn. »Fühlst du dich besser?«, fragte sie.

»Viel besser«, sagte Tex zu ihr. »Komm her«, forderte er und streckte die Arme aus.

Sie kuschelte sich an ihn und Tex hielt sie für einen langen Moment fest. Als sie den Kopf hob, konnte er das Verlangen in ihren Augen sehen.

Sie setzte sich auf seine Hüften und blickte auf ihn hinunter. »Ich liebe dich.«

»Ich liebe dich auch, Mel.«

Die nächsten dreißig Minuten verbrachten sie damit, sich gegenseitig zu zeigen, wie tief ihre Liebe war. Als sie beide erschöpft, leicht verschwitzt und befriedigt waren, lag Melody wieder in Tex' Armen.

Er drehte den Kopf herum und küsste sie ehrfürchtig auf die Schläfe.

»Wirst du schlafen können?«, murmelte Melody.

»Ja«, sagte er und meinte es ernst. Er machte sich Sorgen um Akilah und hatte Angst, den Anruf des Arztes zu verpassen. Er musste die E-Mails ausdrucken, die seine Freunde versprochen hatten zu schicken, sich mit der Dolmetscherin in Verbindung setzen und alles prüfen, was erforderlich sein würde, um Akilah nach Hause zu holen ... aber im Moment war er damit zufrieden, in den Armen seiner Frau zu dösen.

* * *

Am nächsten Morgen war Tex erstaunt, dass er so lange geschlafen hatte. Der Chirurg hatte gegen halb drei morgens angerufen, um ihm mitzuteilen, dass die Operation sehr gut verlaufen war. Akilahs Arm war oberhalb des Ellbogens amputiert worden. Sie erholte sich gut und würde am Morgen wieder bei vollem Bewusstsein sein, dann konnte Tex sie sehen.

Etwa anderthalb Stunden nach dem Anruf war er aufgestanden und hatte die Briefe ausgedruckt, die seine Freunde geschickt hatten – und es waren viele gekommen. Nicht nur die Männer, die er angerufen hatte, hatten Briefe geschrieben, sondern auch ihre Teamkameraden und viele ihrer Frauen. Er hatte Dutzende Briefe für Akilah, die ihm hoffentlich helfen würden, ihr zu versichern, dass er nur ihr Bestes im Sinn hatte.

Melody wollte mit ihm ins Krankenhaus fahren, aber sie hatten das Mädchen nicht überwältigen wollen, wenn es aufwachte. Seine Frau würde noch genügend Zeit haben, um das Mädchen kennenzulernen, das hoffentlich bald ein fester Bestandteil ihres Lebens sein würde.

Tex holte tief Luft und betrat das Krankenhaus. Er hatte keine guten Erinnerungen an Krankenhäuser. Dabei spielte es keine Rolle, dass er nicht in diesem Krankenhaus gelegen hatte. Sie rochen und klangen alle gleich. Er schob die schlechten Erinnerungen beiseite und fuhr in den dritten Stock, wo er Akilah finden würde.

Er klopfte kurz an und hörte eine weibliche Stimme, von der er annahm, dass sie der Dolmetscherin gehörte, die sagte, er solle eintreten. Langsam öffnete er die Tür – und erstarrte beim Anblick des Mädchens auf dem Bett. Akilahs Haare waren durcheinander, aus ihrem gesunden Arm ragten Schläuche und um den Stumpf des anderen Arms war ein Verband gewickelt.

Aber es waren ihre Augen, die Tex innehalten ließen.

Sie waren so voller Schmerz, dass er sich zurückhalten musste, nicht sofort durch den Raum zu eilen und seine Arme um sie zu legen.

Tex zwang sich, sich langsam zu bewegen, um das Mädchen nicht zu erschrecken, und ging weiter auf ihr Bett zu.

»Guten Morgen«, sagte die ältere Frau leise.

Tex nickte. »Ich bin Tex«, sagte er zu ihr.

»Schön, Sie kennenzulernen.«

»Alles okay?«, fragte er die Dolmetscherin. Er hatte keine Zeit für Höflichkeitsfloskeln. Er wollte mit Akilah sprechen und ihr versichern, dass sie in Sicherheit war.

»Ja, Akilah ist vor ungefähr zwei Stunden aufgewacht. Sie hat nicht viel gegessen, aber die Ärzte sagten, das sei normal.«

Tex nickte und sein Blick wurde wieder von Akilah angezogen. Sie hatte den Blick nicht von ihm abgewandt. Er zog einen Stuhl auf der anderen Seite des Bettes heran. »Hat sie schon etwas gesagt?«, fragte er und schaute Akilah in die Augen.

»Nicht viel. Aber jetzt, da ich hier bin, um für sie zu übersetzen, scheint sie entspannter zu sein.«

»Gut.« Er zwang sich, die Frau anzusehen. »Danke, dass Sie die Stelle so kurzfristig angenommen haben.«

Die Frau lachte leise. »Erstens wäre ich dumm gewesen, das Angebot abzulehnen, wenn man bedenkt, wie großzügig Sie mich bezahlen. Zweitens ist dieses arme Mädchen ganz allein und ich kann mir kaum vorstellen, was sie durchgemacht hat. Drittens ist mir klar, dass sie mich nicht kennt, aber es muss ein Trost sein, jemanden bei sich zu haben, der aus dem gleichen Teil der Welt stammt wie sie.«

Tex zog sein Handy aus der Tasche und öffnete das Schreiben, das er am Morgen zusammengestellt hatte. Er sah die Frau an. »Würden Sie bitte für mich übersetzen?«

»Natürlich.«

Tex holte tief Luft und schaute zurück zu Akilah. Sie hatte sich keinen Zentimeter bewegt und starrte ihn immer noch an, als würde sie darauf warten, dass er ihr entweder wehtat oder ihr schlechte Nachrichten überbrachte.

Er sprach langsam und gab der Frau Zeit, seine Worte zu übersetzen, während er den Brief vorlas.

»Hallo Akilah, mein Name ist John Keegan. Die meisten Leute nennen mich Tex. Es tut mir so leid, was du durchgemacht hast. Ich bin mir sicher, dass du das bereits weißt, aber du bist jetzt in den Vereinigten Staaten, im Bundesstaat Pennsylvania. Meine Frau und ich wohnen nicht weit von diesem Krankenhaus entfernt. Wie fühlst du dich?«

Er wandte den Blick nicht von ihr ab, während die Frau übersetzte. »Müde, traurig, verängstigt.«

Tex nickte. »Das überrascht mich nicht. Du hast viel durchgemacht.«

»Meine Eltern sind tot.«

Tex war sich nicht sicher, ob sie versuchte, ihn mit ihren Worten zu schockieren, oder ob sie nur eine Tatsache feststellte. Aber er versuchte, einen neutralen Gesichtsausdruck zu wahren. »Das tut mir sehr leid.«

»Meine Freundin wurde vergewaltigt. Ich habe mich versteckt, damit sie mich nicht finden konnten, aber sie haben sie gefunden und ihr wehgetan. Dann haben sie sie erschossen. Ich hatte zu viel Angst, um herauszukommen. Und dann kamen die Bomben.«

Tex brach buchstäblich das Herz. Er wollte sie berühren und ihre Hand halten. Aber nach allem, was sie gesehen und durchgemacht hatte, glaubte er nicht, dass sie von einem Fremden berührt werden wollte. »Du bist hier in Sicherheit«, sagte er leise.

Zum ersten Mal schloss Akilah die Augen und wandte den Kopf von ihm ab.

Ihre Reaktion riss Tex das Herz in zwei Teile. Jetzt bedauerte er es, dass er nicht darauf bestanden hatte, dass Melody mitkam. Er war nicht gut in solchen Dingen. Er schluckte schwer und hielt der Dolmetscherin das Telefon hin. »Können Sie ihr das vorlesen, nachdem ich ihr erklärt habe, was sie gleich hören wird?«

Die Frau nickte. Tex konnte Tränen in ihren Augen sehen. Akilah war von Menschen umgeben, die sich um sie kümmerten ... er selbst, die Dolmetscherin, die Ärzte und Krankenschwestern ... aber sie war zu verängstigt, um es zu erkennen. Doch sie würde es sehen. Er würde alles dafür tun, dass sie sich sicher fühlte.

»Akilah, könntest du mich ansehen?«, bat er.

Nachdem die Frau übersetzt hatte, drehte Akilah ihren Kopf wieder zu ihm und begegnete seinem Blick.

»Danke. Du kennst mich nicht und ich weiß, dass du Angst hast. Du bist in einem fremden Land, sprichst die Sprache nicht und hast wahrscheinlich große Schmerzen. Aber ich bin hier, weil ich mich um dich sorge. Ein Arzt der Vereinten Nationen hat mich angerufen und mir von dir erzählt. Er hat dich zur Operation in dieses Krankenhaus geschickt, weil er wusste, dass ich in der Nähe wohne. Ich werde alles in meiner Macht Stehende tun, damit du in Sicherheit bist, während deine Wunden heilen. Sobald die Ärzte es erlauben, würde ich dich gern zu mir nach Hause bringen, damit du dort deine Genesung fortsetzen kannst.«

Akilah runzelte die Stirn und er konnte die Frage in ihren Augen lesen, ohne dass sie ein Wort sagen musste.

»Du willst wissen warum? Warum sollte sich ein Fremder um ein Mädchen aus dem Irak kümmern, einem Land, mit dem sich die Vereinigten Staaten vor nicht allzu langer Zeit im Krieg befunden haben?«

Ihre Verwirrung verwandelte sich in Überraschung.

Tex ignorierte es und fuhr fort: »Das liegt daran, dass ich Ungerechtigkeit verabscheue. Und Gewalt an unschuldigen Frauen und Kindern ist etwas, womit ich mich niemals abfinden werde. Du hast nicht verdient, was dir widerfahren ist, und ich bin in der Lage, dir dabei zu helfen, es zu überwinden.«

Akilah sah nicht überzeugt aus.

»Ich erwarte nicht, dass du mir sofort vertraust«, versicherte Tex ihr. »Tatsächlich bin ich etwas erleichtert, dass du es nicht tust. Das ist schlau von dir. Weil du mich nicht kennst, habe ich meine Freunde gebeten, dir Briefe zu schreiben und zu erklären, warum du mir vertrauen kannst und dass du es nicht bereuen wirst, wenn du dich auf ein neues Leben einlässt. Ich habe ihre Briefe nicht verändert, kein einziges Wort. Möchtest du hören, was sie geschrieben haben, bevor du eine Entscheidung triffst?«

Akilah sah müde aus, aber das hier war wichtig. Er wollte, dass sie ihm vertraute. Er konnte es nicht erklären, aber das Gefühl wollte nicht nachlassen.

Nach einem der längsten stillen Momente in Tex' Leben nickte Akilah.

»Danke«, sagte er leise und nickte dann der Dolmetscherin zu.

Sie räusperte sich und begann zu sprechen.

»Akilah, mein Name ist Wolf. Ich kenne Tex seit vielen Jahren. Er hat meiner Frau buchstäblich das Leben gerettet. Mehr als einmal. Tex hat sich geweigert aufzugeben, als sie entführt wurde und niemand sonst sie finden konnte. Ich weiß, dass du jetzt wahrscheinlich Angst hast, aber Tex wird immer hinter dir stehen. Ich habe ihm das Wertvollste in meinem Leben anvertraut ... meine Frau.«

»Liebe Akilah, mein Name ist Fiona. Ich bin mit einem Navy SEAL verheiratet und wir leben in Kalifornien. Du kannst dich glücklich schätzen, Tex als deinen Verfechter zu haben. Ich wurde entführt und tief im Dschungel versteckt. Ich kannte Tex damals noch nicht, aber sobald er von mir erfahren hatte, hat er alles darangesetzt, meinem heutigen Ehemann zu versichern, dass ich niemals wieder entführt werde, egal was passiert. Manchmal habe ich immer noch Angst. Aber zu wissen, dass Tex da draußen ist und auf mich aufpasst, gibt mir ein sicheres Gefühl.«

»Hallo Akilah! Mein Name ist Annie. Ich bin acht Jahre alt. Mein Daddy ist in der Armee und er sagt, dass Tex, obwohl er in der Navy war, einer der gutesten Menschen ist, die er kennt. Und das denke ich auch. Er hat mich sogar einmal auf dem Hindernisparcours gewinnen lassen. Sein bionisches Bein ist supercool und du wirst bald einen bionischen Arm bekommen, genau wie das Bein von Tex. Er ist nett und lustig und wenn meine Mom Daddy Fletch nicht geheiratet hätte, hätte ich nichts dagegen, wenn Tex mein Daddy wäre.«

»Akilah, mein Name ist Ethan. Ich lebe in Virginia, in einer kleinen Stadt namens Fallport. Früher war ich beim Militär, aber jetzt ist es meine Aufgabe, in den Wald zu gehen und Leute zu retten, die sich verlaufen haben. Es tut mir leid, was dir passiert ist, aber du könntest keinen besseren Menschen an deiner Seite haben als Tex. Als ich einmal weit weg von zu Hause war, wurde ich verwundet. Ich lag in einem Krankenhaus und war einsam und verängstigt. Weißt du, was passiert ist? Ich habe einen riesigen Blumenstrauß bekommen – von Tex. Obwohl ich nicht in den Vereinigten Staaten war, wusste Tex trotzdem, was passiert war. Und durch diese Blumen wusste ich, dass ich nicht allein war und dass mein Freund auf mich aufpasst. Lass Tex auch dein Freund sein, Akilah. Ich schwöre dir, du wirst es nicht bereuen.«

Die Dolmetscherin las weiter die Briefe vor, aber Tex wandte den Blick nicht von Akilah ab. Sie starrte die Frau an, während sie las, und mit jedem der kurzen Briefe seiner Freunde schien sie sich ein kleines bisschen mehr zu entspannen.

Nachdem sie den letzten Brief vorgelesen hatte, gab die Dolmetscherin Tex das Telefon zurück, als Akilah etwas fragte. Die Frau lächelte das Mädchen an und antwortete. Dann sah sie zu Tex hinüber. »Sie wollte wissen, ob ich Ihnen vertrauen würde. Ich habe ihr gesagt, auf jeden Fall.«

»Danke«, sagte Tex.

Akilah sprach wieder und Tex sah sie an. Sie sah besorgt aus.

»Sie möchte, dass Sie wissen, dass sie ihren Arm vermisst.«

»Ich weiß«, sagte Tex ruhig.

»Sie sagt, dass sie ... nutzlos ist ... Entschuldigung, es gibt keine direkte Übersetzung für das Wort, das sie benutzt hat.«

»Du bist nicht nutzlos«, erwiderte Tex entschieden.

Akilah zuckte zusammen und Tex tat sein Bestes, sich

zu beruhigen. Er wollte das Mädchen auf keinen Fall beunruhigen. »Einen Arm verloren zu haben bedeutet nicht, dass du weniger Wert bist als alle anderen. Es ist nur ein Arm.«

Akilah antwortete und Tex sah die Frau an, als sie nicht sofort übersetzte. »Was hat sie gesagt?«

»Sie müssen verstehen«, begann sie, anstatt zu übersetzen, »ihre Kultur unterscheidet sich sehr von Ihrer. Unvollkommenheit ist verpönt. Sie kommt aus einer von Männern dominierten Gesellschaft und wenn eine Frau Fehler hat, wird sie als unerwünscht angesehen. Das bedeutet, dass niemand sie heiraten und ihr Leben viel schwieriger wird, weil sie keinen Ehemann hat. Es ist einfach eine Tatsache.«

»Danke für die Erklärung. Sie können jetzt eine Pause machen«, sagte Tex zu der Frau.

Sie sah überrascht aus. »Oh, wollen Sie nicht, dass ich weiter übersetze?«

»Im Moment nicht. Ich hätte gern etwas Zeit allein mit Akilah.«

Sie sah äußerst skeptisch aus, protestierte aber nicht. Sie sagte etwas zu Akilah, wahrscheinlich, dass sie später wiederkommen würde, dann drehte sie sich um und verließ das Zimmer. Als die Tür sich hinter ihr schloss, hatte Tex sofort Bedenken. Er würde Akilah nicht sagen können, was er wollte, da er kein Arabisch sprach. Aber er hatte lange gebraucht, um über seine Verletzung hinwegzukommen ... und das war etwas, das nur er und Akilah verstehen würden.

Er stand auf und begann langsam, sein Hosenbein hochzukrempeln, wodurch seine Prothese sichtbar wurde. »Früher habe ich genauso gedacht wie du. Als ich mein Bein verlor, dachte ich, mein Leben sei vorbei. Ich war ein nutzloser ehemaliger SEAL, der nicht mehr laufen und nicht mehr wie früher anderen in den Hintern treten konnte. Ich hätte nie gedacht, dass ich jemals jemanden treffen würde, der über meine Behinderung hinwegsehen würde, und es wird immer Leute geben, die deswegen auf mich herabsehen«, sagte er und klopfte auf sein Metallbein. »Aber scheiß auf diese Leute. Mein Gehirn funktioniert einwandfrei und ich habe im Laufe der Jahre alles getan, um zu beweisen, dass ich genauso fähig bin wie alle anderen.

Du bist nicht nutzlos, Akilah. Du bist alles andere als das und du wirst lernen, Dinge mit einer Hand zu erledigen und den Verlust deines Arms zu kompensieren. Du kannst deinen Verstand einsetzen und allen Zweiflern beweisen, was für ein verdammt kluges Mädchen du bist. Irgendwann wirst du jemanden treffen, der dich so liebt, wie du bist. Nicht dafür, wie du aussiehst oder wie viele Gliedmaßen du hast. Jemanden wie meine Melody. Jemanden wie meine Freunde. Jemanden, der treu, liebevoll und beschützend ist und dich bedingungslos liebt.«

Tex wusste, dass er plapperte, obwohl Akilah ihn nicht verstehen konnte, aber er konnte nicht anders. Er wollte ihr so viel sagen. Er konnte nicht einfach in den Irak einmarschieren und die Terroristenarschlöcher finden, die das Leben dieses Mädchens zerstört hatten, aber er konnte dafür sorgen, dass sie diese Erfahrung überwand und dadurch stärker wurde.

Er wollte gerade die Dolmetscherin rufen, damit sie mit Akilah reden konnte, aber dann hob das Mädchen die Hand und berührte seine Prothese. Sie sah zu ihm auf und sagte etwas. Tex starrte sie einen Moment lang nur an – dann wurde ihm klar, dass er ein Idiot war. Er hatte doch seine App, um für sie zu übersetzen. Es war wahrscheinlich nicht sehr genau, aber es sollte reichen.

Er tippte auf seinem Handy herum und öffnete die App. Dann sagte er: »Ich habe ein Programm, das unsere Worte übersetzen kann, bis wir uns verstehen können.« Er drückte den Knopf, um seine Worte auf Arabisch abzuspielen, und konnte nicht anders, als äußerst zufrieden mit sich zu sein, als Akilahs Augen vor Staunen aufleuchteten.

Sie nickte. Tex hielt die Taste gedrückt und hielt ihr das Telefon entgegen. Dann nickte er ermutigend. Sie sagte etwas und Tex spielte es ab. Die Computerstimme gab die Übersetzung wieder.

»Dir Bein ein fehlt.«

Er hatte recht gehabt, die Übersetzung war Mist, aber Tex konnte ihre Bedeutung trotzdem verstehen. Er lächelte sie an und nickte.

Auf diese Weise kommunizierten sie mehrere Minuten lang. Es war langsam und umständlich, aber die Freude auf Akilahs Gesicht, dass sie direkt mit ihm sprechen konnte, war jeden Frust über die Technologie wert. Er erzählte ihr, wie erschrocken er gewesen war, als er ohne sein Bein aufgewacht war. Er sprach über Melody und wie unglaublich sie war. Er erklärte Akilah, dass es zwar eine Herausforderung war, eines ihrer Gliedmaßen zu verlieren, aber das bedeutete nicht, dass sie weniger wert wäre.

Im Gegenzug erzählte sie ihm, dass sie den streunenden Hund vermisste, den sie in ihrer Nachbarschaft heimlich gefüttert hatte. Sie vermisste ihre Freundinnen und machte sich Sorgen, was mit ihnen passiert war. Sie gab zu, dass sie Angst hatte und verwirrt war.

Zwanzig Minuten später dachte Tex, dass sie große Fortschritte gemacht hatten. Er hatte ihr versichert, dass es normal sei, Angst zu haben, aber er wäre da, um auf sie aufzupassen, und würde dafür sorgen, dass ihr nichts Schlimmes passierte.

»Nach Hause gehe ich?«, fragte sie über die App.

Tex begegnete ihrem Blick, als er sagte: »Das liegt an dir. Was du von nun an tun möchtest, ist deine Entscheidung. Ich möchte, dass du eine Weile hierbleibst, zumindest bis du vollständig geheilt bist. Du kannst bei Melody und mir wohnen ... und unserem Hund. Ich werde für dich die beste Prothese organisieren, die ich finden kann, und ich habe keinen Zweifel, dass du in kürzester Zeit Englisch lernen wirst. Und solltest du nach deiner Genesung immer noch zurück in dein Land wollen, werde ich einen Sponsor für dich finden und wir bringen dich nach Hause.«

Es tat fast weh, diese Worte zu sagen, aber Tex würde sie niemals davon abhalten, in den Irak zurückzukehren, wenn sie es wollte. Er musste sich mit der Zeit zufriedengeben, die sie bis dahin hatten.

»Du nicht lügst?«, fragte sie.

»Ich werde dich niemals anlügen«, versicherte Tex ihr.

»Du willst kümmern um mich?«, fragte sie, als könne sie nicht glauben, was er sagte.

Tex fragte sich, ob die App richtig übersetzte. Also machte er es so deutlich, wie er konnte. »Ich möchte, dass du meine Tochter wirst, Akilah. Ich möchte, dass du bei mir und meiner Frau lebst. Ich möchte dir beibringen, wie du mit deiner Amputation leben kannst. Und ich möchte, dass du alle meine Freunde kennenlernst, die dir diese Briefe geschrieben haben. Ich möchte dir alles geben.«

Ihre Augen füllten sich mit Tränen und für eine Sekunde geriet Tex in Panik. Er wollte gerade aufspringen und die Dolmetscherin holen, als Akilah ihre Hand auf seine legte. Während sie sich unterhielten, hatte Tex einen Arm auf ihr Bett gelegt, und das Gefühl ihrer warmen Hand auf seiner eigenen verursachte eine Gänsehaut auf seinem Unterarm.

»Ja«, sagte sie auf Englisch.

Tex lächelte sie an. Er legte seine andere Hand auf ihre und für einen langen Moment saßen sie so da, ohne ein Wort zu sagen. Aber sie brauchten keine Worte. Tex hoffte, dass sie die gleiche Verbindung spürte wie er. Sie zu treffen fühlte sich wie Schicksal an. Es hatte so sein sollen. Er hatte keine Ahnung, was die Zukunft für sie bereithielt, aber er wusste, dass er mit diesem Mädchen in seinem Leben besser dran wäre als ohne sie.

Tex sah, wie ihr die Augen zufielen. Die Zeit zwischen dem Öffnen und Schließen ihrer Augen wurde länger, bis sie schließlich langsam und tief atmete und eingeschlafen war. Und Tex saß weiter regungslos da.

Erst als eine Krankenschwester eintrat, zog Tex seine Hand unter Akilahs hervor. Er bedeutete der Krankenschwester, dass er draußen mit ihr sprechen wolle.

»Sie kann uns nicht verstehen, also können wir hier frei reden«, sagte sie leise und war bemüht, Akilah nicht aufzuwecken.

Tex versteifte sich. »Es geht nicht darum, dass sie uns nicht versteht. Es ist unhöflich, vor jemandem über ihn zu sprechen, umso mehr, wenn die Person es nicht verstehen kann. Würden Sie jetzt bitte mit mir nach draußen gehen?«

Er konnte sehen, dass sie protestieren wollte, aber schließlich nickte sie und sie gingen in den Flur hinaus.

»Es tut mir leid, aber in welcher Beziehung stehen Sie zu ihr?«, fragte die Krankenschwester und erwartete offensichtlich, dass er sagen würde, er sei ein Freund oder so etwas.

»Ich bin ihr Sponsor, ihre Familie und von diesem Moment an steht sie unter meinem Schutz«, sagte er entschlossen.

Die Frau musste in seinem Gesichtsausdruck etwas gesehen haben, das sie ermahnte, vorsichtig zu sein. Sie nickte.

Tex tat sein Bestes, um freundlicher zu klingen, als er sagte: »Sie hat ein bisschen Schmerzen. Sie wollte es nicht zugeben, aber ich habe es bemerkt. Die Wunde suppt auch ziemlich stark und der Verband muss bald gewechselt werden, nehme ich an.« Als Tex den verwirrten Gesichtsausdruck der Frau sah, tippte er auf sein Bein. »Ich habe selbst ein Bein verloren. Ich weiß, worauf ich achten muss.«

»Ah, ich verstehe. Ich werde es mir ansehen, wenn ich wieder reingehe und die Dosis der Schmerzmittel überprüfe.«

»Danke. Oh, und ich werde ihr ein Telefon mit einer App geben, die Arabisch nach Englisch und Englisch nach Arabisch übersetzt. Ich würde es begrüßen, wenn Sie den anderen Mitarbeitern mitteilen könnten, Geduld mit ihr zu haben. Es ist langsam und umständlich, auf diese Weise zu kommunizieren, aber sie verdient es, mit Respekt behandelt zu werden und *mit* ihr zu reden, anstatt *über* sie. Wenn es etwas Wichtiges gibt, ist auch die Dolmetscherin da.«

Der Respekt in den Augen der Frau stieg. »Sie hat großes Glück.«

Tex wusste, die Krankenschwester meinte, dass Akilah Glück hatte, weil er sich um sie kümmerte, aber in Wirklichkeit hatte sie Glück gehabt, nicht von den Bomben getötet worden zu sein, die ihr Dorf dezimiert haben. Glück, dass sie sich vor den Terroristen verstecken konnte, die Frauen und Mädchen vergewaltigt haben. Sie hatte Glück gehabt, dass sie nur ihren Arm verloren hatte.

»Ich komme heute Nachmittag mit meiner Frau wieder, nachdem sie etwas geschlafen hat. Ich hinterlasse meine Nummer bei der Stationsschwester. Sollte sich an ihrem Zustand etwas ändern, würde ich mich über einen sofortigen Anruf sehr freuen.«

»Ja, Sir«, sagte die Schwester.

»Und die Dolmetscherin wird bei ihr bleiben, bis sie entlassen wird. Über Nacht wird sie nach Hause fahren, aber ansonsten wird sie hier sein und dafür sorgen, dass Akilah alles versteht, was um sie herum passiert.«

Die Krankenschwester nickte.

Tex holte tief Luft. »Es tut mir leid, wenn ich etwas ruppig bin. Krankenhäuser wecken bei mir nicht gerade gute Erinnerungen. Und ich mache mir auch Sorgen um Akilah. Vielen Dank für alles, was Sie tun. Ich weiß, dass es nicht einfach ist.«

Das Lächeln, das sich auf ihrem Gesicht bildete, sah echt aus. »Wir kümmern uns um sie.«

»Danke. Ich komme später wieder«, sagte er, drehte sich dann um und ging den Flur entlang. Seine Gedanken kreisten um alles, was er noch tun musste. Akilah nach Hause zu holen wäre nicht einfach, aber wie das alte SEAL-Sprichwort sagte: »Der einzige einfache Tag war gestern.«

Heute war ein brandneuer Tag und er konnte es kaum erwarten zu sehen, was die Zukunft bringen würde.

* * *

»Entspann dich, Tex«, sagte Melody leise.

Aber er konnte sich nicht entspannen. Sie waren gerade mit Akilah nach Hause gekommen und er wollte, dass ihr ihr neues Zuhause gefiel. Ihre Genesung verlief besser als erwartet und ihr Chirurg war erfreut, sie früher entlassen zu können, als alle angenommen hatten.

Das waren großartige Neuigkeiten, bedeutete aber, dass Tex sich beeilen musste, zu Hause alles für sie vorzubereiten. Akilah hatte einiges an Reha vor sich, die Prothese musste angepasst werden und sie würde damit üben müssen. Aber bei all diesen Dingen konnte Tex ihr leicht helfen, da er es selbst durchgemacht hatte. Er machte sich mehr Sorgen darüber, was sie von dem Haus halten würde.

Sie hatte nicht viel Zeit gehabt, sich damit auseinanderzusetzen, was mit ihr und ihrer Familie passiert war. Sie hatte ein paarmal einen Psychologen gesehen, aber es würde höchstwahrscheinlich noch viele Sitzungen brauchen, bis sie ihre Trauer, Wut und andere Gefühle über das Bombenattentat und ihre Verletzungen in den Griff bekommen würde.

Im Moment musste Tex sich nur darum kümmern, dass sie sich in ihrem neuen Zuhause einlebte.

Melody und Akilah hatten während der letzten zwei Wochen eine tiefe Verbindung zueinander aufgebaut. Manchmal war Tex in ihr Krankenzimmer gekommen und seine Frau und Akilah hatten über irgendetwas hysterisch gelacht. Melody so mit dem Mädchen zu sehen bestätigte nur noch einmal, was für eine großartige Mutter sie sein würde.

»Willkommen zu Hause, Akilah«, sagte Melody, als sie die Hintertür des Wagens öffnete, um ihr herauszuhelfen.

Aber Tex kam Melody zuvor und nahm Akilahs Hand, als sie ihre Beine herausstreckte. Sie stieg aus und starrte auf das Haus. Tex versuchte, es mit ihren Augen zu betrachten, hatte aber keine Ahnung, was sie sah. Es war ein einfaches Haus, nichts Besonderes. Die Nachbarschaft war bürgerlich. Er führte sie zur Tür und öffnete sie.

Ein aufgeregtes Bellen ließ Tex zusammenzucken. Er hatte total vergessen, wie aufgeregt Baby jedes Mal war, wenn sie nach Hause kamen. Egal ob sie fünf Minuten oder fünf Stunden weg gewesen waren, Baby begrüßte sie immer auf dieselbe überschwängliche Weise.

»Sitz, Baby«, befahl Tex und wie üblich ignorierte der Hund ihn.

Aber zu Tex' Überraschung sprang sie nicht an ihnen hoch, wie sie es manchmal tat. Sie wackelte begeistert mit dem Schwanz, schien aber zu verstehen, dass Akilah nicht hundertprozentig fit war. Sie schmiegte sich an Akilahs Hand und bettelte darum, gestreichelt zu werden.

Das Mädchen kicherte. Sie ging auf die Knie und begrüßte Baby.

Melody schniefte neben ihnen und Tex musste zugeben, dass er selbst mit seinen Emotionen zu kämpfen hatte.

Nachdem sie Baby eine Weile gestreichelt hatte, fummelte Akilah in ihrer Tasche herum und zog das Telefon heraus, das Tex für sie besorgt hatte. Er hatte die Übersetzungs-App darauf installiert, was eine seiner besten Ideen gewesen war. Die Freiheit, sich mit anderen Menschen verständigen zu können, hatte mehr dazu beigetragen, Akilah aus ihrem Schutzpanzer zu befreien, als alles andere. Sie war immer noch zurückhaltend, wirkte aber bei Weitem nicht mehr so verloren und verängstigt wie bei ihrer ersten Begegnung.

»Sie drei Gliedmaßen nur. So wie wir!«, sagte Akilah und die Freude in ihrer Stimme war leicht zu hören.

»Sie hat ihr Bein verloren, als sie Tex und mich beschützt hat«, sagte Melody zu ihr.

Akilah sah auf den Hund hinab. Baby hob ihren Kopf und leckte ihr über die Wange. Sie kicherte erneut und Tex schloss bei dem wunderbaren Geräusch die Augen. Er spürte, wie Melody ihren Arm um seine Taille legte und ihn drückte. Ihr Kopf ruhte auf seinem Bizeps. Er war ein gesegneter Mann.

Es hatte eine Zeit gegeben, in der er ein gebrochener Mann gewesen war. Als er sein Bein verloren hatte und dachte, es wäre vielleicht besser, tot zu sein. Aber er hatte sich geirrt. Seine Frau und Akilah waren der Beweis.

»Möchtest du dein Zimmer sehen, Akilah?«, fragte Melody.

Das Mädchen blickte überrascht auf. »Ich bekomme Zimmer für allein mich?«, fragte sie.

Melody lächelte. »Jawohl. Absolut.«

Tex folgte den Damen auf dem Weg zu Akilahs Kinderzimmer. Er zweifelte an allem, was er vorbereitet hatte, und fragte sich, ob es zu viel war. Akilah wäre vielleicht überwältigt, aber jetzt war es zu spät, etwas zu ändern.

Melody öffnete die Tür, trat einen Schritt zurück und ließ Akilah den Vortritt. Sie ging hinein und sah sich mit großen Augen um. Tex hielt den Atem an, als er auf ihre Reaktion wartete.

An der Wand stand ein Doppelbett, auf dem eine rosafarbene Bettdecke lag. Akilah hatte Melody bei einem ihrer Krankenhausbesuche verraten, dass Rosa ihre Lieblingsfarbe sei. An der Wand stand eine Kommode und unter dem Fenster ein kleiner Schreibtisch. Die Vorhänge waren rosa mit großen, fröhlichen weißen Blumen, und der Schrank war voller Kleider, aus denen das Mädchen wahrscheinlich herausgewachsen sein würde, bevor sie alle getragen hatte.

Aber es war das Wandgemälde, das Tex das Gefühl gab, er müsste sich gleich übergeben, während er auf ihre Reaktion wartete.

Er hatte nachgeforscht und herausgefunden, wo genau Akilah gelebt hatte, und einige Freunde beim Militär gebeten, Satellitenbilder von diesem Teil der Stadt zu organisieren, bevor er bombardiert wurde. Dann hatte er einen Künstler beauftragt, ein 3D-Bild von einem der Straßenzüge auf die Wand zu malen. Es reichte vom Boden bis zur Decke und wirkte so lebensecht, dass Tex sich fast vorstellen konnte, im Irak zu stehen und die Straße hinunter auf die Häuser und Geschäfte zu beiden Seiten zu blicken.

Aber würde es Akilah gefallen? Oder würde es sie traurig machen? Tex wusste es nicht ... aber wenn es ihr nicht gefiel, würde er die Farbe aus der Garage holen und es in ein paar Stunden übermalen.

Das Mädchen starrte die Wand an, ohne sich zu rühren. Gerade als Tex kurz davor war, in die Garage zu gehen und die Farbe zu holen, ging sie auf ihn zu. Sie warf sich gegen Tex und vergrub ihr Gesicht an seiner Brust. Mit ihrem gesunden Arm umklammerte sie ihn fest und schluchzte.

Tex erstarrte vor Angst. Scheiße, er hatte es vermasselt. Er wollte nur, dass sie sich heimischer fühlte, und ihr einen vertrauten Anblick in ihrer fremden, neuen Welt geben. Er hasste es, dass er sie zum Weinen gebracht hatte. Das war nicht seine Absicht gewesen.

Mit Tränen auf den Wangen und roten Augen sah Akilah zu ihm auf und sagte auf Englisch: »Das ist Zuhause.«

Tex war erstaunt, wie schnell sie Englisch lernte. Sie sprach keineswegs fließend, aber er hatte das Gefühl, dass sie viel mehr verstand, als manche Leute dachten. Sie fing gerade erst an, englische Wörter zu verwenden, aber sie war äußerst aufmerksam und hörte allen um sie herum zu.

Tex nickte, der Kloß in seinem Hals war so groß, dass er nicht sprechen konnte.

Melody zückte ihr Handy und klickte auf die Übersetzungs-App. »Gefällt es dir?«, fragte sie. »Tex wollte, dass du auf etwas Vertrautes schauen kannst, das dich an dein Zuhause erinnert. Wenn es zu viel ist, können wir es überstreichen.«

»Nein!«, sagte Akilah sofort, als sie sich aus Tex' Armen löste. Sie ging zu dem Wandbild hinüber und deutete auf eine Tür. »Meine Freundin Fadila hier lebte. Wir in diesem Laden Brot gekauft.« Sie legte ihre Handfläche auf die Wand und schloss die Augen.

»Akilah?«, fragte Tex.

Sie drehte sich um, um ihn anzusehen, und Tex wusste in diesem Moment, dass er Himmel und Hölle in Bewegung setzen würde, um diesem Mädchen alles zu geben, was es wollte. Sie hatte ihn bereits um den kleinen Finger gewickelt und es war ihm egal. »Ist es zu schmerzhaft?«, fragte er und die App übersetzte seine Worte ins Arabische. »Hab keine Angst, meine Gefühle zu verletzen. Sei ehrlich.«

Akilah schüttelte den Kopf und ging zu ihm zurück. Sie blieb in seiner Nähe stehen und sagte: »Das ist das Schönste, was ich je gesehen habe. Und Traurigste. Es ist eine gute Erinnerung. An meine Familie, meine Freundinnen. Aber ich froh, dass ich hier bin. In den Vereinigten Staaten. Mit dir und Melody. Und Baby Hund. Ich erinnere mich gern. Gibt mir Trost. Danke.«

»Gern geschehen, Schätzchen«, sagte Tex.

Akilah drehte sich zum Schrank um und fragte: »Für wen all diese Kleider?«

Melody lachte. »Sie gehören dir, Schatz.«

Akilah bekam große Augen. »Alles ich?«

»Jawohl.«

Das Mädchen sah sich noch einmal im Zimmer um und nahm alles in sich auf. Ihr Blick blieb an dem Schreibtisch hängen. Sie sah zurück zu Tex. »Ich zur Schule gehen?«

»Ja, du wirst zur Schule gehen«, antwortete Tex.

Wieder füllten sich Akilahs Augen mit Tränen. »Ich bin nicht zu Hause gegangen. Mutter hat mir beigebracht, was sie konnte. Ich zu Hause bleiben und Haushalt helfen.«

»Das tut mir leid. Bist du glücklich oder traurig darüber, dass du zur Schule gehen wirst?«, fragte Tex.

Akilah lächelte. Es war ein so breites Lächeln, dass es ihr ganzes Gesicht erhellte. Tex wusste, dass er diesen Moment nie vergessen würde. »Glücklich!«, gab sie zurück.

Tex konnte sich nicht davon abhalten, auf sie zuzugehen und sie noch einmal zu umarmen. »Da bin ich froh.«

Melody gesellte sich zu ihm und legte ihre Arme um sie beide. Sie standen lange so da, genossen den Moment und saugten ihn in sich auf. Dann holte Tex tief Luft und löste seinen Griff von dem Mädchen. »Wie fühlt sich der Arm an? Ich wette, es tut weh. Es ist Zeit für eine weitere Schmerztablette. Warum gehen du und

Mel nicht ins Wohnzimmer, während ich uns einen Snack zubereite?«

»Du?«, fragte Akilah überrascht.

Melody kicherte. »Jawohl, Tex macht die besten Snacks. Komm schon, Baby wird begeistert sein, dass sie jetzt noch jemand streichelt, während sie auf deinem Schoß sitzt.«

Tex sah ihnen nach und nahm sich einen Moment Zeit, sich im Raum umzusehen. Der Künstler hatte mit dem Gemälde verdammt gute Arbeit geleistet. Und die Tatsache, dass Akilah tatsächlich einige Stellen auf dem Wandbild wiedererkannt hatte, war ziemlich erstaunlich. Er wusste, es würde eine Zeit kommen, in der sie den vertrauten Anblick ihres Dorfes nicht mehr brauchten. Wenn sie selbstbewusster geworden war und sich in ihrer neuen Umgebung wohler fühlte. Er hoffte, dass sie sich entscheiden würde zu bleiben, sobald sie vollständig geheilt war.

Aber wie auch immer ihre Entscheidung aussah, Tex wusste, dass er gesegnet war, diese Zeit mit ihr zu haben. Er machte sich eine geistige Notiz, Dr. Joiner für das zu danken, was er getan hatte, und ging aus dem Zimmer in Richtung Küche. Er musste seine Damen verwöhnen.

In seinem Büro im Keller gab es einiges zu erledigen. Leute, nach denen er sehen musste. Geheiminformationen, die recherchiert werden mussten. Aber im Moment konnte das warten. Wichtiger war es, dafür zu sorgen, dass seine neue Tochter sich einlebte.

Seine Tochter.

Tex lächelte. Einige Leute würden ihn für verrückt erklären, es mit einem Teenager aus einem anderen Land aufzunehmen, die kein Englisch konnte und etwas so Traumatisches durchgemacht hatte. Ganz zu schweigen von ihren medizinischen Bedürfnissen und den Kosten. Tex war es egal. Akilah gehörte zu ihm und Melody. Egal, ob sie in Zukunft weitere Kinder bekommen würden oder nicht, Akilah würde immer ihr erstes Kind bleiben.

Er nahm sich einen Moment Zeit, um die Szene vor sich zu genießen, als er das Wohnzimmer betrat. Akilah saß mit Baby an ihrer verletzten Seite auf der Couch. Sie streichelte ihn mit der anderen Hand und der Hund verdrehte genussvoll die Augen. Sie strich mit den Fingern über die Stelle, wo Babys Bein sein sollte, dann blickte sie auf und erwischte ihn dabei, wie er sie anstarrte.

Akilah lächelte ihn an. Tex erwiderte ihr Lächeln und ging in die Küche.

Der Weg des Lebens war voller Unebenheiten. Und einige dieser Unebenheiten waren so hoch wie Berge, die nur schwer zu erklimmen schienen, gefolgt von so tiefen Tälern, aus denen es fast unmöglich war, wieder herauszukommen. Aber dann gab es Zeiten wie diese, in denen die Straße ebener war. Zeiten, in denen alles gut war, leicht und richtig.

Es würde nicht von Dauer sein. Das war es nie. Aber mit Akilah und Melody an seiner Seite hatte Tex keinen Zweifel, dass sie es über alle Unebenheiten schaffen würden, die die Zukunft für sie bereithielt.

FLEISCHESLUST

Als Trigger feststellt, dass seine Freundin nach einem Albtraum auf der Couch liegt, ist er überrascht und unglücklich, dass sie ihr Bett verlassen hatte, um allein zu leiden. Aber als er fragt, was er tun kann, um ihr zu helfen, ist er von ihrer Antwort noch überraschter.

ANMERKUNG DER AUTORIN

Sie kennen Trigger und Gillian aus dem Buch »*Ein Held für Gillian* «. Sie hat einige ziemlich schreckliche Dinge durchgemacht. In dieser Geschichte bekommen Sie einen Einblick in ihr Leben danach und wie sie mit dem fertigwird, was ihr passiert ist. (Dies ist eine sehr erotische Kurzgeschichte. Wenn das nicht Ihr Ding ist, sollten Sie sie vielleicht überspringen.) Viel Spaß!

* * *

Trigger drehte sich um und griff nach Gillian. Aber seine Hand traf nur auf das kalte Laken neben ihm.

Als er sich aufsetzte, war er sofort wach.

Etwas stimmte in letzter Zeit mit Gillian nicht, aber sie sagte ihm nicht, was es war, egal wie sehr er versuchte, sie davon zu überzeugen, sich ihm zu öffnen.

Als er ein Geräusch aus dem anderen Zimmer hörte, sprang Trigger aus dem Bett, bevor er überhaupt darüber nachgedacht hatte, was er tat. Er trug nichts als Boxershorts und schlich auf Zehenspitzen aus dem Schlafzimmer und über den Flur.

Gillian und er waren vor nicht allzu langer Zeit in ein Haus mit drei Schlafzimmern gezogen, da seine Wohnung viel zu klein für sie war. Gillian und ihre besten Freundinnen waren überglücklich gewesen, alles neu einzurichten. Trigger scherte sich nicht um die Kissen oder das riesige Aquarellbild eines Stiers, das sie ins Wohnzimmer gehängt hatten. Aber er liebte die Fotos, die Gillian eingerahmt und auf jede freie Fläche gestellt hatte.

Fotos von ihnen und von Trigger mit seinen besten Freunden ... und anderen Delta-Force-Mitgliedern. Fotos von Gillian mit ihren Freundinnen. Überall, wo er hinsah, waren Erinnerungen, die ihn zum Lächeln brachten. Bevor er Gillian getroffen hatte, war ihm nicht bewusst gewesen, was ihm fehlte. Sie zeigte ihm jeden

Tag, wie glücklich er sich schätzen konnte, sie in seinem Leben zu haben.

Als er im Vorbeigehen die anderen Schlafzimmer überprüfte, stellte Trigger fest, dass sie leer waren. Was auch immer er gehört hatte, war nicht aus diesen Zimmern gekommen. Dann hörte er erneut, was ihn aufgeweckt hatte.

»Neeeein!«

Es war Gillians Stimme – und sie klang zu Tode erschrocken.

Das Blut gerann Trigger in den Adern und er lief ins Wohnzimmer. Schlitternd kam er zum Stehen, als er keine Eindringlinge sah, die der Liebe seines Lebens etwas antaten.

Was er sah, war schlimmer.

Gillian lag mit einem Kissen unter dem Kopf auf der Couch und hatte eine der vielen flauschigen Decken, die sie im Laufe der Jahre angesammelt hatte, über ihren Körper gezogen. Offensichtlich war sie aus dem Bett geschlichen und zum Schlafen hierher gegangen, was Trigger aus der Fassung brachte.

Während er noch versuchte zu begreifen, was vor sich ging, drehte Gillian den Kopf auf dem Kissen hin und her und trat mit den Beinen aus. »Stopp! Nein!«, winselte sie.

Sie hatte einen verdammten Albtraum und Trigger hasste es, dass das nach all den Monaten wieder passierte. Im Bruchteil einer Sekunde war er an ihrer Seite.

»Gilly, wach auf«, sagte er leise, aber bestimmt.

»Lauf, Walker!«, rief Gillian verzweifelt.

»Du hast einen Albtraum, wach auf«, versuchte er es noch einmal.

»Walker, verschwinde! Sie werden dich töten!«

Er hasste es, dass er Hand an sie legen musste, hatte aber keine andere Wahl, als Gillian an den Schultern zu packen und zu schütteln, um sie aus dem Albtraum aufzuwecken. Er musste sie wecken. Dann könnten sie sich darüber unterhalten, wovon sie geträumt hatte.

In der Sekunde, in der er sie berührte, öffnete Gillian die Augen und sie schrie.

»Ich bin es. Walker. Du bist in Sicherheit, Gillian«, sagte Trigger eindringlich.

Es dauerte eine Sekunde, aber er atmete erleichtert auf, als sie ihn erkannte.

»Walker?«

»Ja Gilly, ich bin es.«

Sie holte tief Luft und warf sich dann in seine Arme. Trigger fing sie auf, legte einen Arm um ihren Rücken und den anderen um ihren Hals und hielt sie fest. Er fühlte ihre hastigen Atemzüge auf seiner Haut und konnte spüren, wie sie zitterte.

Für einen langen Moment sagte niemand etwas. Trigger wollte ihr etwas Zeit geben, um sich zu beruhigen und zu realisieren, dass sie in Sicherheit war.

»Tut mir leid«, flüsterte sie nach einer Weile.

»Es muss dir nicht leidtun, dass du einen Albtraum hattest«, erwiderte Trigger und zog sich zurück, damit er ihr in die Augen sehen konnte. »Aber ich kann nicht behaupten, dass ich froh darüber bin, dass du dich aus unserem Bett geschlichen hast, um hier zu schlafen.«

Gillian senkte den Blick. »Ich wollte dich nicht stören.«

»Du störst mich niemals«, sagte Trigger.

»Das tue ich«, entgegnete Gillian. »Außerdem musst du früh aufstehen, um mit deinem Team zu trainieren.«

»Du bist mir wichtiger als alles andere«, stellte Trigger klar. »Sprich mit mir. Erzähl mir, was los ist.«

Gillian seufzte. »Ich habe einfach eine schlechte Woche.«

Wissentlich, dass sie ihm nicht alles erzählte, traf Trigger eine Entscheidung. Er schob seine Arme unter sie und stand mit Gillian in seinen Armen auf. Sie schrie nicht, fragte nicht, was er tat, sie kuschelte sich einfach an seine Brust, als er mit ihr über den Flur zurück in ihr Schlafzimmer ging. Trigger legte sie vorsichtig auf ihr Bett und half ihr, unter die Decke zu schlüpfen. Dann kroch er hinterher. Er drehte sie so, dass sie Brust an Brust lagen, und legte seine Arme wieder um sie.

Als sie beide bequem lagen, fragte er: »Worum ging es in dem Traum?«

Sie versteifte sich für eine Sekunde, schien dann aber mit ihm zu verschmelzen.

»Ich war zurück in diesem entführten Flugzeug in Venezuela. Du wolltest mich retten, aber ich wusste, dass Luis und die anderen Entführer vorhatten, dich zu töten. Sie wollten dich in einen Hinterhalt locken. Ich habe versucht, dich zu warnen, aber du hast mich nicht gehört.

Luis hatte eine Waffe gezogen und war kurz davor, dich zu erschießen, als ich aufgewacht bin.«

Trigger hasste es, dass sie immer noch Albträume von der Entführung hatte. »Es war der Anruf dieses Krimi-Produzenten, der Fragen für die Serie über die Geschehnisse gestellt hat, oder?«, fragte er.

Gillian nickte an seiner Brust.

»Fürs Protokoll, ich wache nicht gern ohne dich auf«, sagte Trigger zu ihr. »Es ist mir egal, wie viel du dich hin und her wälzt, ich werde immer besser schlafen, wenn du an meiner Seite bist. Wenn du allein auf der Couch leidest, fühle ich mich beschissen.«

»Es tut mir leid«, sagte sie zu ihm.

»Was kann ich tun, damit du dich besser fühlst?«, fragte Trigger. Er war bereit, alles zu tun. »Wir können uns einen Film ansehen oder ich kann dir ein Buch holen. Wenn du Musik hören oder arbeiten möchtest, ist das auch in Ordnung.«

Gillian legte den Kopf in den Nacken und sah ihn lange an.

»Was?«, fragte er und hasste es, dass er nicht deuten konnte, was sie dachte.

»Egal was?«

»Natürlich. Nenne es und es gehört dir«, versicherte Trigger ihr.

»Ich will, dass du Liebe mit mir machst. Ich muss dich in mir spüren, um zu wissen, dass es nur ein Traum war und dass du hier bist, gesund und munter.«

Triggers Schwanz zuckte. Gillian lächelte und spürte, wie er an ihrem Bauch hart wurde. »Bist du sicher?«

»Absolut«, antwortete sie bestimmt.

Trigger drückte sie zurück, sodass sie auf dem Rücken lag, und legte seine Hände an den Saum des Trägerhemdchens, das sie trug. Langsam zog er es nach oben und liebte es, wie Gillian ihren Rücken durchdrückte, um ihm zu helfen, es ihr über den Kopf zu ziehen.

Trigger warf das Stück Stoff zur Seite, ohne sich darum zu kümmern, wo es landete, und blickte auf die Frau hinab, die er mehr als sein Leben liebte. Sie war extrem stark. Er hatte noch nie jemanden getroffen, der so stark war wie sie. Er hatte ihr den Spitznamen Di gegeben, wie Diana Prince, das Alter Ego von Wonder Woman. Denn genau das war sie für ihn. Sie hatte ihre Stärke und ihre Führungsqualitäten vor all den Monaten unter Beweis gestellt, als sie während einer Flugzeugentführung in die Rolle der Verhandlungsführerin gedrängt worden war. Je länger Trigger mit ihr zusammen war, desto mehr Ehrfurcht bekam er vor ihr.

Gillian schenkte ihm ein kleines Lächeln, hob ihre Arme über ihren Kopf und drückte ihren Rücken leicht durch, um ihm ihre Brüste entgegenzustrecken. Er war nicht auf den Kopf gefallen und verstand den Wink mit dem Zaunpfahl. Er beugte sich hinunter, nahm eine ihrer Brustwarzen zwischen seine Lippen und kniff die andere mit seinen Fingern zusammen.

Er liebte das Geräusch des Seufzers, das ihr bei seiner Berührung entwichen war. Trigger schnippte mit seiner

Zunge gegen die sich schnell zusammenziehende Knospe und ließ nicht nach, bis ihre Brustwarze hart war. Er knabberte leicht daran und lächelte, als sie sich ruhelos unter ihm hin- und herbewegte. Seine Gilly reagierte extrem schnell auf ihn. Es gab Tage, an denen er immer noch nicht glauben konnte, dass sie ihm gehörte.

Er wechselte die Seite und nahm ihre andere Brustwarze in den Mund, während er ihre Brüste drückte und massierte. Als er spürte, wie sie ihre Finger hinter seinen Kopf legte, schloss er genüsslich die Augen. Er liebte ihre Berührung. Ihre Hände waren so viel weicher als seine und es betonte, wie unterschiedlich sie waren.

Er öffnete die Augen und glitt an ihrem Körper hinab, schob dabei die Decke von sich und verschaffte sich einen klaren Blick auf ihren Körper. Er griff nach dem Gummiband ihres Höschens und Gillian hob sofort ihre Hüften, was es Trigger leicht machte, ihr den Slip über die Beine zu ziehen.

Es war lächerlich, wie sehr er sich freute zu sehen, wie feucht Gillian bereits war. Zu wissen, dass er sie so anmachen konnte, war definitiv ein Schub für sein Ego, obwohl er das Gefühl hatte, dass sie ihm sagen würde, dass er kein noch größeres Ego brauchte. Lächelnd senkte Trigger den Kopf und liebkoste die Innenseite ihrer Oberschenkel, und zögerte den Moment hinaus.

»Walker«, beschwerte sie sich und versuchte, seinen Kopf zwischen ihre Beine zu ziehen.

Trigger hatte Mitleid mit ihr. Er wollte, dass sie ihren Albtraum vergaß, und ließ sie seinen Kopf dorthin schieben, wo sie ihn haben wollte. Er leckte über ihre Schamlippen und ihr Geschmack explodierte auf seiner Zunge. Das war alles, was er brauchte, um zu vergessen, dass er mit ihr spielte.

Trigger leckte sie noch ein paarmal und liebte es, wie sie sich unter ihm rekelte, bevor er seine Aufmerksamkeit auf ihre Klitoris lenkte. Da er wusste, was ihr gefiel und wie er sie am schnellsten erregen konnte, schob er einen Finger in ihren Körper, während er gleichzeitig an ihrer Klitoris saugte. Seinen freien Arm legte Trigger über ihren Bauch, um sie festzuhalten, und brachte seine Frau so erbarmungslos zum Höhepunkt.

Er wusste genau, wie viel Druck er auf ihre Knospe ausüben und wie hart er sie mit den Fingern penetrieren musste. Innerhalb einer Minute wusste er, dass sie kurz davor stand zu explodieren. Normalerweise neckte er sie noch eine Weile, indem er sanfter und dann wieder intensiver wurde, aber Triggers Schwanz tropfte bereits in seiner Unterhose und er wollte nichts sehnlicher, als sich mit ihr zu verbinden.

Er wusste, wenn sie kurz vor dem Orgasmus stand, weil sich jeder Muskel in ihrem Körper anspannte. Sie hob den Hintern von der Matratze und stöhnte tief in ihrer Kehle. Mit einem letzten Saugen an ihrer Klitoris verlor sie schließlich die Kontrolle. Ihre Oberschenkel zitterten und er konnte spüren, wie sich ihr Bauch unter seinem Arm zusammenzog, als sie kam.

Trigger zog seine Boxershorts aus und spreizte ihre Beine weiter auseinander, um Platz für sich zu schaffen, auch wenn sie noch von ihrem Orgasmus zitterte. Er drückte seinen vor Lust tropfenden Schwanz in sie hinein. Die Hitze, die von ihr ausstrahlte, fühlte sich an, als würde er verbrühen, aber er wusste, dass es kein großartigeres Gefühl geben würde, als vollständig in seiner Frau versunken zu sein.

Ohne zu zögern, drang Trigger in ihren immer noch zitternden Körper ein, warf den Kopf zurück und knirschte mit den Zähnen, um nicht sofort zu kommen, als er spürte, wie ihre inneren Muskeln sich um seinen Schwanz schlossen.

»Verdammt, Di«, keuchte er, hielt für einen Moment still und genoss das Gefühl, von ihr umgeben zu sein.

Als er nach unten schaute, sah er Schweiß auf ihrer Stirn. Ihr blondes Haar war über sein Kissen ausgebreitet und ihre grünen Augen sahen ihn voller Liebe und Vertrauen an.

»Bei mir bist du immer sicher«, versicherte er ihr.

»Ich weiß«, sagte sie mit heiserer Stimme.

»Auch wenn du nicht schlafen kannst, bleibst du in Zukunft hier in unserem Bett. Schalte das Licht ein, lies, schau fern, was auch immer du tun musst. Aber lass mich nicht allein, um im Nebenzimmer allein zu leiden.«

»Okay«, stimmte sie sanft zu.

Trigger zog sich aus ihrem Körper, stöhnte über den schmerzhaften Verlust und stieß dann wieder in sie hinein.

Beide stöhnten.

»Mehr«, flehte Gillian.

Trigger zog seinen Schwanz wieder heraus und fing an, sie hart zu ficken. Ihre Brüste hüpften bei jedem seiner Stöße auf und ab. Ohne nachzudenken, griff er danach. Er kniff in ihre Brustwarzen, während er mit ihr Liebe machte, und spürte, wie sie sich um ihn zusammenzog, um ihn wissen zu lassen, dass ihr gefiel, was er tat.

Widerstrebend ließ Trigger ihre Brüste los und stützte sich über ihr ab. Das Geräusch ihrer aufeinanderschlagenden Haut war laut und erotisch. Er spürte, wie sein Orgasmus viel schneller in ihm aufstieg, als ihm lieb war.

»Berühre dich«, forderte er. »Ich will spüren, wie du an meinem Schwanz kommst.«

Gillian zögerte nicht und schob ihre Hand zwischen ihnen hindurch. Sein Bauch traf bei jedem Stoß auf ihren Handrücken, aber entweder bemerkte sie es nicht oder es kümmerte sie nicht. Er konnte die Finger auf ihrer Klitoris spüren, als sie sich selbst zum Höhepunkt brachte.

»Das ist es, Di. Gott, du bist so wunderschön. Ich liebe dich so sehr. Du bist mein Ein und Alles …«

Trigger war sich dessen, was er sagte, kaum bewusst. Er wollte nur, dass sie wusste, wie viel ihm das bedeutete. Wie viel sie ihm bedeutete.

»Ich komme!«, stöhnte sie, aber Trigger brauchte keine Vorwarnung. Ihre inneren Muskeln erwürgten praktisch seinen Schwanz. Es war jetzt schwieriger, in sie einzudringen, aber er ließ nicht nach.

»Walker!«, stöhnte sie voller Ekstase und stieß ihr

Becken nach oben gegen ihn. Trigger legte eine Hand unter ihren Hintern und schob sich so weit wie möglich in sie hinein. Er hielt sie an sich gedrückt, als er schließlich explodierte. Es fühlte sich an, als würde er nie mehr aufhören zu kommen.

Trigger wollte sich nicht bewegen. Er wollte für immer in der Frau vergraben bleiben, die er mehr als sein Leben liebte. Langsam senkte er sich auf ihre Brust und achtete dabei darauf, sie nicht zu zerquetschen. Gillian hob die Beine und umklammerte damit seinen Rücken. Sie atmeten beide schwer und Trigger vergrub seine Nase an ihrem Hals.

»Ich liebe es, wie es überall in meinem Haus nach Heckenkirsche riecht. Es erinnert mich ständig an dich und daran, wie froh ich bin, dich in meinem Leben zu haben. Bitte schließ mich nicht aus, Gilly.« Trigger wusste, wenn seine Teamkollegen ihn so betteln hören könnten, würden sie ihn auslachen ... aber es war ihm egal. »Zu wissen, dass es dir nicht gut geht und du dich deswegen aus unserem Bett schleichst, bringt mich um.«

»Ich werde es nicht noch einmal tun«, versicherte Gillian ihm.

»Danke.« Trigger hob den Kopf. »Ich liebe dich.«

»Ich liebe dich auch«, antwortete sie.

»Fühlst du dich besser?«, fragte er.

Sie schenkte ihm ein kleines Lächeln. »Ja.«

»Ich war nicht zu grob?«, wollte er wissen.

»Du würdest mir nie wehtun.«

Das war nicht gerade eine klare Antwort, aber so wie

sie ihn anlächelte und sich an ihn drückte, musste er davon ausgehen, dass die Antwort nein lautete.

Trigger spürte, wie sein Schwanz weicher wurde. Es war nur eine Frage der Zeit, bis er aus ihrem Körper gleiten würde. Sie umklammerte mit ihren Händen seinen Bizeps und er sah auf ihre linke Hand. Als er den Diamantring entdeckte, den er ihr dort angesteckt hatte, und mit dem Wissen, dass sie bald seine Frau sein würde, seufzte er zufrieden.

Trigger legte sich auf die Seite und verzog das Gesicht, als er aus ihr herausglitt. Er zog Gillian an sich, sodass ihr Kopf auf seiner Schulter ruhte. »Was kann ich tun, um dir zu helfen?«, fragte er.

»Du tust es gerade. Du hältst mich fest. Du liebst mich auf eine Weise, sodass ich an nichts anderes mehr denken kann als daran, wie sehr ich dich liebe.«

Er schloss seine Arme fester um sie. Als er vor all den Monaten zum ersten Mal mit ihr telefoniert hatte, hatte er keine Ahnung gehabt, wie viel ihm diese Frau bedeuten würde. Sie war ein verängstigtes Entführungsopfer gewesen, aber sie war ihm schon damals irgendwie unter die Haut gegangen. Sie war nicht in Panik geraten, hatte getan, was getan werden musste, um sich selbst und die anderen Passagiere zu retten.

Trigger wusste, dass sie etwas so viel Besseres verdient hatte als so ein überfürsorgliches Militärarschloch wie ihn. Aber er würde alles in seiner Macht Stehende tun, um sie glücklich zu machen. Damit sie ihn nie würde verlassen wollen.

»Warum lädst du morgen nicht deine Freundinnen zu einem Frauenabend ein?«, schlug er vor.

»Bist du sicher?«, fragte sie. »Ich weiß, dass es anstrengend für dich ist, nach uns zu sehen, wenn wir anfangen zu trinken.«

Trigger lächelte. Gillian und ihre drei besten Freundinnen waren eine Handvoll, aber das war ihm egal. »Ich bin sicher«, bestätigte er. »Ich würde gern glauben, dass ich deine Dämonen ganz allein in Schach halten kann, aber ich weiß, dass es dir guttut, etwas Zeit mit deinen Freundinnen zu verbringen.«

»Einverstanden. Walker?«

»Ja, Di?«

»Ich werde mich nicht mehr aus unserem Bett schleichen. Wenn ich nicht schlafen kann, bleibe ich hier.«

»Danke. Glaubst du, du kannst jetzt schlafen?«

»Ja, ich bin erschöpft.«

Trigger umarmte Gillian fester. Er erkannte den Moment, als sie einschlief. Ihr ganzer Körper entspannte sich an ihm und er seufzte erleichtert. Es war fast beängstigend, wie viel Liebe er für die Frau in seinen Armen empfand. Sie war sein Leben. Sie brauchte ihn nicht, aber er brauchte sie. Er würde den Rest seines Lebens damit verbringen sicherzugehen, dass sie ganz genau wusste, wie sehr.

DAS BESTE WEIHNACHTEN ÜBERHAUPT

Als Chris und Sienna sich bei einem Unfall in Texas begegnen, entdecken sie, dass sie auf unerklärliche Weise in mehrfacher Hinsicht miteinander verbunden sind. War es Zufall? Vielleicht. Oder ihr ganz persönliches Weihnachtswunder.

ANMERKUNG DER AUTORIN

Dies ist eine vollkommen eigenständige Geschichte. Sie hat mit keinem der Bücher zu tun, die ich geschrieben habe (obwohl es einen flüchtigen Blick auf einige Delta-Force-Soldaten gibt). Ich hatte sie für einen Sammelband mit Weihnachtsgeschichten geschrieben, den es nicht mehr zu kaufen gibt. Ich dachte, sie wäre eine wunderbare Ergänzung für diesen Sammelband. Viel Spaß beim Lesen!

TEIL 1: DER UNFALL

Sienna Bernfield hatte nicht einmal Zeit zu schreien. Im einen Moment fuhr sie noch in Richtung Militärstützpunkt Fort Hood und im nächsten explodierte vor ihrem Mietwagen die Welt.

Ein riesiger Pritschenwagen überfuhr eine rote Ampel und krachte direkt in den Honda Civic vor ihr. Sie trat auf die Bremse und sah ungläubig zu, wie der riesige Wagen das kleinere Auto über die Kreuzung schob und gegen die Seite eines angrenzenden Backsteingebäudes drückte.

Sienna handelte instinktiv. Sie hielt ihren Wagen an, sprang hinaus und lief zu dem Unfallwagen hinüber, wobei sie die Schaulustigen ignorierte, die brüllten, dass der Unfallverursacher vom Unfallort floh. Ihre einzige Sorge galt der Person, die sich in dem zerquetschten Wagen befand, der zwischen dem Kühlergrill des Pritschenwagens und der Gebäudewand eingeklemmt war.

Zu Hause in Nashville war sie Sanitäterin und wusste, wie wichtig es war, einem Unfallopfer so schnell wie möglich zu helfen. Entscheidend waren die ersten sechzig Minuten nach einem durch einen Unfall verursachten Trauma. Das war die kritischste Zeit für eine erfolgreiche Notfallbehandlung. Wenn die Person oder Personen in dem Wagen verletzt waren, hatte ihre Uhr bereits zu ticken begonnen.

Die gesamte Beifahrerseite des Wagens war eingedrückt worden und Sienna war erleichtert, niemanden auf dieser Seite sitzen zu sehen. Im Hintergrund ertönte Weihnachtsmusik aus einem der nahe gelegenen Geschäfte, als sie versuchte, sich den Weg zur Fahrerseite zu bahnen.

Die Türen auf beiden Seiten des Wagens waren blockiert. Die Beifahrerseite war durch den Aufprall zerquetscht und die Fahrerseite war gegen das Backsteingebäude gedrückt worden. Die Windschutzscheibe war gesprungen, aber nicht zerbrochen, und auf dem Heck des Wagens waren Glassplitter verstreut.

Der Morgen war für texanische Verhältnisse kühl. Sienna trug eine langärmelige Bluse und eine Jacke. Ohne darüber nachzudenken, was sie tat, kletterte sie auf den Kofferraum und fegte die Trümmer vom Dach, bevor sie sich auf den Bauch legte und durch das Schiebedach ins Innere des Wagens spähte.

Auf dem Fahrersitz saß ein Mann, dessen Kopf gegen die Backsteine des Gebäudes gelehnt war. Das Fenster neben ihm war beim Aufprall zersplittert. Sienna konnte

Blut an seinem Gesicht herunterlaufen und auf seine Brust tropfen sehen. Auf den ersten Blick sah sie keine Knochen aus seinen Armen oder Beinen ragen, was gut war. Aber das bedeutete nicht, dass er keine inneren oder Wirbelsäulenverletzungen hatte.

Das Lenkrad war nach unten gebogen. Der Mann war offensichtlich in dem Fahrzeug eingeklemmt. Es wäre unmöglich, dass er seine Beine ohne Hilfe der Feuerwehr herausbekam.

Wieder einmal war Sienna froh, nur einen Meter siebenundfünfzig groß zu sein, und schob sich durch das Schiebedach, bis sie neben dem Mann auf dem Beifahrersitz kauerte. Sie konnte nicht mehr zählen, wie oft sie diejenige der Krankenwagenbesatzung gewesen war, die in Gullys, unter Fahrzeuge oder andere schwer zugängliche Orte gekrochen war. Sie dachte über enge Zwischenräume nicht einmal mehr nach.

Sie streckte die Hand aus und legte ihre Finger auf die Halsschlagader des Mannes – und riss reflexartig ihre Hand zurück, als seine Augen aufsprangen.

Sofort griff Sienna nach ihm und packte ihn an beiden Seiten seines Kopfes, so gut sie es in dem engen Raum konnte, und versuchte, ihn ruhig zu halten, damit eine mögliche Verletzung seines Nackens nicht verschlimmert wurde. »Es ist alles in Ordnung, Sir. Sie hatten einen Autounfall, aber es wird alles gut«, erklärte sie ihm ruhig.

Mit einer Hand griff er nach ihrem Handgelenk,

versuchte aber nicht, sich aus ihrem Griff zu befreien oder sich anderweitig zu bewegen.

Sienna konnte sehen, wie sein Gehirn sich bemühte zu verarbeiten, was passiert war und wo er sich befand. In der Sekunde, in der er die Situation zu realisieren schien, beschleunigte sich sein Atem und seine Augen weiteten sich weiter.

»Ich muss hier raus«, sagte er mit leiser, kontrollierter Stimme.

»Es tut mir leid«, erwiderte Sienna, »das ist im Moment einfach nicht möglich. Aber Sie sind in Sicherheit. Autos explodieren nicht wie in Filmen und Fernsehsendungen. Ich bin sicher, die Polizei und die Feuerwehr sind bereits unterwegs. Sie werden Sie so schnell wie möglich hier rausholen.«

»Sie verstehen nicht«, sagte er in einem Tonfall, den Sienna nicht deuten konnte. »Ich leide unter Klaustrophobie. Ich werde verrückt, wenn ich hier nicht rauskomme.«

Christopher King schloss die Augen und versuchte, die Tatsache auszublenden, dass er in dem lächerlich kleinen Mietwagen gefangen war, den er am Flughafen in Austin abgeholt hatte. Er hatte einen Geländewagen reserviert, aber als er ankam, war ihm mitgeteilt worden, dass es einen Schreibfehler gegeben hatte und ihm nur dieser Honda Civic zur Verfügung stand. Er hatte dafür gesorgt, dass die Angestellten wussten, dass er nicht glücklich darüber war. Aber am Ende gab es nichts, was er dagegen tun konnte. Also war er mit dem Wagen losgefahren, der für seinen Geschmack viel zu klein war.

Mit einem Meter fünfundachtzig war er ein großer Mann und er konnte sich nicht erinnern, wann er das letzte Mal in einem so kleinen Fahrzeug wie diesem gesessen hatte. Wäre sein Sohn nicht an diesem Nachmittag von einem neunmonatigen Einsatz im Nahen Osten zurückgekehrt, hätte er sich geweigert, den Wagen zu nehmen. Aber er musste seinen Hintern nach Fort Hood bewegen, ins Hotel einchecken und dann zum Militärstützpunkt fahren, wo er im Empfangsbereich auf Tony warten würde, um ihn zu begrüßen, sobald er mit seiner Einheit dort eintraf.

Es war Heiligabend und zu erfahren, dass sein Sohn an diesem Abend nach Hause kam, war das beste Geschenk gewesen. Chris hatte sich von seiner Frau scheiden lassen, als Tony erst fünf Jahre alt gewesen war. Er hatte seinen Sohn, als er jünger war, nicht so oft sehen können, wie ihm lieb gewesen wäre. Also bemühte er sich jetzt, an seinem Leben teilzuhaben, auch wenn das bedeutete, Hunderte von Kilometern zu reisen, um ihn nach einem Einsatz zu Hause willkommen zu heißen.

Chris mochte die Weihnachtszeit nicht besonders. Er war kein Grinch, aber es machte keinen Spaß, seine Wohnung allein zu dekorieren. Außer seinem Sohn hatte er niemanden, für den er Geschenke kaufen könnte, und für ihn kaufte auch niemand Geschenke.

Er arbeitete hart und liebte es, in den Smoky Mountains zu zelten. Vor Kurzem hatte er eine kleine Jagdhütte gekauft, zu der er fast jedes Wochenende fuhr, um sich zu entspannen und von der Arbeit abzuschalten.

Er hatte die meiste Zeit seines Lebens im Strafvollzug gearbeitet. Derzeit arbeitete er im Riverbend Hochsicherheitsgefängnis außerhalb von Nashville. Ursprünglich wollte er nicht Gefängniswärter werden, aber im Laufe der Zeit hatte er festgestellt, dass es ihm Spaß machte ... meistens. Aber bei einem Aufstand vor ein paar Jahren, bei dem ein Großteil des Gefängnisses in Mitleidenschaft gezogen worden war, war er buchstäblich mit seiner eigenen Sterblichkeit konfrontiert worden. Danach hatte Chris die Entscheidung getroffen, entweder den Beruf zu wechseln oder einen Weg zu finden, vorzeitig in den Ruhestand zu gehen.

Er war neunundvierzig. Zu jung, um wirklich in Rente zu gehen, und viel zu alt, um einen neuen Beruf zu erlernen. Aber nachdem auch die Therapiestunden an seiner Platzangst nichts geändert hatten, war er an einem Punkt angelangt, an dem er eine Entscheidung treffen musste.

Sein Plan war es gewesen, nach Texas zu fliegen, seinen Sohn zu sehen und dann einige Veränderungen in seinem Leben vorzunehmen. Natürlich schien ihm das Leben immer wieder einen Strich durch die Rechnung zu machen.

Chris wusste, dass er nur Sekunden davon entfernt war, von seiner Platzangst übermannt zu werden und eine Panikattacke zu bekommen, aber er konnte es nicht kontrollieren. Als er die Augen öffnete, sah er auf der einen Seite eine Backsteinmauer und um sich herum zerquetschtes Metall. Er konnte seine Beine nicht bewegen und fast alle Knochen in seinem Körper taten weh. Gott sei Dank schien nichts gebrochen zu sein, aber er wusste, dass er noch lange Schmerzen haben würde.

Er hatte keine Ahnung, woher die Frau neben ihm gekommen war. Minuten zuvor war sie noch nicht in seinem Wagen gewesen, aber im Moment war es ihm egal. Er hörte, wie sie ihm sagte, dass es ihm gut gehen werde, aber er konnte nur daran denken, wie er hier herauskam. Er musste hier raus!

»Schauen Sie mich an«, forderte die Frau ihn auf.

Chris wollte die Augen nicht öffnen, denn dann würde er die gesprungene Windschutzscheibe vor sich sehen – die ihn an den schicksalhaften Tag im Gefängnis erinnern würde und daran, dass er in dieser dummen Karre gefangen war, diesem fürchterlichen Kleinwagen, der ihm aufgezwungen worden war.

Ihre Stimme wurde sanfter, als sie sagte: »Mein Name ist Sienna. Ich bin Sanitäterin und keine verrückte Frau, die aus einer Laune heraus beschlossen hat, in ein Autowrack zu steigen.«

Chris hörte den Humor in ihrer Stimme und wollte darauf reagieren, aber es fiel ihm schwer, die gewalttätigen Bilder des Gefängnisaufstands aus seinem Kopf zu bekommen. »Ich bin Chris«, erwiderte er schließlich. »Chris King.«

»Leben Sie hier in der Gegend?«

Er wusste, dass sie versuchte, ihn abzulenken, aber es funktionierte nicht. »Nein, ich komme aus Tennessee.«

»Wirklich? Ich auch. Ich wohne in Nashville. Und Sie?«

Überrascht öffnete er die Augen. Er konnte den Kopf nicht drehen, weil sie ihn festhielt, aber er bewegte seine Augen in ihre Richtung. »Ich auch.« Sie grinste und die Gedanken an den Aufstand, den er erlebt hatte, verschwanden plötzlich aus seinem Kopf. »Kommen Sie wirklich aus Nashville oder sagen Sie das nur, um mich zu beruhigen?«, fragte er.

Sienna lächelte. »Ich wohne wirklich dort. Seit ungefähr fünfundzwanzig Jahren.«

»Seit Sie klein waren?«, hakte er nach.

Sie kicherte und das leise Geräusch hallte in der kleinen Fahrzeugkabine wider. Es fühlte sich an, als hätte sie ihm eine warme Decke um die Schultern gelegt. Es war so beruhigend. Er behielt ihr Gesicht im Auge, dankbar, dass sie ihn auf andere Gedanken brachte.

»Sie sind lustig. Nein, ich bin dorthin gezogen, nachdem ich meinen Abschluss an der Universität von Tennessee gemacht hatte.«

»Auf keinen Fall«, sagte Chris.

»Auf keinen Fall was?«, fragte Sienna.

»Nie im Leben sind Sie über vierzig. Höchstens fünfunddreißig.«

Sie lachte wieder, und wieder vergaß er, wo er war und was passiert war. Alles, was er sehen konnte, waren ihre wunderschönen braunen Augen. »Danke. Das muss daran liegen, dass ich so klein bin. Dadurch sehe ich jünger aus.«

Chris versuchte, den Kopf zu schütteln, aber sie hatte ihn zu fest im Griff, als dass er sich auch nur einen Zentimeter bewegen konnte. »Nein, es ist so. Sie sind wunderschön.«

Sie errötete und er dachte, dass es eine Schande war. Eine Frau, die so gut aussah wie Sienna, sollte an Komplimente gewöhnt sein. Sie hatte hübsche hellbraune Haare mit blonden Strähnchen. Im Moment hing es ihr über die Schultern und sie hatte einen schwarzen Streifen auf der Wange. Er runzelte die Stirn und fragte sich, ob sie sich verletzt hatte, als sie zu ihm in diese Todesfalle geklettert war.

Gerade als ihm der Gedanke kam, erinnerte er sich daran, wo er war und dass er feststeckte. Er versuchte, sich auf dem Sitz zu bewegen, aber seine Beine waren unter dem Lenkrad und dem Armaturenbrett eingeklemmt. Er spürte den Druck des Lenkrads auf seinen Schenkeln.

Chris schloss die Augen wieder und spürte, wie die Panik erneut in ihm aufstieg.

»Also, wenn Sie aus Tennessee kommen, was machen Sie dann hier in Texas? Haben Sie sich verirrt?«

Chris wollte unbedingt, dass sie ihn weiter mit ihren Fragen ablenkte. Er hielt immer noch ihr Handgelenk fest und konnte den gleichmäßigen Puls spüren. Er zwang sich noch einmal, die Augen zu öffnen, und stellte fest, dass sie sich so bewegt hatte, dass sie fast auf seinem Schoß saß. Das Lenkrad war im Weg, aber sie hatte sich bemüht, direkt in sein Blickfeld zu rücken. Von draußen hörte er vage das Gerede von Leuten, aber er konzentrierte sich auf Sienna. Sie war das Einzige, was ihn davon abhielt, den Verstand zu verlieren.

»Mein Sohn kommt heute von einem Einsatz nach Hause.«

Überrascht hob sie die Augenbrauen. »Wirklich?«

»Wirklich.«

»Meiner auch. Nun, meine Tochter, nicht mein Sohn.«

Chris starrte sie ungläubig an. Ihm kam der Gedanke, dass sie sich das alles nur ausdachte, um ihn zu beruhigen, aber er bezweifelte, dass sie bei so etwas wie einem Kind lügen würde. »Wenn das kein Zufall ist«, sagte er.

»Oder Schicksal«, gab sie trocken zurück. »Wir leben seit Jahren in derselben Stadt. Wir haben Kinder, die ungefähr im gleichen Alter sind und beide sind in der Armee. Wahrscheinlich sind sie sogar in derselben Einheit und waren zusammen im Ausland stationiert. Wir waren zur selben Zeit am selben Ort unterwegs und ich bin Sanitäterin und klein genug, um hier reinzupassen ... hier sind wir nun. Es ist ein Weihnachtswunder.«

Wenn sie es so ausdrückte, schien es sogar noch unwahrscheinlicher, aber ihm gefiel der Gedanke, dass sie sein Weihnachtswunder war. Sie war sein Geschenk.

Es war lange her, dass er sich über ein Geschenk so

sehr gefreut hatte, wie er sich über den Gedanken freute, dass sie seines war.

»Ich schätze, das bedeutet, dass Sie keine andere Wahl haben, als sich von mir zum Mittagessen oder Kaffee oder so ausführen zu lassen, sobald ich hier rauskomme«, sagte Chris. Seine Worte waren leichtfertig, aber er meinte es ernst. Aus irgendeinem Grund hatte er das Gefühl, dass sie dazu bestimmt waren aufeinanderzutreffen.

»Einverstanden«, sagte sie leise und ein rosa Schimmer überflutete ihre Wangen.

Dann hämmerte jemand auf das Dach des Wagens und unterbrach sie.

Sienna hasste es, wie leicht sie errötete. Sie wurde sofort rot, wenn ihr etwas peinlich war, wenn ihr jemand ein Kompliment machte oder wenn die Männer auf dem Revier in Tennessee sie aufzogen. Sie wollte Chris gegenüber gelassen und abgebrüht wirken, aber stattdessen sah sie eher wie eine schüchterne Jungfrau oder so aus.

Sie konnte nicht glauben, dass sie beide Kinder in derselben Einheit hatten und aus dem gleichen Grund in Texas waren. Es musste Schicksal sein ... oder?

»Seid ihr da drin okay?«, fragte eine Stimme von oben.

Sienna blickte auf und sah einen Zivilisten, der durch das geöffnete Schiebedach auf sie hinabsah. Sie nickte.

»Es ist alles in Ordnung. Wissen wir schon, wann die Rettungskräfte eintreffen?«

»Nein, aber sie sind unterwegs. Hier draußen steht eine Gruppe von Soldaten. Sie haben den flüchtigen Fahrer verfolgt und ihn erwischt. Sie halten ihn fest, bis die Polizei da ist.«

»Jemand muss den Feuerwehrmännern mitteilen, dass sie Werkzeug brauchen, um das Opfer aus dem Wagen zu holen. Wahrscheinlich hat er sich auch den Kopf und die Wirbelsäule verletzt«, sagte Sienna zu dem Mann, während sie sich wieder an ihren Beruf erinnerte.

Ohne ein weiteres Wort verschwand der Mann und Chris und sie waren wieder allein. Sie konnte draußen mehr Leute reden hören, aber im Moment schien es, als wären sie und Chris die einzigen Menschen auf der Welt.

Sie bewegte sich, wobei sie ignorierte, wie ihre Knie und Hüften unter der unangenehmen Position, in der sie sich befand, protestierten, und sah wieder den Mann vor ihr an.

In der Zeit, die es gebraucht hatte, den anderen Mann über Chris' Zustand zu informieren, war er wieder in Gedanken versunken. Er zitterte und schwitzte und Sienna glaubte nicht, dass es an physischen Verletzungen lag. Er hatte ihr gesagt, dass er unter Platzangst leidet. Hier festzustecken, während er von ihm festgehalten wurde, war sicher kein Zuckerschlecken.

»Ich erinnere mich an einen Einsatz, bei dem ein Kind einem Kätzchen in ein Abwasserrohr hinterher gekrochen und stecken geblieben war. Natürlich sind die

Männer, mit denen ich zusammenarbeite, alle groß und muskulös, also gab es keine lange Diskussion darüber, dass ich diejenige sein würde, die hinter ihm hermuss.«

Chris behielt die Augen geschlossen, aber Sienna wusste, dass er ihr zuhörte. Ohne darüber nachzudenken, begann sie, mit ihrem Daumen über sein Kinn zu streicheln, als sie fortfuhr: »Es war ein Tag nach Weihnachten und seine Mutter erzählte mir, dass er den ganzen Morgen mit seinem neuen Handyspiel gespielt hatte. Sie hatte ihn schließlich gezwungen, eine Pause zu machen und nach draußen zu gehen. Ich bin also in die Kanalisation gekrochen und, obwohl ich noch nie Probleme mit Platzangst hatte, hatte ich in dieser Röhre damit zu kämpfen. Ich habe den Jungen schließlich erreicht, aber ich muss sagen, dass es die Hölle war, ihn an seinen Beinen da herauszuziehen. Er trat aus und schrie und das Geräusch hallte in dem engen Rohr wider. Ich dachte, ich würde taub, wenn ich ihn nicht schnell nach draußen bringe.

Schließlich schaffte ich es bis zur Öffnung und mein Team zog mich an meinen Stiefeln zusammen mit dem Jungen heraus. Wir waren beide mit Schlamm und anderen Dingen bedeckt, über die ich lieber nicht nachdenken möchte. Anstatt mir zu danken, drehte der Junge sich um und schrie mich an, dass er mit dem Kätzchen gespielt habe und ich kein Recht gehabt hätte, ihn zu berühren. Seine Mutter war nicht viel besser und verschwand, ohne etwas zu sagen, wieder mit ihm im Haus, wahrscheinlich um weiter das verdammte Spiel zu spielen, das er vom Weihnachtsmann bekommen hatte.«

Chris öffnete endlich die Augen ... und anstatt über ihren letzten Satz zu lachen, sagte er: »Ich arbeite in einem Hochsicherheitsgefängnis und es gab einen Aufstand. Ich habe mich im Überwachungsraum eingeschlossen, aber die Gefangenen haben auf die Scheibe eingeschlagen, die dieser Windschutzscheibe jetzt verdammt ähnlich sah, bis sie schließlich zersprang. Sie haben mich zusammengeschlagen und mich dann in eine Einzelzelle gesteckt. Es war dunkel und ich konnte das Gebrüll des Aufstands von draußen hören. Aber am schlimmsten war der Rauch von dem Feuer, das sie gelegt hatten. Niemand wusste, wo ich war, und wenn das Feuer außer Kontrolle geraten wäre, wäre ich entweder lebendig verbrannt oder am Rauch erstickt. Es fühlte sich an, als wäre ich lebendig begraben gewesen.«

Sienna konnte seinen Kopf nicht loslassen, aber sie wollte ihn in diesem Moment mehr umarmen als alles andere in ihrem Leben. Sie entschied sich dafür, sich nach vorn zu beugen und ihre Stirn auf seine zu legen.

Er fuhr mit erstaunlich fester Stimme fort: »Schließlich bekamen die Polizei und das SWAT-Team die Lage unter Kontrolle und durchsuchten Zelle für Zelle das Gefängnis, um es zu sichern, als sie mich fanden. Sie sagten mir, dass ich drei Stunden dort drin war. Es hatte sich angefühlt wie Tage. Seitdem habe ich Probleme mit engen Räumen.«

Sienna zog sich zurück und sah Chris in seine

dunkelblauen Augen. Er hatte blondes Haar, das an den Schläfen grau zu werden begann. Er hatte Falten um seine Augen und seinen Mund, was bedeutete, dass er wahrscheinlich viel lachte. Seine Nase war etwas schief. Offensichtlich war sie ihm in der Vergangenheit gebrochen worden, möglicherweise sogar bei dem Aufstand, von dem er gesprochen hatte. Er hielt immer noch ihr Handgelenk fest, als wäre sie eine Rettungsleine. Sie nahm an, dass es für ihn so war.

»Ich werde Sie nicht allein lassen, bis Sie hier raus sind«, versprach sie.

»Mir geht es gut«, sagte er sofort, aber Sienna merkte, dass dem nicht so war.

»Natürlich«, stimmte sie zu. »Erzählen Sie mir von Tony«, bat sie.

Er zögerte, dann verzog sich eine Seite seines Mundes nach oben. »Sie versuchen, mich abzulenken«, warf er ihr vor.

»Allerdings«, gab sie ohne Ausflüchte zu. »Also ... Tony?«

Sie beobachtete, wie Chris sich bemühte, an seinen Sohn anstatt an seine missliche Lage zu denken. Als er darüber sprach, wie stolz er auf Tony war und was er in der Armee geleistet hatte, versuchte sie, still eine Bestandsaufnahme seines Zustands zu machen.

Sein Puls war etwas erhöht, aber das war unter diesen Umständen normal. Seine Haut hatte eine gesunde Farbe und er schien nicht zu frieren. Das war gut. Er sprach ohne Probleme, also hatte seine Lunge wahrscheinlich keinen Schaden davongetragen. Die Schnittwunde an der Seite seines Kopfes blutete langsam. Es war aber nichts, worüber sie sich allzu viele Sorgen machte. Kopfwunden bluteten normalerweise stark, was dabei half, die Wunde zu reinigen. Er würde genäht werden müssen, aber das wäre nur eine Kleinigkeit. Er konnte seine Arme ohne Probleme bewegen und der Griff um ihr Handgelenk war fest. Seine Beine konnte sie von ihrer Position aus nicht sehen, weil das Lenkrad im Weg war. Das beunruhigte sie etwas.

»Sie hören gar nicht zu, was ich erzähle, oder?«, fragte Chris nach einer Pause.

Sienna hob schuldbewusst den Blick zu ihm. »Natürlich tue ich das.«

Er lachte leise und sie konnte ihn nur geschockt anstarren. Wenn er lächelte, leuchtete sein ganzes Gesicht auf. Sie mochte auch das rumpelnde Geräusch aus seiner Brust.

Sie schämte sich dafür, sich auch nur im Geringsten zu dem Mann hingezogen zu fühlen, während er buchstäblich von Tonnen von Stahl um ihn herum gefangen war, und versuchte, sich zu beherrschen.

»Wie alt war ich, als ich erfahren habe, dass ich Vater werde?«, fragte Chris.

Sienna grinste ihn übermütig an. »Einundzwanzig. Sie mochten Tonys Mutter, waren sich aber nicht sicher, ob Sie den Rest Ihres Lebens mit ihr verbringen wollten. Aber Sie haben sie trotzdem geheiratet und dann wurde Ihr Sohn geboren.«

»Okay«, lenkte er mürrisch ein, »ich schätze, Sie haben zugehört.«

»Ich bin eine Frau«, sagte Sienna selbstgefällig. »Wir können mehr als eine Sache gleichzeitig tun. Wie fühlen sich Ihre Beine an?«

»Meine Füße kribbeln«, antwortete er sofort. Dann fragte er: »Ist das schlimm?«

»Ich will Ihnen nichts vormachen, es ist nicht großartig, aber es ist auch nicht wirklich schlimm. Die Tatsache, dass Sie Ihre Beine fühlen können, ist ein gutes Zeichen.«

»Aber ich stecke fest.«

Sie wollte nicht, dass er sich wieder darauf fixierte und möglicherweise erneut Platzangst bekam, also sagte sie: »Ich habe Randy kennengelernt, als ich dreizehn war. Er war siebzehn. Damals wusste ich nicht, wie unangemessen es war, aber selbst wenn, wäre es mir egal gewesen. Ich liebte ihn und dachte, er liebte mich auch. Es stellte sich heraus, dass er es nur liebte, Sex zu haben ... wobei es egal war, mit wem. Mit achtzehn bin ich zu ihm gezogen. Wir fühlten uns sehr erwachsen. Als ich schwanger wurde, entschied er, dass er vielleicht doch noch kein Erwachsener sein wollte.«

»Er hat Sie verlassen? Was für ein Arschloch«, knurrte Chris. »Miranda und ich waren kein besonders glückliches Paar, aber wenn es um Tony ging, haben wir immer zusammengehalten.«

Sienna wollte nicht zugeben, wie gut es ihr tat, zu hören, dass er in ihrem Namen sauer wurde. »Ja, er hat mich verlassen. Aber weder mir noch meiner Tochter machte es etwas aus. Ich bin wieder zu meinen Eltern gezogen und sie halfen mir, Sarah großzuziehen. Sie haben mich ermutigt, eine Ausbildung zu machen. Ich hatte vor, Krankenschwester zu werden, aber nachdem ich zum ersten Mal in einem Krankenwagen mitgefahren war, war ich begeistert von der Arbeit der Sanitäter, die alles dafür taten, den Verletzten am Leben zu halten, bis sie das Krankenhaus erreichten. Es gab mir einen riesigen Adrenalinschub. Ich habe dann meine Lizenz als Rettungshelferin gemacht und mich später zur Sanitäterin ausbilden lassen. Und ich habe es nie bereut.«

»So wie ich es einschätzen kann, sind Sie echt gut in Ihrem Job«, sagte Chris mit einem kleinen Lächeln.

Sienna erwiderte das Grinsen, antwortete aber nicht verbal. Sie konnte nicht glauben, dass sie gegenüber diesem Mann so starke Gefühle hatte. Es war verrückt. Aber sie konnte nicht leugnen, dass es ihr nichts ausmachen würde, ihn besser kennenzulernen, sobald sie nach Tennessee zurückkehrten.

»Danke«, sagte sie nach einem Moment.

Sie saßen in der Kabine des Autowracks, starrten einander intensiv an und Sienna fragte sich, was Chris wohl dachte.

Sie öffnete gerade den Mund, um ihn zu fragen, als jemand von draußen etwas rief und sie beide erschreckte. Sie festigte ihren Griff um Chris' Kopf und sagte: »Die Kavallerie ist da.«

»Was mich angeht, war sie schon hier«, sagte Chris zu

ihr. Bewunderung und etwas, das sie nicht deuten konnte, leuchteten in seinen Augen.

So verrückt es auch schien, Chris war fast enttäuscht, dass seine Zeit mit Sienna zu Ende ging. Vor zwanzig Minuten hätte er noch alles getan, um aus dem Wagen herauszukommen, aber irgendwie war Sienna in der Lage gewesen zu tun, was kein Therapeut geschafft hatte … sie hatte ihn vor einer Panikattacke bewahrt, indem sie ihn einfach berührt und mit ihm gesprochen hatte. Sie hatte ihn auf andere Gedanken gebracht. Eine Taktik, die andere bereits zuvor probiert hatten. In der Vergangenheit hatte er nicht aufhören können, daran zu denken, lebendig begraben zu sein oder in dieser verdammten Einzelzelle zu ersticken. Aber obwohl er immer noch in dem verdammten Wagen eingeklemmt war, konnte er an nichts anderes als sie denken.

Sie begann zu schwitzen und ihr Haar klebte an ihrer Stirn und an ihrem Hals. Sie musste sich unbehaglich fühlen, während sie vornübergebeugt seinen Kopf und Hals stillhielt. Aber ihre ganze Aufmerksamkeit galt ihm, nicht ihrer eigenen Unbehaglichkeit.

Und ihm war nicht entgangen, wie ihre Augen aufgeleuchtet hatten, als sie über ihre Tochter gesprochen hatte. Er hatte nicht übersehen, wie sie mit ihrem Daumen über seinen Hals gestrichen hatte, um ihn zu beruhigen. Sie war professionell, wie es jede Sanitäterin sein würde, aber definitiv war da etwas zwischen ihnen. Mehr als zwischen einer x-beliebigen Sanitäterin und einem Unfallopfer.

Nachdem die Feuerwehrleute eingetroffen waren, ging es sehr schnell. Sie schnitten die Motorhaube auf und trennten die Karosserie des Fahrzeugs vom Motor. Sienna hielt ihn weiter ruhig und erklärte ihm, was vor sich ging, damit er nicht ausrastete. Das Geräusch der Maschinen war laut und auch wenn sie nicht miteinander sprechen konnten, hielt sie ständig Augenkontakt mit ihm und strich mit dem Daumen über seinen Hals, um ihn wissen zu lassen, dass sie da war.

In der Sekunde, in der das Lenkrad entfernt und der Druck von seinen Oberschenkeln genommen wurde, atmete er erleichtert auf. Seine Zehen kribbelten immer noch, aber er war nicht länger gefangen.

Erst als Siennas Hände um seinen Kopf und Hals durch eine Halskrause ersetzt wurden, geriet er in Panik.

Er weigerte sich, ihre Handgelenke loszulassen, und sagte eindringlich: »Gehen Sie nicht.«

»Ich bin hier«, beruhigte sie ihn. »Aber ich muss etwas Platz machen, damit die Sanitäter Sie herausholen können.«

In der Sekunde, in der er ihre Handgelenke loslassen musste, fielen ihm all die Dinge ein, über die Chris sich eigentlich Sorgen machen sollte. Während der paar Minuten, die sie brauchten, um ihn vorsichtig aus dem Wagen zu heben und ihn auf eine Trage zu legen, bemühte er sich, nicht wieder in Panik zu geraten. Als die

Feuerwehrleute ihn zum Krankenwagen schoben, konnte er nicht widerstehen, noch einmal mit seiner Retterin zu sprechen. Er versuchte, den Kopf zu drehen, um nach Sienna zu sehen, aber die Halskrause hinderte ihn daran.

»Sienna?«, rief er.

»Ich bin hier, keine Panik«, sagte sie.

Er spürte ihre Hand auf seiner Schulter, als die Feuerwehrleute und Sanitäter ihn weiter zum Krankenwagen schoben. »Können Sie bitte Tony ausfindig machen und ihm erzählen, was passiert ist? Ich weiß nicht, wie schnell ich aus dem Krankenhaus kommen werde. Ich könnte ihn verpassen und ich möchte nicht, dass er denkt, ich wäre einfach nicht aufgetaucht.«

»Natürlich mache ich das«, erwiderte sie. Siennas Gesicht erschien über seinem und er spürte, wie sie ihre Hand in seine legte. Er klammerte sich daran und konnte nicht glauben, wie richtig es sich anfühlte, ihre Hand in seiner zu halten.

»Da sind einige Männer, die angehalten haben, um den Verkehr zu regeln und die Polizei zu rufen. Sie haben auch den Idioten dingfest gemacht, der Sie gerammt und dann beschlossen hat zu verschwinden. Während Sie aus dem Wagen befreit wurden, habe ich kurz mit einem von ihnen gesprochen und er sagte, er würde sich darum kümmern, dass Ihr Sohn weiß, wo Sie sind und was passiert ist.«

Chris warf einen Blick in die Richtung, in die Sienna zeigte, und runzelte die Stirn. Da standen sechs Männer. Sie waren alle jünger als er und extrem gut gebaut.

Irrationalerweise gefiel ihm der Gedanke nicht, dass Sienna mit ihnen sprach ... und dass sie möglicherweise ihre Aufmerksamkeit auf sich ziehen könnten, bevor er die Gelegenheit dazu bekam.

Er sah wieder zu ihr auf. »Gehen Sie mit mir aus«, platzte er heraus.

Sie blinzelte überrascht. »Was?«

»Eine Verabredung, wenn ich aus dem Krankenhaus komme, oder wenn das zu früh ist, sobald wir zurück in Tennessee sind. Wir leben beide in Nashville. Ich möchte Sie zum Essen einladen. Vielleicht zu Silvester.« Er hielt den Atem an und wartete auf ihre Antwort.

»Ich hatte mich vor dieser Reise gefürchtet«, erklärte sie ihm leise und ging den Sanitätern aus dem Weg. »Ich liebe meine Tochter, aber auf dem Militärstützpunkt fühle ich mich nicht wirklich wohl. Ich kenne die Regeln nicht und werde paranoid, dass ich einen riesigen Fauxpas machen könnte. Ich hasse es, solche Dinge allein zu machen. Es ist peinlich. Wenn ich all die anderen Paare sehe, die auf ihre Kinder warten, fühle ich mich wie eine Versagerin, weil ich allein bin. Aber jetzt weiß ich, warum ich kommen musste. Um Sie zu treffen.«

»Wir müssen ihn jetzt einladen Ma'am«, sagte einer der Sanitäter. »Wir werden ihn ins Darnall Army Medical Center bringen. Das ist das nächstgelegene Krankenhaus. Er hatte großes Glück, dass er nicht schwerer verletzt wurde.«

Sienna nickte und wollte einen Schritt zurücktreten. Chris verstärkte seinen Griff um ihre Hand. »Warten Sie!«

Der Sanitäter sah verärgert aus, bestand aber nicht darauf, ihn sofort in den Krankenwagen zu heben.

»Sie haben meine Frage nicht beantwortet«, sagte Chris zu Sienna.

Dann lächelte sie ihn an. Es war das schönste Lächeln, das er je gesehen hatte. »Ja, ich würde gern mit Ihnen ausgehen«, beantwortete sie seine Frage schließlich.

»Das ist das beste Weihnachten aller Zeiten«, sagte Chris und drückte ihre Hand. Er wünschte sich, er könnte sie jetzt küssen. Die Gurte um seine Brust verhinderten es, aber ausnahmsweise dachte er nicht daran, dass er Platzangst hatte. Er dachte darüber nach, wohin er Sienna zu ihrer Verabredung ausführen würde. Bevor die Türen des Krankenwagens sich schlossen, sah er noch einmal ihr wunderschönes Lächeln.

TEIL 2: DER ENGEL

»Ich kann nicht glauben, dass du Tonys Vater kennst«, sagte Sarah später am Abend, als sie auf dem Weg ins Krankenhaus waren, um Chris zu besuchen. Die Soldaten am Unfallort hatten getan, was sie versprochen hatten, und sie zum Stützpunkt eskortiert. Sienna erfuhr, dass sie alle in einer Einheit waren. Sie hatte das Gefühl, dass sie nicht darüber reden wollten, aber wenn sie raten müsste, würde sie sagen, dass sie zu einer Spezialeinheit gehörten. Die Männer hatten einfach diese Ausstrahlung.

Sie hatte auch die Ringe an ihren Fingern gesehen.

Als sie den eifersüchtigen Blick bemerkt hatte, den Chris ihnen zugeworfen hatte, wollte sie ihm versichern, dass sie sich nicht zu den Männern hingezogen fühlte. Aber sie hatte ihn auch nicht in Verlegenheit bringen wollen. Wenn sie Chris wiedersah, könnte sie ihm sagen, dass die Männer alle verheiratet zu sein schienen ...

glücklich verheiraten, wenn die Unterhaltung über ihre Frauen ein Indiz war.

Sie war den Wagen der Männer durchs Tor zu einem Gebäude inmitten des geschäftigen Armee-Stützpunktes gefolgt. Sie hatten sie hineinbegleitet und sie dem Kommandanten der Einheit ihrer Tochter vorgestellt. Er wusste sofort, wer Tony war, da er anscheinend ein ausgezeichneter Soldat war und auf viele Offiziere der Einheit einen positiven Eindruck hinterlassen hatte. Er hatte sowohl Tony als auch ihre Tochter in sein Büro bringen lassen.

Sienna war überglücklich gewesen, ihre Tochter wiederzusehen. Facetime und E-Mails waren einfach nicht dasselbe, wie sie in Fleisch und Blut zu sehen. Sienna war glücklich, sich selbst davon überzeugen zu können, dass ihre Tochter gesund und munter war. Dann hatte sie Tony begrüßt und dem jungen Mann erzählt, was mit seinem Vater passiert war und was sie über seinen Gesundheitszustand wusste.

Jetzt waren sie alle in Siennas Mietwagen auf dem Weg über den Stützpunkt zur Klinik.

»Es ist schon verrückt, dass ihr beide in Nashville lebt«, sagte Tony. Er war ein sehr höflicher junger Mann, den Sienna von Anfang an mochte. Er war ungefähr im gleichen Alter wie Sarah, aber anscheinend kannten sie sich nicht wirklich. Sie waren zwar in derselben Einheit, aber Tony war bei der Infanterie und Sarah Köchin, also verkehrten sie in Übersee nicht in denselben Kreisen.

»Nicht wahr?«, entgegnete Sienna. »Ich dachte zuerst,

er macht Witze. Wie hoch stehen die Chancen, dass wir uns hier in Texas über den Weg laufen? Beide aus Nashville und unsere Kinder in derselben Einheit.«

»Es ist ziemlich seltsam. Vielleicht ist es ein Weihnachtswunder«, scherzte Tony.

»Genau das habe ich auch gesagt«, lachte Sienna.

Dann wurde Tony nüchtern und fragte: »Sind Sie sicher, dass es ihm gut geht?«

Sienna nickte und versuchte, den jungen Mann zu beruhigen. »Ich bin sicher. Er ist mit dem Kopf gegen das Fenster auf der Fahrerseite geschlagen, aber ich glaube, er ist ansonsten unverletzt davongekommen. Er hatte großes Glück.«

»Ich verstehe nicht, warum er so einen kleinen Wagen gefahren hat«, grübelte Tony. »Er mietet sonst immer einen großen Geländewagen.«

Sienna zuckte mit den Schultern. »Ich weiß es nicht, aber ich bin mir sicher, er wird es dir erzählen, wenn wir im Krankenhaus ankommen. Soweit ich es beurteilen kann, hat der Wagen ihm aber das Leben gerettet. Die Seitenairbags haben offensichtlich gut funktioniert. Es hätte viel schlimmer kommen können.«

»Danke, dass Sie für ihn da waren«, sagte Tony zu ihr.

Sienna parkte vor der Klinik ein und drehte sich zu Tony um. »So wie ich es einschätze, wäre es deinem Dad auch gut gegangen, wenn ich nicht da gewesen wäre. Er war wirklich nicht sehr schlimm verletzt.«

»Aber Sie haben gesagt, er hat festgesteckt«, beharrte Tony.

Sarah verfolgte interessiert das Gespräch.

»Das hat er«, bestätigte Sienna.

»Er leidet unter Klaustrophobie. Er gibt es nicht gern zu, aber nach dem, was er mir in den letzten Monaten während meines Einsatzes erzählt hat, wird es schlimmer anstatt besser.«

»Ich glaube, niemand gibt gern zu, dass er Schwächen hat«, sagte Sienna. »Ich nehme an, dass du als Soldat schon zuvor Leute kennengelernt hast, die verwundet wurden und Schwierigkeiten haben, mit dem fertigzuwerden, was sie im Einsatz getan und gesehen haben. Das ist nichts anderes. Nur weil es deinem Dad schwerfällt, mit dem Aufstand in dem Gefängnis fertigzuwerden, heißt das nicht, dass er nicht stark oder mutig ist. Dass er mir sofort gesagt hat, dass er Platzangst hat, verdient Respekt. Es hat in meinen Augen nichts mit Männlichkeit zu tun, zu verbergen, was jemand empfindet. Merk dir das.«

Tony starrte sie einen Moment lang an, dann grinste er. »Jawohl, Ma'am.«

Sienna schüttelte den Kopf. »Tut mir leid. Aufgrund der Dinge, die ich bei der Arbeit sehe, war ich selbst oft genug in Therapie. Ich neige dazu, mich leidenschaftlich in dem Thema zu verlieren. Komm, lass uns reingehen und sehen, ob wir deinen Dad finden können. Ich weiß, dass er es kaum erwarten kann, dich zu sehen.«

Die drei gingen ins Krankenhaus und ihnen wurde der Weg zu Chris' Etage mitgeteilt. Sie gingen über einen langen Flur und Tony öffnete die Tür zu seinem Zimmer, aber Sienna hielt inne, bevor sie ihm hinein folgte.

Sarah drehte sich im Zimmer um und fragte: »Mom, kommst du?«

Für den Bruchteil einer Sekunde fragte Sienna sich, was sie hier tat. Sie und Sarah sollten jetzt in einem chinesischen Restaurant sitzen, wie es für sie an Heiligabend üblich war. Sie hätte Tony absetzen und sich auf den Weg machen sollen.

Warum freute sie sich so darüber, Chris wiederzusehen? Es war nicht so, als wären sie ein Paar. Sie waren Fremde. Sie war schon öfter, als sie zählen konnte, als Erste an einem Unfallort gewesen.

Warum war Chris King so anders?

Bevor sie Zeit hatte, Sarah zu packen und zu fliehen, hörte sie Chris' fröhliche Stimme, als er seinen Sohn sah. Und das reichte aus. Bei dem Klang seiner tiefen, grollenden Stimme bewegten ihre Füße sich wie automatisch vorwärts, als hätten sie ihren eigenen Willen.

Sienna schloss die Tür hinter sich und lächelte über die Szene, die sich vor ihr abspielte. Tony saß auf der Bettkante und umarmte seinen Dad. Vater und Sohn hatten kein Problem damit, einander Zuneigung zu zeigen. Sienna gefiel das. Ihre aufrichtigen Emotionen waren leicht zu sehen und zu spüren.

Nachdem sie sich begrüßt hatten, begegneten sich Chris' und Siennas Blicke. »Hey«, sagte er mit einem breiten Lächeln. »Sie sind wieder da.«

»In der Tat«, sagte Sienna, die wusste, dass sie wieder

rot wurde. Aber sie konnte es nicht kontrollieren. Jedes Mal wenn sie in seiner Nähe war, fühlte sie sich, als wäre sie wieder fünfzehn. Sie wäre nicht rot geworden, wenn der Ausdruck in seinen Augen ihr nicht verraten hätte, dass er genauso an ihr interessiert war wie sie an ihm.

Sie schaffte es, sich hinzusetzen und ein normales Gespräch mit den anderen im Raum zu führen, aber Sienna war sich mehr als bewusst, dass Chris ihr immer wieder heimlich Blicke zuwarf, genau wie sie ihm. Die Spannung zwischen ihnen war so intensiv, dass sie nicht glauben konnte, dass Sarah und Tony es nicht kommentierten.

Nachdem er sich zum zehnten Mal vergewissert hatte, dass es seinem Dad wirklich gut ging und der Arzt ihn nur wegen einer leichten Gehirnerschütterung vorsichtshalber über Nacht dabehalten wollte, stand Tony endlich auf. »Wenn es dir wirklich gut geht, dann mache ich mich jetzt auf den Weg. Einige der anderen alleinstehenden Männer aus meiner Einheit treffen sich zu einer spontanen Weihnachts-willkommen-zu-Hause-Feier.« Tony wandte sich Sarah zu. »Willst du mitkommen?«

Sarah sah ihre Mutter an. »Oh, na ja ... wir wollten eigentlich chinesisch essen gehen ...«

Sienna schüttelte den Kopf. »Es ist in Ordnung. Geh und hab Spaß. Wir sehen uns morgen.«

»Bist du sicher?«

Sienna warf Chris einen flüchtigen Blick zu. Als sie sah, mit welch intensivem Ausdruck in seinen Augen er ihren Blick erwiderte, errötete sie sofort. »Ich bin sicher«, sagte sie geistesabwesend und hielt Blickkontakt mit Chris.

Ihr Blickkontakt wurde unterbrochen, als Tony sich vorbeugte, um seinen Vater noch einmal zu umarmen. Sienna stand auf, um ihre Tochter in den Arm zu nehmen. Als ihre Kinder weg waren, fühlte Sienna sich sofort unbehaglich.

Aber Chris streckte seine Hand aus und sagte: »Komm her.«

Chris hielt den Atem an, als er darauf wartete, dass die schöne Frau seine Hand nahm. Es schienen Stunden zu vergehen, aber in Wirklichkeit waren es nur Sekunden. Er sah, wie sie tief Luft holte und dann die wenigen Schritte machte, die nötig waren, um an seine Seite zu treten.

In der Sekunde, in der sich ihre Finger um seine schlossen, entspannte sich Chris. Er zog an ihrer Hand, bis sie direkt neben seinem Bett stand. Dann zog er noch einmal und sie setzte sich auf die Bettkannte, wo vor einer Minute noch sein Sohn gesessen hatte. »Danke, dass du Tony hergefahren hast«, sagte er zu ihr. Er wollte diesen Teil hinter sich bringen, bevor er zu interessanteren Themen überging. »Ich weiß, dass er in den Zwanzigern ist, aber er ist immer noch mein kleiner Junge, und ich hasse es, dass er von jemand anderem über meinen Unfall erfahren musste.«

»Der Kommandant hat gute Arbeit geleistet, ihm zu versichern, dass es dir gut geht, bevor ich ihm die Einzelheiten erzählt habe«, erwiderte Sienna.

Chris liebte den Klang ihrer Stimme. Ihr Tonfall war ruhig und gleichmäßig. Es entspannte ihn jetzt, genau wie zuvor in dem Autowrack. »Und danke, dass du ihn in mein Zimmer begleitet hast.«

»Gern geschehen.«

»Hast du Hunger?«, fragte er.

»Ich könnte etwas zu essen vertragen«, antwortete sie.

»Chinesisch?«, fragte er mit einem Lächeln.

Sie erwiderte sein Grinsen. »Das ist Tradition. Ich bin nicht die beste Köchin und an Heiligabend arbeite ich meistens eine Zwölf-Stunden-Schicht, bevor ich nach Hause komme. Da bleibt keine Zeit zum Kochen. Also haben Sarah und ich es zur Tradition gemacht auszugehen. Aber ...«

»Aber?«, fragte er, als sie innehielt.

»Ich muss ein Geständnis machen«, sagte Sienna ernst.

»Ja?«

»Ich mag chinesisches Essen nicht«, flüsterte sie. »Es war nur das einzige Restaurant, das vor all den Jahren an Heiligabend geöffnet hatte.«

Chris lächelte. Dann lachte er. Als sie zur Antwort kicherte, lachte er noch heftiger. Ehe er sichs versah, lachten sie beide und hielten sich die Bäuche vor lauter Lachen. Als sie sich beide beruhigt hatten, sagte er: »Ich würde dir gern ein fabelhaftes Weihnachtsessen kochen, aber ich fürchte, das wird dieses Jahr nichts.«

»Nun, dann nächstes Mal«, sagte Sienna mit einem schüchternen Lächeln.

Chris spürte, wie sein Herzschlag sich beschleunigte. Er hatte keine Ahnung, ob sie in einem Jahr überhaupt noch miteinander reden würden, aber er hoffte es sehr. »Wie wäre es, wenn du etwas zum Mitnehmen holst, dann können wir hier zusammen essen. Die Ärzte sagten, ich darf essen, was ich möchte. Sie behalten mich wirklich nur vorsichtshalber hier. Wenn ich über Nacht keine Schmerzen bekomme, werde ich morgen früh entlassen.«

»Klingt gut. Was hältst du von Hamburgern?«

»Von Whataburger?«, fragte Chris.

»Wir sind in Texas ... was liegt da näher?«, scherzte Sienna.

Chris war sich bewusst, dass er immer noch ihre Hand hielt, aber sie machte keine Anstalten, sich von ihm zu lösen.

Nach einer Weile fragte sie: »Was tun wir hier eigentlich?«

»Einander kennenlernen«, antwortete Chris sofort.

»Das ist verrückt«, sagte sie mehr zu sich selbst als zu ihm.

»Das einzig Verrückte wäre, diese intensive Verbindung zu ignorieren, die wir zu haben scheinen«, sagte Chris und ging auf volles Risiko. »Ich mag dich, Sienna. Ich mag dich sehr. Ich habe keine Ahnung, was in Zukunft passieren wird, aber im Moment möchte ich nur bei dir sein und mehr über dich erfahren. Welche Art von Musik du magst, was deine Lieblingsfarbe ist und vielleicht mehr über die letzten rund vierzig Jahre deines Lebens.«

Sie kicherte, antwortete aber nicht.

»Du fühlst es auch, oder?«, fragte Chris und hatte plötzlich Angst, dass nur er diese intensive Verbindung zwischen ihnen spürte.

»Ich fühle es. Aber es macht mir höllische Angst«, gab Sienna zu.

»Ich bin ein Mann mit einer Gehirnerschütterung in einem Krankenhausbett, wovor solltest du Angst haben?«, fragte Chris mit einem Lächeln.

Daraufhin richtete sie sich auf und nickte. »Du hast recht.«

»Natürlich habe ich das.«

Sienna verdrehte die Augen. »Ich werde versuchen, einen Whataburger zu finden, der geöffnet hat.«

Sie stand auf, aber Chris ließ ihre Hand nicht los.

Er starrte sie an und nickte dann. Er strich mit dem Daumen über ihren Handrücken und ließ sie schließlich los. »Beeil dich, aber fahr vorsichtig. Achte auf Idioten in großen Pritschenwagen. Ich habe gehört, dass die gefährlich sein können.«

Sie lächelte über seinen Witz und nickte. Sie nahm ihre Handtasche, ging aus dem Zimmer und drehte sich noch einmal um, als sie an der Tür war. Sie leckte sich über die Lippen und sagte leise: »Ich bin gleich wieder da.«

»In Ordnung.«

Chris schloss die Augen, nachdem sie gegangen war, und atmete tief durch. Er wusste nicht, was es mit Sienna auf sich hatte, aber er hatte sich schon lange auf nichts mehr so sehr gefreut wie auf ihre Rückkehr.

Sienna warf einen Blick auf die Uhr und stellte überrascht fest, dass es fast Mitternacht war. Die Nachtschwester war ein paarmal da gewesen, um nach Chris zu sehen, war aber zufrieden gewesen, dass es ihm gut ging. Sie hatte Sienna gesagt, dass die Besuchszeit um zehn endete, aber da Heiligabend war, würde sie ein Auge zudrücken.

Sie hatten ihre Hamburger gegessen und seitdem ununterbrochen geredet. Es war unbeschwert, sich mit Chris zu unterhalten. Sie hatte das Gefühl, ihn schon seit Jahren zu kennen, nicht erst seit einigen Stunden.

»Wie spät ist es?«, fragte Chris.

»Fast Mitternacht.«

»Kannst du mir bitte meinen Rucksack geben?«

Sienna blinzelte überrascht. Sie saß auf einem Stuhl neben seinem Bett und stützte ihre Ellbogen auf die Matratze. Er hatte sich auf die Seite gelegt und in den letzten Stunden waren sie in einer Art intimer Blase gewesen.

Sienna tat, worum er sie gebeten hatte, stand auf und griff nach seinem Rucksack, der an der Wand stand. Sie reichte ihn ihm und sah zu, wie er ihn durchwühlte. Sie war neugierig, schwieg aber. Nach einem Moment zog er etwas heraus und beugte sich dann vor, um den Rucksack neben das Bett auf den Boden zu stellen. Er streckte noch einmal eine Hand aus und wie automatisch griff Sienna danach.

Er forderte sie auf, sich auf den Rand der Matratze zu setzen, und sah sie mit einem so eindringlichen Blick an, dass Sienna den Atem anhielt.

»Weihnachten war noch nie meine Lieblingszeit. Meistens war ich allein, wenn Tony bei seiner Mom war. Wenn er einmal bei mir war, machte ich mir ständig Sorgen darüber, ob ihm die Feiertage bei mir so gefielen wie normalerweise bei seiner Mom.« Er zuckte selbstbewusst mit den Schultern. »Ich habe mir so viel Druck gemacht, für meinen Sohn alles perfekt zu machen, ich habe nie wirklich über den Sinn der Feiertage nachgedacht. Darüber, dass es eine Zeit ist, um dankbar für das zu sein, was man hat, und anderen eine Freude zu machen. Nachdem Tony die Highschool abgeschlossen hatte, habe ich mich meistens freiwillig gemeldet, an den Feiertagen zu arbeiten, einfach weil ich dann nicht allein sein musste. Als ich in diesen Aufstand geraten bin, dachte ich, meine letzte Stunde hätte geschlagen. Ich dachte, die Polizei würde meinen zusammengeschlagenen, leblosen Körper in dieser Zelle finden, und das wäre das Ende der Geschichte.«

Sienna machte ein Geräusch des Protests und Chris

streckte die Hand aus und strich ihr eine Haarsträhne hinters Ohr.

»Wie du bereits weißt, habe ich mit Platzangst zu kämpfen. Ich spiele mit dem Gedanken, in den Ruhestand zu gehen und mir etwas anderes zu suchen. Als ich in diesem Wagen feststeckte, war der erste Gedanke, der mir durch den Kopf ging, ›nicht schon wieder‹. Aber dann hörte ich die Stimme eines Engels – dich, Sienna. Du warst da und hast mich durchhalten lassen.«

»Chris«, protestierte sie, aber er legte einen Finger auf ihre Lippen, um sie zum Schweigen zu bringen. Ihre Lippen kribbelten unter seiner Berührung und Sienna wollte den Mund öffnen und seinen Finger hineinsaugen, aber sie versuchte stattdessen, sich auf das zu konzentrieren, was er sagte.

»Tony hat mir das zu Weihnachten geschenkt, als er zehn war. Er sagte, es sei ein Glücksbringer und würde mir helfen, meinen eigenen Engel zu finden. Seitdem trage ich es jeden Tag bei mir.« Er nahm ihre Hand und legte etwas auf ihre Handfläche.

Sienna blickte nach unten und sah einen kleinen Stein in ihrer Hand. Auf die Oberfläche war ein Engel gemalt. Die Farbe blätterte bereits ab, aber der niedliche braunhaarige Engel war noch erkennbar.

»Frohe Weihnachten«, sagte er leise und schloss ihre Finger um den kleinen Stein.

Die Bedeutung seiner Worte sank ein und sie schnappte nach Luft. Sie hob den Blick, um ihm in die Augen zu sehen. »Das kann ich nicht annehmen.«

»Doch, das kannst du. Bitte. Ich möchte, dass du ihn hast. Ich muss wissen, dass du da draußen in Sicherheit bist.«

Der Stein schien ein Loch in ihre Hand zu brennen. Noch nie war ihr etwas so Besonderes geschenkt worden. »Ich weiß nicht, was ich sagen soll.«

»Du musst nichts sagen«, versicherte er ihr. »Das fühlt sich so richtig an. Als sollte es so sein. Du bist mein Engel, Sienna. Mein Weihnachtsengel.« Nach einem Moment legte er seine Hand in ihren Nacken.

Sie bekam sofort Gänsehaut auf den Armen, als er mit seiner kräftigen Hand über ihren empfindlichen Nacken strich.

Chris bewegte sich nicht, er zog sie nicht zu sich heran. Er drängte sie nicht, sondern starrte einfach zu ihr hoch. Seine Emotionen waren in seinen Augen und seinem Gesicht leicht lesbar.

Er wollte sie. Er glaubte wirklich, dass sie geschickt worden war, um ihm in seiner Not zu helfen, dazu noch an Heiligabend.

Warum sollte sie nicht sein Engel sein? Vielleicht war sie zu genau dieser Kreuzung geschickt worden, weil er sie brauchte. Wie hoch waren die Chancen, dass ihre Kinder in derselben Einheit bei der Armee waren? Oder dass sie in der gleichen Stadt lebten?

Sienna schoss alle ihre Bedenken in den Wind und entschied, dass sie einmal in ihrem Leben das tun sollte, was sie wollte. Sie beugte sich vor, um die Distanz zwischen ihnen zu verringern. Sie spürte, wie Chris seinen Griff in ihrem Nacken festigte und sah sein kleines Lächeln, Sekunden bevor ihre Lippen aufeinandertrafen.

Sienna war in ihrem Leben oft geküsst worden. Einige Küsse waren gut gewesen, andere nicht so sehr. Aber der Weihnachtskuss, den sie mit Chris teilte, war intensiver, prickelnder, bedeutungsvoller als alles, was sie je zuvor erlebt hatte.

Sie schloss die Augen und gab sich dem Gefühl hin, das durch ihren Körper strömte. Sie begehrte ihn und konnte die süße Verlockung auf seinen Lippen schmecken.

Er drückte sie fest an sich, aber nicht so fest, dass sie bedenken hätte, dass er sie nicht sofort loslassen würde, wenn sie sich zurückzog. Ihre Zungen neckten sich einen Moment lang, bevor er den Kopf neigte und sie tiefer in sich aufnahm. Sienna entwich ein Stöhnen tief aus ihrer Kehle und sie legte eine Hand auf seine Brust, um das Gleichgewicht zu halten.

Wie lange sie so herummachten, wusste sie nicht, aber als er sich endlich zurückzog, wimmerte sie protestierend.

Als sie die Augen öffnete, erwartete sie, Chris lächeln zu sehen oder zumindest amüsiert darüber, wie erbärmlich sie klang. Aber was sie stattdessen in seinem Blick sah, war Zärtlichkeit.

»Frohe Weihnachten, Sienna«, sagte er leise.

»Frohe Weihnachten, Chris.«

»Zu Silvester möchte ich immer noch mit dir ausgehen«, sagte er zu ihr.

Sienna konnte nur nicken.

Dann leckte er sich über die Lippen und ließ den Blick zu ihrem Mund wandern, bevor er ihr wieder in die Augen sah. »Selbst wenn ich könnte, würde ich keine Sekunde dieses Tages ändern wollen.«

Sienna schluckte schwer und nickte.

»Du solltest jetzt gehen. Ich bin mir sicher, du bist müde, und ich weiß, dass du morgen Pläne mit Sarah hast.«

Sienna nickte erneut.

Chris lächelte. »Vielleicht noch einen Kuss, bevor du gehst?«

Es gefiel ihr, dass er fragte und sich nicht einfach nahm, was er wollte. Also beugte Sienna sich wieder vor.

Zwanzig Minuten später, nachdem sie ihre Telefonnummern ausgetauscht hatten, stand Sienna in der Tür. Von irgendwoher ertönte leise Weihnachtsmusik, aber ansonsten war alles still. »Wir reden morgen«, sagte Sienna zu Chris. Sie hatten so lange rumgemacht, bis Chris sich stöhnend zurückgezogen hatte. Sie wusste, dass sie zu ihrem Hotel fahren sollte, aber sie wollte nicht gehen.

»Ja, das werden wir«, bestätigte Chris.

Sie merkte, dass es ihm genauso widerstrebte wie ihr.

»Schreib mir, wenn du in deinem Hotelzimmer bist, damit ich weiß, dass du gut angekommen bist«, sagte er. »Ich werde mir Sorgen machen, wenn du es nicht tust.«

»Das werde ich.« Es fühlte sich gut an, dass jemand

sich um sie sorgte. Es war lange her, dass jemand sich dafür interessiert hatte, ob sie heil nach Hause kam.

Sie betastete den Engelsstein in ihrer Tasche, den Chris ihr geschenkt hatte. Sie wusste nicht, wie sie es verdient hatte, zur richtigen Zeit am richtigen Ort zu sein, um Chris zu treffen, aber sie dankte ihrem Glücksstern dafür.

Lächelnd zog Sienna sich Schritt für Schritt aus dem Krankenzimmer zurück, bis sie sich schließlich umdrehte, um mit einem breiten Lächeln auf dem Gesicht den Flur hinunterzugehen.

Sie hatte keine Ahnung, was die Zukunft bringen würde, aber sie hatte ein gutes Gefühl dabei. Ein gutes Gefühl in Bezug auf ihn und sich.

In dieser Nacht hatte sie einen Traum. Sie und Chris saßen in zwei Schaukelstühlen, hielten Händchen und sahen zu, wie die Sonne über dem Meer unterging. Sarah und Tony waren da, vermutlich mit ihren Ehepartnern, und überall liefen Kinder herum. Chris drehte sich zu ihr um und der liebevolle Ausdruck in seinen Augen war ihr so vertraut, als kannte sie ihn schon ihr ganzes Leben.

»Ich liebe dich, Mrs. King.«

»Und ich liebe dich, Mr. King«, erwiderte sie.

Sienna wachte lächelnd auf und griff nach dem Engelsstein, den Chris ihr in der Nacht zuvor gegeben hatte. Sie umklammerte ihn mit ihrer Hand und drückte ihn an ihre Brust. »Danke, dass du ihn zu mir geschickt hast«, flüsterte sie. »Frohe Weihnachten.«

BÜCHER VON SUSAN STOKER

Die SEALs von Hawaii:
Die Suche nach Elodie
Die Suche nach Lexie
Die Suche nach Kenna
Die Suche nach Monica
Die Suche nach Carly (11 Oct)
Die Suche nach Ashlyn
Die Suche nach Jodelle

Das Bergungsteam vom Eagle Point
Ein Retter für Lilly
Ein Retter für Elsie (29, Juni)
Ein Retter für Bristol (15 Nov)
Ein Retter für Caryn
Ein Retter für Finley
Ein Retter für Heather
Ein Retter für Khloe

Die Zuflucht in den Bergen
Zuflucht für Alaska (9 Aug)
Zuflucht für Henley (3 Jan 2023)
Zuflucht für Reese
Zuflucht für Cora
Zuflucht für Lara
Zuflucht für Maisy
Zuflucht für Ryleigh

Delta Team Zwei
Ein Held für Gillian
Ein Held für Kinley
Ein Held für Aspen
Ein Held für Jayme
Ein Held für Riley
Ein Held für Devyn (1 Sept)
Ein Held für Ember
Ein Held für Sierra

Mountain Mercenaries:
Die Befreiung von Allye
Die Befreiung von Chloe
Die Befreiung von Morgan
Die Befreiung von Harlow
Die Befreiung von Everly
Die Befreiung von Zara
Die Befreiung von Raven

Ace Security Reihe:

Anspruch auf Grace
Anspruch auf Alexis
Anspruch auf Bailey
Anspruch auf Felicity
Anspruch auf Sarah

Die Delta Force Heroes:
Die Rettung von Rayne
Die Rettung von Emily
Die Rettung von Harley
Die Hochzeit von Emily
Die Rettung von Kassie
Die Rettung von Bryn
Die Rettung von Casey
Die Rettung von Wendy
Die Rettung von Sadie
Die Rettung von Mary
Die Rettung von Macie
Die Rettung von Annie

SEALs of Protection:
Schutz für Caroline
Schutz für Alabama
Schutz für Fiona
Die Hochzeit von Caroline
Schutz für Summer
Schutz für Cheyenne
Schutz für Jessyka
Schutz für Julie

SUSAN STOKER

Schutz für Melody
Schutz für die Zukunft
Schutz für Kiera
Schutz für Alabamas Kinder
Schutz für Dakota

Eine Sammlung von Kurzgeschichten
Ein langer kurzer Augenblick

BIOGRAFIE

Susan Stoker ist die New York Times, USA Today und Wall Street Journal Bestsellerautorin der Buchreihen »Badge of Honor: Texas Heroes«, »SEAL of Protection«, »Die Delta Force Heroes« und einigen mehr. Stoker ist mit einem pensionierten Unteroffizier der US-Armee verheiratet und hat in ihrem Leben schon überall in den Vereinigten Staaten gelebt – von Missouri über Kalifornien bis hin zu Colorado. Zurzeit nennt sie die Region unter dem großen Himmel von Tennessee ihr Zuhause. Sie glaubt ganz und gar an Happy Ends und hat großen Spaß daran, Geschichten zu schreiben, in denen Romantik zu Liebe wird.

Besuchen Sie Susan im Netz!
www.stokeraces.com

facebook.com/authorsusanstoker
twitter.com/Susan_Stoker
bookbub.com/authors/susan-stoker
instagram.com/authorsusanstoker
Email: Susan@StokerAces.com

www.ingramcontent.com/pod-product-compliance
Lightning Source LLC
LaVergne TN
LVHW021651060526
838200LV00050B/2304